岩 波 文 庫

31-169-2

林芙美子紀行集

下駄で歩いた巴里

立 松 和 平 編

岩 波 書 店

目次

北京紀行

山海関《さんかいかん》の陸橋のある駅へ降りたのは、朝の五時頃だった。長い旅づかれで、ホームへ降りるなり吐きけの来るような、あの変なめまいにおそわれて、ちょっと呆《ぼ》んやりつっ立っていたが、野天のホームは風も頬に冷たいし、空も青く高いので、とにかく、歩き出せば元気になるだろうとポータアに荷物を託して、私は宿まで歩いて行った。――山海関は、承徳へ行く淋しい駅路のような処とばかり考えていたが、狭い町ながら、人でいっぱい、食物屋でいっぱいと云った賑やかな町だった。宿へ行く道々往来の人々の叫びあう声の中を歩きながら、ふと、二宮尊徳だかの、「十分に食いたしと思うこそ常の念慮なれ、故に飯の盛方の少なきすら快からず思う物なり。さるに一飯に一勺ずつ少く喰えなどと云う事は聞くも忌々《いまいま》しく思うなるべし、仏像の施餓鬼《せがき》供養に、ホドナンパンナムサマダと繰返えし唱うるは、十分に食い給え、沢山に食い給えと云う事なりと聞けり」と云う一章を思い出したが、山海関の朝の町じゅうは、十分に食い給えと叫んでいるような、まるで施餓鬼のような賑ぎやかさだった。

この小さな町ではあんまり大した宿屋の設備もないらしいので、私は駅近い日本旅館に宿をとった。宿と云っても平屋建《ひらやだて》で、土木工事の時に建てるあんな風なそまつな宿だった。凹形の部屋につづいて、乾いてぽくぽくした小さい庭には、男浴衣《ゆかた》が何枚か縄に干してあったがこんな風色の土地で浴衣を見ると、妙にものわびしさを感じる。部屋は石鹸の箱のようで、畳敷きで、床も押入れもあるにはあるが、どこへ坐っていいのか、坐りどころがない。寝転んでいると、大きい羽音をたてて青光りのした蠅がうるさくて仕方がない。寝るにも寝られないので、九時頃、長城へ登る仕度をして、朝鮮人の案内人を頼み、私はロバへ乗って万里の長城へ向った。——万里の長城へ行くには、南門を抜けて城内をつっ切って行くのだけれども、これは愉《たの》しい眺めだった。ここは私の通って来た大連《だいれん》や、奉天なんかと違って、日本人も少ないし、全く支那の国境の町だ。賑やかな狭い通りを東洋俥《ヤンチヨウ》や、水売りや、床屋などが、押しあいへしあいで、中秋節の近いせいもあるのか、一、二間もない狭い町筋には、月餅《げっぺい》を焼いて売る露店が出ていたり、飲食店、古道具屋、煙草《たばこ》の葉を売る店、占師、両替屋、それらの店々から立ちのぼる声と匂いと色は、全く、十分に食い給えと云ってる感じだった。十分に食べると云っても、銀座裏の軒並みではなく、本所《ほんじょ》深川の感じ。果物屋は目立って可憐《かれん》だ。葡萄、柿、なつめ、林檎、くるみ、支那梨、どれもこれも鮮かな色彩である。店先きの大きな水樽には、小粒な林檎が水に冷してあったりした。豚肉をうどん粉の袋で包んで揚《あ》げたり茹《ゆ》でたりしているぎょうずを売る店も軒並みだった。月餅を売る菓子屋の旗には、「味圧江南」と云う面白い看板も出ている。味は江南を圧すると云う言葉の面白さに、私は旅人らしい愉しさを感じた。私のロバは中秋節で賑やかな道を縫って、高い城壁の下をくぐり、郊外へ出て行ったけれども、ここからは角山寺のある岩山が南画のようにこぶこぶして光って見えた。日本の山のようにみごとな姿ではないけれど、如何《いか》にも素朴な小さい山々だ。途中の広い畑には収穫時なのか、百姓の家族たちが高粱《コーリヤン》のとり入れで忙《せ》わしい最中である。野道では時々日本の軍用トラックに出逢う。天高くして馬肥ゆると云う言葉は、こんな処へ来て初めて味《あじわ》える言葉だ。雲一つない高い青空に浸みるばかりの旅愁を感じる。道が登りになるにつれて、案内人と私のロバは細い小径を上手に登って、首の鈴を四囲《あたり》に響かせて行く。小径には野生の百日草が紅を飛ばしたように咲きほこり、草かげでは白昼なのに、色々な虫が啼《な》いていた。

　山の上の角山寺へ着いたのは十一時頃だったろう。椀のような帽子をかぶった老僧と、

二、三人の若い百姓が、荒れた寺の庫裡《くり》で日向《ひなた》ぼっこをしていた。南画にある寺そっくりで、何と云う木なのか、石榴《ざくろ》に似た木の上では、季節はずれな蝉の声がしていた。宿で持たしてくれた握飯《にぎりめし》のうまかったこと、寺男《てらおとこ》が口をあけて見ているので、それを一つずつ分けてたべる。ラムネも売っていたが、陽《ひ》に透《す》かしてみると濁っていた。飯が済むと、老僧はだるまの絵を見せて買わないかと云ったが、欲しくもない絵だったので買わなかった。ここの裏山から万里の長城の一部が見えたが、ただ、驚くばかりだ。東は渤海湾岸の山海関の海辺から、西は甘粛省《かんしゅくしょう》の嘉峪関《かよくかん》へ及ぶと云うのだから、これはもう大した土木工事と云わなければならない。秦の始皇帝の遺業だと云うが、始皇帝だけの時代では、とてもこの百分の一もおぼつかなかったのではないだろうか。とにかく壁の高さ三十尺、厚さ二十五尺の山の壁なのだから、始皇帝の夢想にしては、大きすぎる仕事である。ピラミッドやスフィンクスの比どころではない。始皇帝は偉大なロマンチストだったろうと、私は山を降りるのを忘れて、うねり続いている長城の果てまでも眺める気持ちだった。孔子の言葉に、喪紀に礼あり、而して哀を為す、戦陣に列あり、而して勇を為す、政を治むるに理あり、而して農を本とす、国に居るに道あり、嗣を本と為す、財を生ずるに時あり、而して力を本と為す、段々、私の眼の前に、お化けの出て来そうな風が吹きつけて来る。孔子のこの思想も、いま再び新しくこの景色の中に生かしたい気持ちになって来るのはどうした事だろう。

私は、山海関の町に三日ばかりをおくった。何故と云うこともなくこの町が好きだからだ。

この町は夜になると早く暗くなってしまう。燈火を吝《お》しむからだ。ただ城外の町だけが、夜更けまで灯をともしているきりで、南門の中の城内の商家は、早くから戸を閉ざして寝てしまう。娼婦のいる狭まい路地の中にも、一人で散歩してみたけれど、鼻をつままれても判らないように庇がかぶさって暗い。処々に、ぎょうずを売る店や、焼栗屋のカンテラがともっていたり、日本の芸者屋の格子戸がちょっと明るかったり、昔へ逆もどりした感じである。——昼間は退屈なので東洋俥《ヤンチヨウ》に乗って、山海関の海辺へ行ってみたりした。渤海の水平線は黒く盛り上がって、白い砂丘に突き出た万里の長城のなごりは、これも全く一朝の夢にしかすぎない。だが、現実の眼の前に見るこの九十九里の砂浜のような遠い汀には、行儀よく、黒い木札が立っていて、その立札の一つ一つに、英国人の他は水浴を禁ず、仏蘭西《フランス》人の他は水浴を禁ずとそれぞれ書いてあった。そのほか、独逸《ドイツ》、アメリカ、など、木札で砂浜に水浴場の領分をていよく領していたが、おかしな浜辺の景色ではある。汀には夏を過すコロニイ風な、各国のバンガロが、幾棟ずつか寒む気に建っていた。私は二度ほど、東洋俥に乗って海辺へ行ってみたが、アメリカや英国の砂浜に寝転んで、やるかたもない気持ちだった。一つ一つのバンガロには素的もない花園や、テニスコートを持ち、なかには、ヨットの倉庫さえもある豪奢なのもあった。土地の素朴な住民たちは、暑いさかりになったら、いったいどの辺の砂浜まで泳ぎに行くのだろうか。ちょうど、私が浜辺にいた時、アメリカの水兵たちがロバを仕立てて角山寺へ列をなして行った。列の後からビールを冷した水樽を、天秤棒で荷なった数人の人夫たちが、額に汗しながら、水をこぼさぬようによちよちと何里とある道を歩いて行っているのを見たが、諺言《ゆげん》反復那《なん》ぞ道《い》う可《べ》きである。

北支那の風色は、満座ことごとく秋のさなかで、北京では中秋の明月を観られるのが唯一の愉しみだった。——私は山海関を発つ晩、一番遅い夜汽車に乗った。停車場では、町に初めてホテルが出来ると云うので、その祝賀会帰りの人たちで賑い、日本の料理屋女の人もなげな騒々しさは、ちょっと大和なでしこも困ったものだと思った。

夜汽車は侘《わび》しく、これはまるで露西亜《ロシア》の諷刺小説にでもありそうである。調べる者の態度の怖さに、まず旅の憂鬱もすくなからずだ。——北京へは朝早く着いた。私の前を行く耳輪の長い女の、腰の線の何と云う美しさ、楚々と云う言葉も、ここへ来て初めてうなずける。地紋の浮いたコバルト色の支那服のみごとさ、ああここが北京だったのかと、城壁のすぐ迫っているホームに立って、私は、むかし、巴里の北の停車場に着いた日のような胸の動悸を感じた。――私は汽車のなかで新聞の広告に、北京飯店《グランドホテル》と云うのがよさそうだと知ったので、ホテルの青いバスに乗って、二、三人の外人の旅行者と共にグランドホテルに行く。

北京はほんとにいい処だ。山海関と同じように砂塵の多いのには閉口だったが、何とも云えないロマンチックな都だ。そしてすべてが風雅である。何年か前、上海《シャンハイ》に行った時、散歩と云う言葉を、支那語で白想《パシャン》と云う、と覚えていた。北京では、その白想が板についていて、誰一人せかせかと歩むひとがない。北京大学で周作人氏におめにかかった時、白想の話をすると、白想の下に人をくっつけると、閑人とも云うと教えて下すった。散歩を白い想いと云うのは、素的な言葉だ。道を歩くと四辻には漫行と出ているし、小さな横町を胡同と云ったり、昔蘇州で乗った船の寝台の上には艶門と書いた額がかかっていたりしたが、これらの言葉は面白いので、印象が深い。

ホテルの支配人は仏蘭西人だけれど日本語がなかなかうまかった。三階の北側にある陽の射さない部屋へ案内されたが、窓を開けると、樹木の多い市井の生活が、すぐ眼の下に見えて、愉しめる眺めだった。私は金のある間、北京の街にいたいものだと思った。慣れてしまって、どこで生活しても、どこで終っても、もう満足だと云う気持ちが私の胸のなかにはある。風邪をひいたせいか軀《からだ》の状態があまりよろしくない。自分の小家族に就いて、常に準備ばかりさせられていたようで、ここまで来ると、吻《ほ》っとしてみたり、また色々のものが可哀想だったり。それでも私は時々何もいらないと思ったりもする。欺《だま》しもしなければ欺されもしない人生が何だろうと、遠くへ来て、くだらなく、自分の感情へ沈んでしまうかたちだ。

北京は森のなかのように樹の多い街で、そうして、厚い土塀に囲まれた真四角な建築が多い。窓を開けて風呂へ這入《はい》っていると、色々な音が耳に来る。キリ、キリ、キリ、キリ……プウンプウン、はアほう、えへい！ 随分面白い音だ。銅鑼《どら》の音や、木魚のような音や、小太鼓の音や、物売りの呼び声、私はふと、それらの物音を聴き、ここでは温くて愉しいぜいたくな旅をしようと思った。

北京では、大毎支局の石川順氏を尋ねて、まず、街の地図を買って貰い、三木君と云う案内人《ガイド》も頼んで貰った。一日、三木君の案内で、ホテルの近くの紫禁城や、北海公園や前門《チエンメン》の向うの天壇などを見物して歩いた。——紫禁城の建築は、見物して歩いているうちに、初めは朱の壁、黄琉璃の屋根瓦、幾重にもめぐらされた城壁の壮大さに、歓喜するばかりに驚いていたが、やがて段々この廃物にもひとしき、紫禁城に、反感をすら抱くようになり、こけおどしな、王道の碑のような、この建物も、いたずらに草の生えるに帰したことはあたりまえだと云う気持ちだった。全く迷宮とはこの紫禁城を指して云うべきだろう。紫禁城の近くの北海公園にある、喇嘛《ラマ》白塔の上から故宮の上を眺めると、波を打つ黄琉璃の屋根瓦が、黄昏に染まって、云いようのない輝きを放ち壮観である。庭と云う庭は磚《チヨワン》と云って、石畳が敷いてあるが、磚の間から、茫々と雑草が生《お》い繁っていて、もう全くの廃墟だ。むかしはこの黒い磚の上に、色々な階級が列をなして歩いていたのかと思うと、雑草も一本々々気持ちわるく見えて来る。——前門街を通り抜けて天壇へも行ってみた。天壇とはいったい何だろうと思っていたが、何のことはない大理石で造った壇である。冬至《とうじ》の日に天神を迎える祭壇を、ぽつんと造っておくのでは曲がないのか八十万坪の土地を土塀で囲い、園内には紫琉璃瓦の祈年殿とか、皇乾殿とかがある。庭には柏樹を植え込んでなかなか豪華な壇だ。歴史家には興味のある建築には違いないだろうが、小さな泥の家に住む住民たちは、その頃、どんな思いで、よりつけもしない、この豪華な祭壇を考えていたのだろう。永楽年間に建てられたと云うが、人間の夢想もここまで来れば手を放って呆れるばかりである。

北海公園では、夾竹桃や、柳や石榴、白松などの樹を見た。白松と云うのは樹皮から粉をふいて幹が白く、柔い色をしていて好きな樹だった。――白塔の高い壇の上から四囲を眺めると、紫禁城の右手向うには北京飯店や、ロックフェーラァの寄附で出来たと云う大した建物の協和医院が見える。――疲れたので白塔の下にある茶店で茶を飲みながら、北海の湖上を眺めていると、青い空の上をぶんぶん唸って、日本の飛行機が飛んでいた。私の傍に茶を飲みながら、本を読んでいた黒眼鏡の一学生は、暫《しばら》く本を卓上に置いて、空を見上げていたが、やがて私の方へ向いて、咽喉仏の見えるような大きなあくびをして、また静かに本を読み始めた。

青い綿服の青年たちが、方々の椅子へ集って、面白そうに西瓜《すいか》の種を器用に歯で割って話しあっている。青年たちはなかなか逞《たく》ましく元気である。何を話しあっているのか判らないが、それぞれりりしい表情だった。

私は二十日近くも北京の街ですごした。

北京はほんとうにいい処だ。一人で飯を食べに行くことも覚えて愉しかった。ホテルでは朝食だけにして、私は昼も晩も外へ出て支那料理へ這入った。私はいままで色々な処で支那料理も食べたが、北京で食べた支那料理の美味しさは舌が気絶しそうだと云っても過言ではないだろう。承華園と云う処を人に教わると、私はホテルから近いので、そこへたびたび一人で出かけて行った。私が行くとボーイはすぐ、雞糸胡瓜片と云うのを一番さきに出してくれる。鶏肉と胡瓜のなますのようなものでとても美味い。舌にも胸にも孤独に徹する豊かさである。

　夜になって所在なくなると、私は支那の映画館へ出掛けたりした。印象に残った一つに、迷える小羊とか云った映画があったが、むかし観た上海の馬賊《ばぞく》映画より長足の進歩だとおもった。小公子のような、男の子の苦労してゆく画面で、春のめざめや、月夜に女の子の唄う声までとても素直に撮れていた。

　私は北京がほんとうに好きだ。悠々として余韻のある都会だから。街を歩いていると、色々愉しいものがある。張子《はりこ》の白い馬の出ている家は葬儀屋だったり、赤いのや黄いろい房のさがっている家は麵類を売る店だったり、一膳飯屋《めしや》だったり。水売りは一輪車を押して、キリキリ、キリキリと云う音をたてて歩いているし、床屋は赤い桶を天秤《てんびん》にかついで、ビイン……ビイン……と棒を鳴らして通っている。雑貨屋はでんでん太鼓を鳴らして行くし、文字を知らない人の為に、こうした音や、物で商売を判らせようとしているのかも知れないと、私は、歩きながら、それらを観るのが愉しみだった。街には大きな市場が立つ。何時《いつ》行っても大繁昌だ。東安市場と云うなかへ這入って行くと、腸詰《ちょうづめ》、果物、古本、骨董《こっとう》、菓子、鞄《かばん》、洋服、茶、何でも売っている。

中秋節の十五夜の晩は、私は北京の城壁へあがって月を眺めた。新暦ではちょうど九月三十日だかの夜だった。北京で知人になった二、三人の方たちと、アメリカ区域の城壁に上って行った。ホテルの前から、並木の多い公使館区域を抜けて、城壁へ歩いていると、三、四人の仏蘭西兵が合唱しながら月を観て歩いている。湿気がないので、月は置いたように澄んで光っていた。城壁には張り紙が出ていて、支那人の登るのを禁ずると云った風な事が書いてあった。妙な気持ちだった。城壁の上は相当広い並木道になっていて、遠くに続いた石畳が、真白に光っていた。外人の女たちが櫛形《くしがた》の石垣に凭《もた》れて歌をうたっている。石垣の下を覗くと、ちょうど駅から列車が離れる処で、兵隊が沢山乗っていた。明るい車窓は一瞬にして通り過ぎて行ったが、笑っている人たちの歯が真白い。私は胸の熱くなるおもいであった。城壁の上の自然はとにかく悠久で美しい。

私は、北京では色んな人たちに出逢った。郊外にある清華大学を訪ねて、銭稲孫氏にもお会いしたが、立派な学者肌の人である。——或日、銭稲孫氏に連れられて、建築家の家庭へお茶によばれたことがあったが、そこの美しい夫人はこんなことを私にたずねた。日本の女性は、いったい支那の女に就いて、どんな風な考えを持ってくれているのでしょう。自分は代々の親日家で、日本には非常な好意を寄せていたが、いまは、何もなくなってしまった。かつてアメリカに留学していた時の自分の望郷には、日本を懐《なつか》しむ気持ちがたぶんにあったけれど、こんな風な状態になっては、最早《もはや》何もなくなりましたよ、と云う話だった。子供さんが二人あって、この小さい生命だけは守ってやりたいとも聞けば、私は眼をとじるより仕方がない。——いずれの国の人民も愛国心を持たないものはない……東洋の平和は、東洋の女たちがもっと手を握りあってもいいのじゃないのだろうか。市井の小さな出来事にも、亭主が何かの間違いで隣家へ飛び込んで行ったら、あとで、妻君が出て行って、円満に詫びるではないか。

私は、政治的なものは何も知らない。ほんとに女子供の一旅行者に過ぎないけれど、何かすこしずつ胸に沁《し》みて来るものはあった。各外国の大資本を投じた文化侵略を視て、如何《いか》にも不器用な日本を感じないでもない。

日本の女性のうちに、いったい北京はどこにあり、天津《てんしん》は、熱河《ねっか》は、通州はどこにあると云うことを知っている人たちが沢山あるだろうか。――云われたから慰問袋を送り命令されたから国防婦人会へ這入るではすべてが空疎である。支那の各地にある日本の国防婦人会の婦人連中の大半は芸者たちだと云うことを聞いた。愛国の前には職業に差別はないが、せめて駅頭への出迎えは本名にかえっての送迎であってほしい、素朴な姿で送迎してほしいものである。だが、私はもっと違ったことも云いたい。白い割烹着《かっぽうぎ》を着て、北京や天津の駅頭へ出ることのみが、愛国とおもわれてはかなわないとおもうがどうだろう。留守を守って、子供をそだてたり、百姓をしたり、商売繁昌を考えたりして、留守の女の本当の愛国にも関心を持ってほしい。義理で会費を払い、義理で割烹着をきることは、反省さるべきだろう。日本の女は本当の愛国婦人になってほしい。

城壁に上ることも許されない支那人たち自身は、いったいどんなことを考えて暮しているのか女を視れば非常によくわかって来る。日本の女は、もっと兵隊を愛さなくてはいけない。私が帰る時、満洲はもう寒むかった、国境に働いている人たちには感謝の気持ちだ。

北京や天津の外人経営のホテルの手洗場へ行くと、まず眼につくものは、支那人の使用を禁ずと云う張り札である。外国人は口で宗教を説き、公園をつくったり、病院、図書館、大学を建ててやって、小さなこんな侮蔑は平気なのだろうか。色々な大学も視た。図書館も視せて貰ったけれど、学長がアメリカ人であり、館長がアメリカ人である。

大学の建物はうらやましいかぎりであった。万寿山近くの清華大学、燕京大学は、庭内に大きな山河を持ち、寄宿舎も実にすばらしい。男女共学で、生徒たちはは(ﾏﾏ)つらつとしていた。だがアメリカ的な臭みも感じないではない。北京大学では周作人氏にお眼にかかった。亡くなられた魯迅氏の弟にあたる方で、実に品のいい人である。

周作人氏から馮沅君女士を紹介されたが、機会がなくて逢えなかった。――日本の人では橋川時雄、清水安三氏に逢えたが、橋川氏の東方文化事業のお仕事は根の坐った立派な仕事だと思った。清水氏は崇貞女学校の校長で、面白いことに、支那人の娘ばかりあつめておられる。奥さんは昔の小泉いく子さんで、小さいながらも、健実な学校だった。

私はここにいる間、支那新聞の記者の方の案内で、天橋《テンチヤロ》と云う処へ行ってみた。日本で云う浅草みたいな処で、大道の寄席もあれば、軽業、剣舞、芝居、それらが、天幕小舎でやっているのだ。十五、六の娘が皿を両手にまわしながら、額に金魚鉢を載せていたが、金魚鉢には、二匹の金魚が泳いでいた。

合義軒と云う娘義太夫のような小舎へ這入ると、壁の上には董卉宝とか、李蘭舫、三堂会審と云った名前が出ている。娘たちは打楽器のようなひくい三味線にあわせて、太鼓を叩きながら唄をうたう。売馬と云うのを聴いた。馬子が病んで馬を売らなければならなくなると、友人がその馬を借りて、働いてやったと云う友情物語だそうだ。……ヘロインや、阿片を吸う大規模な前門街の遊戯場にも行ったが、これは惨酷で書けない。

——或日、天橋通りの途上で、G夫人やK夫人たちと、銃殺されるモルヒネ患者の護送を見たが、売るものが悪いのか、買うものが悪いのか、それはここでは書けない。

ちょうど、季節がよかったのか、梅蘭芳の芝居を観ることが出来て、石川氏の紹介で、梅蘭芳の楽屋を訪ねることが出来た。——支那の劇場は全く汚い。第一劇場と云うのだけれども、路地の石炭置場から楽屋に這入って行くと、部屋を持っているのは梅蘭芳一人で、あとの役者はみんなつっ立って化粧をしている。梅蘭芳はもう四十あまりなのだろうけれど実に綺麗な人だった。握手をすると、何もしない女の手よりもまだ柔《やわらか》い。そまつな手鏡と、コンパクトのような銀製の白粉入れ、部屋は物置小舎然としていて、日本の役者がみたら吃驚《びっくり》することだろう。端役《はやく》の化粧している処も見たが眼ふちに紅で眼鏡を描けば、もうそれで衣裳を着て出られる。床の上にやたらに唾を吐く、芝居は能に似ていて、いちいち背景はかわらない。

端役の一人が舞台からさがって来ると、汚ない石油鑵の水でぶるりと顔を洗って、裏庭へ走って賃金を貰いに行く。裏庭と云っても狭い石畳で、占師のような台が出ていてカンテラの下で、紅い紙で綴じた帳面を、役々によって調べては、賃金のあいかんを渡す男がいた。台の上をカンテラの灯よりも月が明るく照らしていて、田舎芝居の感じだった。役者たちは、少しも役者らしくなく、そこら辺の人夫と少しもかわりがない。月のなかには兎がいると云うのは支那から来た伝説なのか、一人の役者は、賃金を貰うと、すぐ往来から張子の月兎を買って来て、子供へ持ってゆくのだと云った。

何にしても梅蘭芳は大した人気である、第一劇場の前には、自動車が列をなして並んでいた。小舎のなかは、茶を淹れて来る男がいて、いくらかのチップをやるようになっている。良人《おっと》を尋ねて万里の長城へ行くと云った風な芝居だったが、梅蘭芳が出て来るとやんやと拍手が鳴る。支那芝居のテクニックを知らないので、私はあんまり面白いとは思わなかった。

梅蘭芳は、どこへ行っても、やはり北京が一番いいと云っていた。二、三年たって、北京の街がどんな風に変化するかわからないけれども、北京は平和な落ちついた街だった。

西太后の住んでいたと云う、郊外の万寿山へも行ったが、私には愉しい景色ではなかった。それよりも、夕方八時頃の前門街《チエンメン》を歩くのが好きだった。まるで鶏小舎をひっくりかえしたような賑ぎやかさだ。乞食が、石畳に血の出るほど頭をうっつけていくばくかの金をせがみに来る。東洋俥《ヤンチヨウ》に乗っていると、何時《いつ》までも泣きごとを云って乞食が走って来る。

時々骨董の羅売《せりうり》にも行ってみたが、陶器や時計やオルゴールのようなものにも、新しいものだけれどなかなか捨てがたいものがある。何も彼《か》ものんびりしていて、口では早く早くと呼売《かいかいで》りしていても、一つの品を売るのになかなかひまがかかる。

帰りは、天津へコースをとって、私は長い白河《はくが》を汽船でゆるゆる帰って来た。

（昭和十一年十月）

白河《はくが》の旅愁

1

方々旅をしていると、その旅さきで、色々な新聞社の記者の方たちに知人が出来る。天津《てんしん》へ旅行をした時のことである。私はそこでも日本から特派されている色々の新聞社の記者のひとたちと知人になったが、なかでもAさんBさんと云う二人の面白い記者のひとと私は親しくなった。

私は英国人のやっているアスターハウスと云うホテルに泊っていて、何時《いつ》も英国風なまずい植民地料理を食べていた。何かおいしいものはないだろうかと考えていたのであったが、或日このAさんとBさん二人が、私を支那町の三府管と云う処へ案内に誘って下すったので、今日こそは、このひとたちと一緒に支那料理でもたべたいとおもっていた。Aさんも Bさんもまだ独身のひとで、Aさんは天津へ住んで二、三ケ月だと云うひとだったし、Bさんは二年ばかりも天津にいて、日本へ帰りたいと口癖に云っているひとであった。三人は自動車で三府管へ乗りつけたのだけれども、聞きしにまさる汚いところで、自動車を降りて歩きながらも、全く私は生きた心地がしなかった。

煙のような埃《ほこり》のたちこめている広場に、あっちこっち行路病者の死骸がころがっているし、その死骸の着物や靴をひっぺがして取っている者、それを眺めている人たち、糶《せり》売《う》り屋、小舎がけの芝居、煮込み屋、ありとあらゆる層のひくい物売り店が並んでいて、乞食のようなひとたちが列をなしている処だった。裸でころがっている死骸には蠅が黒い塊のように群れているし、世界のどの国にこんな処があるかしらと、私は吃驚《びっくり》してしまった。三人とも口にハンカチをあてて歩いた。私の泊っている英国租界だののような処が、同じ街のなかにあるとはどうしても思えないひどさである。——大連の小盗市場とか、北平《ほくへい》〔北京〕の天橋《テンチャヤロ》なんかも随分汚いところだとは思ったけれども、これらはまだ人間の住める町だった。けれども、天津の三府管と云う処は、屋根のない平地に、がやがや人が群れているきりのところ。三ツ四ツの死骸は、いずれは誰かが始末をするのだろうけれども、死骸のじき傍で揚げ物を売っている店があったり、喰えるとも思われないようなソーセイジ屋なんかが、雨のように飛びかう蠅のひどい店を拡げて、美味《うま》いぞ美味いぞとでも云っているのだろう、声を張りあげて客を呼んでいたりする。Aさんも

Bさんもいっとき裸の死骸を見て冗談を云っていたけれど、私は早くどこか埃のないところへ逃げ出したい気持ちだった。古着屋の糶屋では日本の古蒲団も飾ってあったし、古道具屋では古釘《ふるくぎ》まで並べて売っていた。日本のどこへ行ったって、死骸が放り出されていると云うような町はない。しかも、あっちこっち死骸が散らばっていて、その死人の着ているものまで引っぺがす人間がいるのだから、長く住んでいるBさんでさえが、この三府管の人種を謎のようだと云うのも本当だと思った。私たちは三府管を出て英国租界の私のホテルまで自動車を走らせて帰り、サロンで吻《ほっ》としたのだ、けれども、全く、支那民族と云うものは面白い人種だと私は考えるのである。三府管と云うところにはまるで思想と云うものがなく、犬や猿と同じ生活のようなのだから、人間的なモラルを越えてゼンマイみたいなものがゆるみきっているのかも知れない。

2

三府管見物で、何も彼もざらざらとして佗《わび》しい気持ちだったので、私たち三人はすき焼きでも喰べようと云うことになり、どこへ喰べに行こうかと相談しあったのだけれども、Aさんが、天津の日本料理屋はすばらしく高くとられてしまうから、よかったら家へいらっしゃいませんかと云う話なので、私はたいへん愉快になり、三人で市場へ行き、葱《ねぎ》や春雨《はるさめ》や、醬油、バタ、果物など持てるだけ買い込んで行った。酒やビールもとどけて貰い、肉も買ったけれど、天津の肉の安いのには呆れてしまった。ロースのいい処を参円ぐらい買いましょうかと云うと、Aさんは三人で三、四十銭も買えばあまると云うのである。まさかと思っていたけれど、とどけてくれた肉は五十銭ばかりで山のようにあった。

Aさんの社宅は、鉄扉の堂々とした家で、支那人のボーイが二人もいた。門の処には、何か日本神社の祭だとかで日の丸の旗が出してあり、庭も掃き清めてあった。独身のひとの住居とは思えぬほどさっぱりしていて、私は畳に坐れたのがうれしくて仕方がなかった。野菜を切ったりしたかったのだけれども、支那人のボーイは安心していいほどの清潔家で、独身の主人の客の為に、甲斐《かい》々《が》々《い》しく膳ごしらえをしてくれるのであった。広い部屋だったので、燈火が暗い感じだったが、三人は辛いような日本酒に舌つづみをうって、すき焼きをつついた。——AさんもBさんもなかなか大酒家で、酔うと面白いひとたちである。Aさんはまだ天津へ来て日の浅いひとだったから支那語も下手だったけれど、Bさんは外国語学校を出たひとで支那語がなかなか達者であった。——酒の中途でBさんはふと猫を切ったと云う話を始めだしたが、私はBさんの猫切りの話を、非常に面白いと思った。——Bさんが酒を飲んで或夜遅く家へ帰ってゆくと、部屋の入口で猫が鳴いていた。と云うのである。毎晩、その猫の鳴き声には悩まされていた処なので、Bさんは酒の酔いも手助ってか、部屋の中へ這入って日本刀をさげて出るなり、雄をよんでいるようなその雌猫にさっと一刀あびせかけた。猫は何とも云えない厭《いや》な叫び声をあげて屋根へ飛びあがったけれど、血にまみれたままBさんを振りかえった猫の姿は、酔ったBさんの眼にも、何だかあまりいい気持ちではなかった。そうしてその猫は次の日庭の隅で死んでいたそうだけれど、不思議なことに、それから毎晩、夜中になると猫の訪問を受けて神経衰弱の気味で弱っているとBさんはロイド眼鏡の奥で笑っていた。

「猫が化《ばけ》て出るのかしら……」

「いいえ、別に部屋の中には這入って来ないンですけれど、夜中になると、扉をがさがさ叩いたり引っかいたりして寝られないンですよ……最も、その家は有名な古い邸で、猫屋敷と云ってもいいほど猫がいるンです。ボーイと僕と二人きりだものだから、あとの部屋は閉めっぱなしで、実に厭な処ですよ。——昨夜はあんまり腹が立ったものだから夜中に刀を持って戸外へ出てみたら、猫があなた二匹もいて、僕を見てじっとしているじゃありませんか、僕はボーイを呼んで二匹とも殺してやろうと思ったら、ボーイの奴《やつ》寝ぼけて出て来た処へ、屋根からもう一匹の猫が飛びついて来て、ボーイは頭をひっかかれて、おいおい泣いているンですよ」

3

ボーイは猫に頭を引っかかれてミミズ腫《ばれ》をつくり、今日はちょっと熱を出して寝てるのだと、Bさんは話していたが、Bさんの本当の神経衰弱は私は、旅愁のようなものが原因ではないかと思ったりした。海外特派と云うと、如何《いか》にも華やかにきこえるけれども、長く住みついてみればなつかしいのはやっぱり故郷の山河だと思う。Bさんは酔いがまわって来ると、猫の話も忘れてしまって、日支問題に就いて激しい意見を展《の》べるのだった。そのどれもこれもの話が愛国的な郷愁ならざるはないのである。Aさんが云ったように、御飯をたべてからも肉は半分もあまってしまい、あとかたづけをボーイに頼むと、私たち三人は月のいい戸外を歩いてみた。社宅の近くには日本風な格子づくりの芸者屋があるのだけれども、それはみんな××たちの行くところでBさんも、Aさんもそんな処へは縁がないと云っていた。

天津と云う処は不思議な街である。日本的なもの、英国的なもの、ドイツ、フランス、アメリカ、各国の街のスタイルが区分されていて、いささかの混乱もないのだ。英国租界の私のホテルのあたりには、公園や並木のみどりが、紫色の街燈に品よく細かな影をつくっている。この美しい街の景色をみて、私は、同じところに三府管のような町があるとはどうしても思えない。Aさんも Bさんも、明日は白河《はくが》を下ってタンクウへ出て行く私を、口癖のようにうらやましいと云っていた。――若い新聞記者として、洋々とした思いを抱いて一度は日本をたつのだろうけれども、ひとたび、白河の泥色の河をさかのぼってみると、何も彼も夢はふきとんでしまうと云うのである。その夜、ホテルのサロンで乾杯をして、私はその翌朝、AさんBさんに送られて天津をたった。天津から河口のタンクウまではまるで黄土の海である。底が浅いせいか、船はちょっとずつ這っているような状態であった。その日は澄みきったいい天気だった。青い空と、黄《き》ろい河、陸地も黄色、河の沿岸にある部落の家々も、燕の巣のように泥造り、堤に添って、大木のようなひまわりの花が金色に咲いているきり、行けども行けども果てしのない白河の流れを、私は船窓から眺めながら、何だか発狂してしまいたいような空漠なものを感じた。

船がすさまじい波をたてて通り過ぎると、大きなあと波が、もろい堤の土を嚙みとる様にして崩して行っている。それを眺めている岸の子供たちは何時までも船を追って走っている。——タンクウへ着いたのは夕方であった。赤と茶と黒これだけの色彩しかないような淋しい港町で、仏蘭西の何かがあるのか、船の停まった港の停車場近くに、仏蘭西の旗をたてた緑色の木造りの家があって、階下の部屋にはあかるい灯がはいり、家族のすくない晩餐が始まっていた。庭には草木もなく、岩塩だと云う白茶色の砂の小山がいくつもあった。冷たいような美しい宵《よい》だったが、タンクウの港は樺太の港のように寄りどころもなく侘しい。白河とは誰が云ったのか知らないけれども、実によく云い得ている。白河の沿岸に泥の住居をつくっている、住民の生活はおもに百姓なのだろうけれど、私は北京の故宮を見て来ているので不思議な気持ちだった。大理石ずくめの北京の宮殿と、泥づくりの、へっついのような百姓の家とは、私には何か沁みるものがあった。

（昭和十二年五月）

哈爾賓《ハルピン》散歩

1

散歩のことを、上海語《シャンハイご》で、白想《パシャン》と云います。白想！　まことに懐かしく、私の遠い散歩に、この字こそ適当なものはないでしょう。哈爾賓《ハルピン》から上海までの旅を思い立って、何の用意も、何の心がまえもなく、私はまず、北満洲へ、最初のコースを取りました。神戸の波止場を出て数日、雨に濡れた大連の埠頭《ふとう》に、私はいつもながらの無鉄砲さにやりばもないほどな、悔いを拡げずにはいられませんでした。言葉の通じない、風俗の違った土地、そして用意の旅費も手薄な私が、ウラル丸の赤切符を棄てると、いっその事、も一度赤切符を買いなおして、日本へ帰ろうかしらと、私はざんざ降りの雨に濡れながら、焦心を抱いて埠頭に立ちました。

鋸《のこぎり》で歯を刻むような、行き詰りを感じ、うんうん唸っていた内地での私が、地図の上でひろった支那のあの漠々と野方図《のほうず》もない広い面積を見ますと、ひょいとしたら、あんなに大きいのだから、片隅ぐらいこの小さな女にくれないともかぎらないと、不思議な秋夜の空想から、旅立ちをケツイして、ウラル丸の焼けつくような船室に、何日か私は海と語りながら遠い支那の景色を空想していました。

「行ってしもた、行ってしもた、皆笑《わろ》うてる間に、皆行ってしまいよった」

大阪者の子供が、三等の小さな窓から海を眺めて、こんな事を唄《うた》っていました。なるほど、皆行ってしまった。日本の波止場も日本の空も――。白想の気持ちで旅をしましょう。ここまで乗りだして来て、こんな事をとやかく考えるのは馬鹿らしい事です。そこで私は、とてつもない大きい支那地図を、寝そべった女たちの白い足の上に拡げて、ハルピンまでの都会に朱線を長く引っぱってみました。

群れた女の酢っぱい体臭！　汐《しお》の匂い、干大根と油揚げ、南京米《なんきんまい》に潮風呂、ああ拾九円の旅愁です。

2

太陽だろうか月なのだろうか！　野原と空が赤く燃えていて、黄昏《たそがれ》の森の彼方《かなた》に、玉転がしの様に陽が落ちています。「夕陽です」食堂車でお茶を飲んでいる私の耳に、こんな優しい言葉が聞えました。振り返って見ると、食堂の女給仕さん、露西亜《ロシア》女だけれど、日本語が大変うまい。むきだしの白い腕に産毛《うぶげ》が金色に光っていました。「夕陽ですよ」あれが夕陽かしら、暗色になりかけた野原の果てに、狂人が笑っているような落陽の赤い炎、古ぼけたザンゴウの跡が、ところどころ走り去っています。

内地で聞いた馬賊《ばぞく》の話もここでは昔話かも知れません。満洲で強いものは、人間よりも自然です。どこへ行っても果てしのない空と野原、ところどころの森、鉄道の沿線には、今こうりゃんが茶色に実のっています。何町《ちょう》おきかに日本の守備兵が一人一人列車の窓から見えていましたが、内地の波止場でよく見た満洲行きの兵隊さんが、こんな茫漠とした広い野原を背に、鉄道を守っている立派な姿は何か胸が熱くなります。長春の終点で降りたのが夜更け、ホームを歩くと自分の体中に、靴の音がコトコト響いて来る。鳥居龍蔵《とりいりゅうぞう》博士夫妻も、この汽車に乗っていらしたのだけれど、どこか途中で下車されたものと見えて、降りられる模様もない。薄暗い待合室には露西亜人と支那人の巡邏《じゅんら》が、居眠りをしているし、私一人日本人かと思うと、とんでもないところにやって来たものだと、心細くなってしまいました。

幸い、長春駅の助役西川氏の好意がなかったら、私はハルピンまで行けたかどうかわかりません。大連の満鉄本社では、長春までのパスを貰うのに、個人の場合は駄目だと云う事で、やむなく、一晩大連に泊り、朝、十河《そごう》理事にお願いして、やっと、長春までの二等切符を貰いました。あの侘《わ》びしい気持ちとくらべて、夜更けの長春駅で、しかも汽車の出るまぎわ、何も言わないでパスを下すったお心づかいを、私は一生忘れないでしょう。どうしてこう電気が暗いのか、待合室のぼんやりした椅子に、泥のようになった苦力《クーリー》の群や、辮髪《べんぱつ》を巻いたお百姓、爪の長い支那紳士の家族、売店の陳列箱の前では、露西亜人のみすぼらしい男たちが、荷物を片手に、紅茶をフウフウ吹きながら飲んでいたりしています。東支鉄道列車、これはもうすばらしいものでした。満鉄列車も内地のよりはるかに乗り心地がよくて、北から南への汽車は皆楽しい乗心地でした。

国際列車に乗って、寝台室の横の細い廊下をコツコツ渡って行くと、いまさら遠く来たものだと思わざるを得ないのです。私の寝台券はナムバー十九号、寝台は一室に四つ。私の十九号の寝台には、でかい露西亜女が、雷のような鼾《いびき》をしてもう占領していました。老いた列車ボーイが気長に体をゆすって起してくれたのですけれど、わざと狸寝《たぬきね》をしていて起きてくれないのです。二階のように高い上の方の寝台に這いあがって、私はやっと旅の着物を抜《ぬ》いだのです。

朝。

三姓毛と云うあたりで眼の覚めた私は、窓を開けると、点々と散った美しい露西亜人の村落を見ました。朝霧の流れているあっちこっちの百姓家の庭には、コスモスが水々しく咲いていました。

「グッド・モオニング！」とボーイが扉を叩いて行きます。朝のあいさつは朗らか。昨夜の寝台を乗り取った彼女は、濡れたブラシで子供の頭をといていました。

「グッド・モオニング。」

おしゃまな、赤いガウンの子供は青い眼で笑う。言葉の通じないと云うことは、とても憂鬱です。廊下の小さい引出しテーブルで、紅茶とパンを食べながら、窓を覗いている。顧郷屯《こきようとん》と云う小駅を汽車は走っていました。次がハルピン。日本人の顔は一人も見えません。支那人と露西亜人と、小数のアメリカ人らしいのと。ハルピンを降りたら、私はどんな風にして宿を探がしたらいいかと思いました。宿引きがうまく見つかればいいけれど、紅茶の硝子《ガラス》コップの皿に十銭玉を入れておくと、ボーイは眼をみはって喜びます。

ハルピン！　なつかしいハルピンに着きました。

「ヤポンスキーマダム！」

これが最初に聞いた、私への言葉。

「ヤポンスキーホテル？　ハラショ。」

街を剪《き》り街を剪り、がたがたなどらいぶ。鋪道を行く馬車の古風さ、馭者は赤いルパシカの上に黒いチョッキ、白い馬などは、実に春は馬車に乗っての感が深い。何と云う古風な街だろう、空も美しいけれど、中央寺院の円屋根、煙草《たばこ》のスマートな絵看板の広告、支那料理店の軒には、ぼたんばけのような紅い房が朝風に埃《ほこり》をキリキリ払っています。私の泊ったのは、埠頭区《ふとうく》田舎街《ボレワヤ》の北満ホテル、北向きのバザール市場の軒を見はらした金参円也の部屋。ベッドは少々背が高すぎます。

(何から先に落ちつこうかしら……)。

ここは日本人の宿なので、宿代は勿論《もちろん》日本金の参円、露西亜人のホテルだと、二ドルも出せばいい部屋が借りられると云う事でした。すると日本金《にほんきん》に換算して、壱円いくら、何とよい時に来たものでしょうか、このホテルの階下はキャバレーで夜明けまで唄声がきこえています。

ここでは二、三十銭も出せば、キタイスカヤあたりで、素晴らしいアベード(昼食)が食べられます。辻々には可愛らしい小店があって、酒も煙草も売っているし、煙草は数えきれないほど、豊富な種類があります。日本の切手一枚で買える安煙草でさえ、内地のバットとはヒカクにならない。トロイカ、これは紫色の箱の中に、薄い紙で巻いた薄やかな女煙草。モスコウ、茶色っぽい箱の色が、秋にふさわしい煙草。パンは勿論美味《おい》しいし、丸太石の鋪道に影をつくったニレの樹、その木影に靴みがきの男が、素晴らしく弓を張った乳色の女の足を抱いて、銀色の靴に粉をふりかけています。

朝起きると、やかんをさげて辻に湯を買いにゆきます、そこでは、パンも腸詰も、トマトも、煙草も、新聞も、清潔な朝の御飯。郊外の家を覗くと、庭の芝生で、紅茶とパンと瓜を食べた子供は、朗らかにうたを唄って学校に行っています。

台所から解放されたハルピンの女、夜の鋪道は、お父さんも子供も娘も母親も、唄をうたって御散歩だ。

3

私は十日あまりの間に、ハルピンでは色々な人に会いました。

チェホフの好きな、日露協会学校の水谷先生、日本の「改造」がすらすら読める、同校のアムプリーフゥドスチェンコフ、こんな方たちにも、お話をする機会を持ちました。

アムプリー先生は、またわざわざ通訳の労を取って下すって、馬家溝《マジャコウ》の静かなお部屋も提供して下すったりした。

夕方。

アムプリー先生の簡素なお部屋の中で、私は、現在実力のあるソヴェートロシヤ女流作家について、色々おたずねする事が出来た。アムプリー先生は非常に体格のいいひとで、沈黙家《だまりや》で、私は何か彫刻でも見ているような感じをうけました。

現在のソヴェートロシヤの女流作家と云えば、先ず次にあげる四人位が有名な方だそうですが、まだまだ後から後から若いひとが出て来ていると云う事でした。

アンナ・カラワーエワ、このひとは、西比利亜《シベリア》生れの女流作家で、最近の作として一番衆目《しゅうもく》を引いたものに、「森林工場」と云うのがあるそうです。日本にも訳されていないでしょうか、訳されていたら、是非読んでみる必要がありますね、と云う事でした。

マリエッターシャーギニャンは、現在は熟練紡績女工だそうですが、詩人でそして長篇作家で、美術学士と云う肩書きもあるひと。日本にもこう云う作家の一人位は出ていいものですね。セイフーリナー、彼女は、普通の女流作家のように若くから出た人ではなく、三十四、五歳の時、偶然に物語りめいたものを書き出して、有名な作品としては「ウィリネーヤ」というのをあらわしていると云うことでした。「ウィリネーヤ」と云うのは女の名前で、この本は仏語に訳されているそうです。

ニーナスミルノーワ、このひとは西比利亜のハムスンと云われている有名なひとだそうです。色々な生活体験家で、マダム・ハヤシの好きそうなものを書くひとですと、アムプリー先生のお話。

その他、露西亜人の方で紹介された人は、ヴェラ・ワシリェヴナ・ラチノバ、と云う美しい薔薇のようなお嬢さん。チュウリン百貨店の近くの家主の娘さんで、勿論お父さんは白色系に違いない。レオニド・タルゲェヴッチ・アスタホフ（阿斯他霍夫）と云う、ザリヤ新聞を発行しているひとにも会いました。大変日本贔屓《にほんびいき》の人だそうです。ザリヤ紙の三分の一を、私の事に就いての感想で埋めて下すったせいか、街の靴屋の主人が、「マダム・ハヤシ！」と呼びかけてくれた時には、吃驚してしまいました。

アレクセイ・アレクセィエヴッチ・グリゾフは青年詩人で、ペンネームをアチャイルと云うひと。菊の花の咲く国のフミコ・ハヤシへ、雪国の男アチャイル――こんな署名をした詩集を私はこの人から贈られたりしました。

ウェスチニア・ウラジミロヴナ・クルゼンシテルン、このひとはハルピンで一番話のあったグンバオと云う新聞の婦人記者。明るい気の利いた短篇がうまくて、いま日本に関した小さな小説を書いていると云う話でした。彼女の結婚観をきくと、一度破婚《はこん》した彼女は、男の友達だけで沢山と云う話。結婚するにしても、お婆さんになってから、ゆっくり牧師さんとでも、一緒になりましょうと笑っていた。

4

ハルピンは夏がいいと聞いていたけれど、この分では冬も大変いいらしい。松花江《しょうかこう》の広い沿岸には水を眺めに来る人でにぎわうし、モーターボート競争のある日には、街の女の話題が花火のように散る。大きなステージ付きのヨット倶楽部のそうれいさ。私はたいへんいいときに来たのかも知れません。

私の泊っているホテルの前が、キャバレータベルナ。まず三流どころだけれど、一ドルも踊り子に握らせてやると、いつも親切なパアトナになってくれます。チチハル生れの踊り子が、ステージの隅で唄い出しますと、どんなに騒いでいる踊り子でも、シイッシイッと叱声《しっせい》をあげて、落ちついて耳をかたむけています。

私は処女で憂鬱なのよ
摘んで欲しいと待ってはいるが
私は誰も知らない野花
摘まれてしまえばおそろしい。

木靴と、腰のひだぎれをはずすと、彼女は裸形に近い姿で椅子の間を踊り抜いています。拍手の雨、拍手の嵐、底冷えのする屋外に出ると、俥と、馬車《マチヨオ》が街燈の下で客を待っています。ニッツアも人に連れられて行って見ましたが、これはコッケイの至りだ。日本人と云うものは、こんなものを見物の一つに数えているのかも知れませんけれど、千代紙箱のように壁をペンキでペタペタ塗ったあくどい部屋で、人絹《じんけん》のギラギラしたハッピィコートを着た露西亜女がかっぽれを踊るのです。日本のお娼家みたいなのですが、味も実もない遊び場所。部屋の隅にはピアノが一台、レコードにあわせて裸になる段になると、ブルッと身ぶるいが来そうな、美しい女の裸姿ならまだしもグロッスそこのけの裸で、タンゴダンスを踊るに至っては、もう逃げ出すより仕方がありません。

街のなかの堤《どて》の上の線路を越したナハロフカ(貧民窟)の町へはいりますと、日本の貧民窟の様な悲惨な軒並が眼にはいります。この街からキャバレーに通っている踊り子たちもいる。支那人の野菜屋の屋上には、何を考えてか、青天白日旗が長閑《のどか》にヒラヒラしていたりしました。支那政府に雇われた露西亜人の巡査が、梨を噛《かじ》りながら歩いています。ナハロフカの辻々の名札には、暗黒街とか、墨鷲街とか、まるで探偵小説の表題。水があんまりよくないせいか、ハルピン女は露西亜人も支那人もみんな肌が荒れている感じでした。

キタイスカヤの街は東京の銀座のようなところ。ホテル・モデルンの映画を覗いてみますと、故郷なき人、女権将軍、タイトルは露西亜語と支那語、言葉が判らない私は、フイルムの遠い幻を追って、いい音楽にききとれていました。ハルピンは女の国だけれど、私の前にいる暗がりの女は、煙草のあいまあいまに、男に唇をさしよせて接吻です。

明るくなった場内では、煙草売りの娘が、何世紀前かの美しい服装で、煙草や菓子を売りに来ます。ハルピンのシネマも、レヴューを入れなければ、流行しないのか、音楽が二つばかりあった。赤い服の街の令嬢が、素人のままの姿でステージに出た時、その初々《ういうい》しさに、嵐のような拍手がおこったものです。

夜の長いハルピン、夜の美しいハルピン、房々としたニレの樹蔭《こかげ》に、パンを積んだ馬車の男が、口笛を吹いて走ってゆきます。

5

松花江の河床の低地に発達した傅家甸《フウジヤテン》の夜、活気のあるあの支那街も忘れられません。ハルピンは、旧哈爾賓《スタールハルビン》、新市街《ノーウイ・ゴーロッド》、埠頭区《プリスタン》、傅家甸この四ツからなった街ですけれど、一番活気のあるのは、支那街の傅家甸でしょう。歩いていると、火事のある街に行っているように、人の往来がはげしくて、キタイスカヤの露西亜人の街とくらべて、二、三の識者の話では、これからのハルピンは、傅家甸が中心になって行くでしょうと云う事でした。

「美味しい西瓜《すいか》だ！　食って厭《いや》だったら金はいらない！」

アセチリンガスのわびしい灯影を浴びて、河のそばで西瓜売りが呶鳴《どな》っています。食って見て厭だったらなんて、何と面白い言葉でしょう、この傅家甸を案内してくれた朝鮮銀行の小串《こぐし》氏、と、ヤポンスキームゼイの柏木氏は、共にハルピン通で、二人とも美しい青年紳士です。あんまり夕焼が赤かったせいか、苦力《クーリー》の進め上手か、私たちは各々ボートに乗って、西瓜やとうきびを頬ばったまま河芯へ出ました。

私がここへ着く前の日まで、とても長雨が続いたとかで、河向うの松花江はゴミのように水につかっていました、満洲はほんとうに広すぎる感じです。広い流れを見ていたら首が痛くなりました。何だか、旅費が心細くなって、妙にそんな事までが身にしみ、帰られなくなるのじゃないかと思ったりしたものです。

水上船の下を通る時、支那の水上巡邏に剣突き鉄砲を向けられ、私はズシンと体が沈むような気でしたが、小串氏も柏木氏も、平気で漕いで行きます。——陸へ上って、傅家甸の百貨店に行くと、菓子部の中に、日本のキャラメルが、硝子の箱へはいっていました。

昨年の東支問題があってから、支那はかなりハルピンの権力をソヴェートから取りもどしています。日本人の街は、モストワヤ(埠頭区)あたりにあるのですが、大した勢力はありません。邦字新聞も三ツ四ツあるけれど、ここの新聞記者はなかなか勉強家が多い。

馬家溝《マジャコウ》は郊外でも静かな学者街、ちょうど帝展製作に来ていた私の友人甲斐仁代さんの御主人中出《なかで》三也《さんや》君が、この静かな馬家溝の露西亜人の離れを借りて勉強していらした。百号あまりのもので、モデルは下宿の娘さん。ニレの樹蔭に、露西亜の百姓女の姿がとてもいい画材だと思いました。一ドル半もモデル料を出せばいいって聞いたけれど、素直な美しい娘さん。

この中出三也君には面白いエピソードがあります。はるばる来た私を御馳走すると云うので、日露協会学校の学生さんと三人、東支倶楽部にアベードを食べに行きました、三人ともあんまり言葉が判らないので、手真似ばかりで註文したのはカ、、、、ツレツとスープ、「ハルピンのカツレツは林さん柔かいよ、ホラ。」くしゃりとカツレツの胴中を突きさした中出さんの天真さには笑い出してしまいました。

ハルピンの景色で一番好きだったのは寺院です。寺の中へはいって行くと、どの墓にも花があふれていました。そして石台の表には、短い詩が刻んであるのもあります。

——貴方《あなた》の苦悶が私に通って来ます——愛妻のたむけた詩なのか、涙ぐましいひとくさり。白系露人の墓は十字架で、赤色系のは赤い丸太ん棒が突きさしてあるきりでした。たまに、こんなところへ来て、散歩をしたら、心がせいせいするでしょう。ハルピンで見た寺院は、露西亜寺院と、猶太《ユダヤ》寺院、回回《フイフイ》教寺院、こんなものでした。

ハルピンは国際都市とは云いましても、白系露人の避難民の街と云った感じが強いところです。これで家賃さえ高くなかったら、とても住むにいい楽土だと思いました。夕方のキタイスカヤの鋪道は美しい娘であふれています。軒並にアスター（えぞ菊）の花を売る支那人。

走っている自動車は心配なく乗るがいい。露西亜人の人の好さは、子供のようなところがあります。上海で乗った自動車のように、ボリもしなければ、ずるい事もされません。宝石も名物だそうですがイミテーションが多いそうです。

春は馬車に乗って、横光氏の言葉を拝借したくなるほど、ハルピンの街は、馬車の鈴と馭者《ぎょしゃ》の「チョウッ！」と馬の尻を叩く呼び声から、みんななつかしいものです。そこで、私の覚えた露西亜語はどこへ行っても通用する「スパシィヴォウ！」です。

6

大連から直路北満洲へ。ハルピンから長春・奉天・撫順・大連・金州・三十里堡・青島・上海・杭州・蘇州、私はわずかな旅費で、これだけ白想をこころみて来たのですが、とても上海までは書ききれません。長春からの時間表を私は間違えてしまって、奉天駅へ着いた時は、夜の十時頃でした。宿引きに連れられて、大和ホテルに宿を取りました。さっぱりしたホテル。バス付五円の美しい部屋に一夜をあかします。天井から紗《しゃ》の円い蚊帳《かや》がさがっていて、私には少々ぜいたくすぎる部屋。奉天はどんな街でしょうか。ハルピンをたって以来、こんなに早く寝た事がないし、ベッドはとても寝心地がよさそうだし、何かしら遠い東京の生活をフッと考えて見ました。

さて、奉天ですけれど、奉天での私の見物はたしかにみじめでした。

第一奉天のツウリスト・ビュウロウなんて、あってもなくても同じ事だと思いました。領事館で聞いた通り、俥をかって、相談に行ってみますと、木で鼻をくったような冷やかな人情、女の一人歩きを気味悪がったのかもしれないけれど、「お一人の場合は案内料も高いし、自動車でまわっても拾円近いですよ。」ツウリスト・ビュウロウには満鉄から金が出ていると聞いたのですけれど、こんなに冷たい案内所ならむしろ無い方がいいと思いました。宿を引きあげた私は、行き場がないので、駅の近所の日本寿司屋にはいりました。寿司を食べて、茶を呑《の》んでいると、ぼんやり涙がこぼれそう。

「正直な俥屋《くるまや》いませんかしら、城内と北陵を見たいのですが。」

寿司屋では心よく俥屋を探してくれました。きめてくれたニイヤンは、城内から北陵、娘々廟《ニヤンニヤンミヨウ》を見て七十銭でいいと云います。私は俥に乗って初めて息をつきました。

「城内は女子《おなご》はん一人ではあぶないがなあ……。」

私はそれでも元気に笑って、大きなトランクを両足にはさんで俥に乗りました。

「ニイヤン！　北陵知道《チイド》か？」「知道！　知道！」

日本人の街をつっきり、城内へはいりますと、とても愉快。大きな百貨店の前に来ますと、私はおぼろげな支那語をつかって、車を止めたりします。

「ニイヤン！　少々漫々で、看々《かんかん》！」

百貨店の中へはいると、四方から店員が私を呼びかけて来ます。靴を買おうか、母へ支那《しな》繻子《じゆす》を買ってやろうかなど考えていますと、

「シナジス、ヒスイ、いいのあります。」

支那の商売上手にはかなわない。支那繻子を拡げて、私を吊っていた店員が、私を陳列の奥へ引っぱって行くと、子供の赤い金時さんを持って来て買えと云います。

「私、子供ないからいらない。」

「子供ないから、買うよろし。」

ニヤニヤ笑いながら店員が、金時さんの前をめくると、これはグロテスクな支那の×画でした。不意打ちだったので面喰《めんくら》った私は、何だか厭な気持ちで、「プョオ！　プョオ！」と外へ出ました。

満洲の日中はとても暑いです。

7

城内のゴミゴミしたお寺のそばで、怪しげなアイスクリームを売っているお爺さんがいました。ニイヤンがとても暑そうなので、少々漫々を連発して俥を止め、アイスクリームを御馳走してやりました。私にどうして食わないかと云うから、舌を出してゲッとしてみせたら、腹をさすって眉《まゆ》をひそめて心配してくれる。人種が変ってもこんな優《や》さしい人情もあります。私はこのニイヤンには沢山お金をやりたいと思いました。

さて、アイスクリーム屋に拾銭玉で払いますと、五円札のおつりです。間違いじゃないかと、何度も札を叩いてみせましたが、間違いじゃないらしい。すると奉天の城内の五円も、あんまりありがたくないものなのでしょう。アイスクリーム屋の爺さんは、日本で云えば何百円と云う札束を煤《すす》けた板の上に出していますが、五円が五銭玉一ツなら、そんなに大したものじゃありません。

ニイヤンの飛び散るような汗をみていると気の毒になって来ます。腹が空いたかと手真似で聞くと、腹がすいたと云う。拾銭玉二ツ出してやると、一ツ取って、うどん粉で出来たおやきのようなものを買って来ました。五銭おつりを私に返《か》えすのです。ニイヤンの食べているのを見ると、まるで風呂敷を食っているよう。私にも半分食べないかと出してくれましたが、また舌をゲッと出して見せる。張学良の別荘も、北陵へ行く路で見ました。三、四日もいらっしゃれば、何とか、紹介の労をとりますがと、領事館の方が云って下すったのだけれど、どうも中立軍張学良には興味がありません。

北陵はほんとうに美しい処です。黄瓦朱壁の建築物が珍《めず》らしく、奥の寝陵には清の太宗文皇帝の寝園がありました。一人でコツコツ石像の豹《ひょう》や獅子や、馬や駱駝《らくだ》や象の間を歩いていますと、胸がドキドキ鳴っているのが聞える位静かです。陵の入口で待っているニイヤンと、サイダーを分けあって呑《の》みました。とてもいい日だったに違いない。ニイヤンは、また私を日本寿司屋の前まで連れて来て降ろしてくれました。日本金二円を包んでやると、ニコニコ笑って、今晩は女房になまこと、蓮の実を食わせるのだと喜んで帰りました。

段々手薄になるふところを気にしながらも、大連の埠頭であんなに日本へ帰りたい事などはもうケロリとしてしまって、私はさきへさきへ進む気持ちで上海行きの苦力船に乗りました。勿論三等旅行です。満洲はとてもいいところでした。日露戦争の跡も見て来たかったのですが、小心者の私は、戦争があんまり好きじゃないので、旅順の二百三高地へはわざと行かないで止《や》めてしまいました。満洲では北方がいいと思います、勿論その中にはハルピンがあるから……、また来年は冬のハルピンを見に行きたいと思っております。

（昭和五年十一月）

西比利亜《シベリア》の旅

長春《ちょうしゅん》へ着きました。雪はまだ降っていません。――去年、手ぶらで来ました時と違って、トランクが四ツもありましたし、駅の中は沢山の兵隊で、全く赤帽を呼ぶどころの騒ぎではないのです。ギラギラした剣附鉄砲《けんつきでっぽう》の林立《りんりつ》している日本兵の間を潜《くぐ》って、やっと薄暗い待合所の中へはいりました。この待合所には、売店や両替所や、お茶を呑《の》むところがあります。

五銭のレモンティを呑みながら、見当もつかない茫漠とした西比利亜《シベリア》の道筋の事を考えたのですけれども、――「この間満鉄の社員が一人、哈爾賓《ハルビン》と長春との間で列車から引きずり降ろされて今だに不明なんですがね」とか、「チチハルの領事が惨殺されたそうですよ」なんぞと、奉天《ほうてん》通過の時の列車の中での話なのです。あっちでもこっちでも戦争の話ばかりなのですが、どうもピリッと来ません。

とにかく、何処《どこ》にいても死ぬるのは同じことだと、妙に胆《たん》が坐ってしまって、何度もホームに出ては一ツずつトランクを待合所に運んで、私は呆《ぼ》んやりと売店の陳列箱の中を見ていました。去年は古ぼけた栗島澄子や高尾光子の絵葉書なんかが飾ってあったものですけれど、いまはそんな物は何も無くなっていて、いたずらに、他席他郷送客杯の感が深いのみでした。

ここでは支那人のジャパンツーリスト員に大変世話になり、妙に済まなさが先に立って、擽《くすぐ》ったい気持ちでした。ここだけでも二等にされた方が良いと云う言葉をすなおに受けて、長春・哈爾賓《ハルビン》間を二等の寝台に変えました。

「内側からこうして鍵をかっておおきになれば大丈夫ですよ」

若い支那のビュウローの社員は、何度となく鍵を掛けて見せてくれました。ここからは露西亜《ロシア》人のボーイで日本金《にほんきん》のチップを喜ぶと云う事です。で、やれやれこれで良しと云った気持ちで鍵を締めて、寝巻きに着かえたりなんぞしていますと、何だか山の中へでも来た時のように森《しん》とした耳鳴りのようなものを感じました。四囲《あたり》があまり静かだからでしょう。この列車から、ホームはかなり遠いのです。

列車が動き出しますと、支那ボーイが床《とこ》をのべに来てくれます。このボーイは次の駅で降りてしまうので床をのべに来る時、持って来た紅茶茶碗の下皿に拾銭玉を一ツ入れてやりました。

四人寝《ね》の寝台が私一人でした。心細い気もありましたけれど、鍵をかって寝てしまう事だと電気を消そうと頭の上を見ますと、私の寝台番号が何と十三号です。それに哈爾賓に着くのが明日の十三日、私は何だか嫌な気持がして、母が持たしてくれた金光《こんこう》さんの洗米《せんまい》なんかを食べてみたりしたものです。迷信家だなんて笑いますか、今だにあの子供の頃のような気持を私はなつかしく思うのです。十一月十三日の朝、八時頃何事もなくて私は哈爾賓に着きました。折悪《あ》しく私の列車は、貨物列車の間に這入《はい》って行ったので、北満ホテルのポーターにも見つかりもせず、とても事に一人で行ってしまえと、四ツのトランクを露西亜人の赤帽に頼んで、とにかく駅の前まで運んで貰いました。冬の哈爾賓は夏よりも好きです。やっぱり寒国《かんごく》の風景は寒い時に限ると思いました。空気がハリハリと硝子《ガラス》のようでいい気持でした。

「ヤポンスキー、ホテル・ホクマン」

これだけで露西亜人の運転手に通じるのですから剛気なものです。古風な割栗石《わりぐりいし》のような道を、私の自動車は飛ぶように走っていて、街を歩いている支那兵の行列なんかを区切ろうものなら、私はヒヤヒヤして首を縮めたものです。

一ツの難関は過ぎましたが、いよいよこれから戦いの本場を今晩は通らなければなりません。

*

全く何度も云うようですけれど、私は哈爾賓《ハルビン》が大変好きです。

北満ホテルへ着きますと、皆が私を覚えていてくれました。去年のままの顔馴染《かおなじみ》の女中たちでした。「こっちは大丈夫でしたか?」まずこんな事から挨拶を交《かわ》したのですけれど、哈爾賓は日本で考えていた以上に平和でした。「こっちは何でもございませんよ」長崎から来た女中なぞは、哈爾賓は呑気《のんき》なところだと笑っていました。窓から眺めた風景だけでも戦争はどこにあるのだろうと思わせる位ここは大変静かです。

日本の茶漬も当分食べられないだろうと、朝御飯には味噌汁や香《こう》のものを頼みました。

「この間も日本の女の方が一人お通りになりました」

「その方は無事に西比利亜《シベリア》に行かれたようでしたか?」

「はい、御無事で行かれたようです。お立ちになります時、やっぱりこうして日本食を召し上りながら、死んでしまうかも知れませんなんかと、淋しそうに云っていらっしゃいましたが、……」

音楽学校の先生でショウジさんとか云う方でした。東京の列車から御一緒に巴里《パリー》まで道連れにして貰おうなんぞと思ったりもしたのですけれど、何しろ二等で行かれるのでは、クラスが違うので、私は六日遅れてしまったのです。

「その方、運が良かったのですね。私《わたし》なんか無事に越せますかしら?」そんな事を話しあっていますと、チチハルから、今婦女子《ふじよし》だけが全部引上げて来たと云うニュースがはいりました。女中たちは、二、三日泊って様子を見てみたらどんなものかと云ってくれたりもしますが、様子なんぞ見ていたら、まず手元が困ってしまいますので、どんな事があっても、午後三時出発にきめてしまいました。

哈爾賓から西比利亜へ行く日本人は私一人でした。旅行者も居るにはいましたが、ごく少数で、ドイツの機械商人と、アメリカの記者二、三人と、まあ、その位のもので、あとは支那の人ばかりです。

「日本人の方でドイツへ行かれる方がいらっしゃるんですが、二、三日様子を見るとおっしゃっていますよ」

だけど私は、どうしても様子を見ていることが出来ないので、私は列車に乗る事にきめてしまって、街へ買物に出ました。寒さに向ってではありますし、また、西比利亜の食堂車で、いちいち食事を取っていた日には、とても高くかかると云う事でしたので、まず毛布《もうふ》や食料品を買い込む事にしました。

哈爾賓で買った紅色《べにいろ》の毛布、これはもういまでは大変な思い出ものです。(巴里の下宿で、いま蒲団《ふとん》がわりに使用しています。) 初め、安いあけびの籠《かご》を買って、それへどしどし買った食品を詰める事にしました。何しろ初めての西比利亜行きなので、――用心して細心に買物をしたつもりでも、沢山抜けたところがあるのです。

まず葡萄酒を一本買いましたが、吝《けち》をしてしまって哈爾賓出来を買ったものですから、苦味《にが》くてとても飲めたものではありませんでした。外に、紅茶、林檎《りんご》を十箇、梨五箇、キャラメル、ソーセージ三種、牛缶二箇、レモン二箇、バターにチーズに角砂糖一箱、パン五斤《きん》、ゼリーにマアマレイドそれからヤカンや、肉刺《にくさし》、匙《さじ》、ニュームのコップなぞ揃えました。――また、アルコールランプやオキシフルや、醬油や、アルコール、塩なぞは、溝口と云う商品陳列館の人に貰って、これは大変役に立ちました。

それこそ、風呂に這入《はい》る暇もなく停車場《ていしゃば》行です。大毎の小林氏が、チチハルとモスコーへ、誰か迎いに出てくれるように電報を打ってあげましょうと云って下すって、一人旅には一番嬉しいことでした。

ここでも私は二等の寝台に買いかえて乗る事にしました。――大分番狂《ばんくる》いで仕方もないのですけれど、二、三日哈爾賓で様子を見ていたと思えば良いと腰を落ちつけて、何気なく、窓硝子を見ますと、頬の落ち込んでいる自分の顔を眺めて、私は吃驚《びっくり》してしまいました。ところで、荷物の事なのですけれど、小さいトランクをいくつも持つより、大きいのを一ツと、手廻りの物を入れるスウツケースと、その方が利巧だと考えました。

同室者は、海拉爾《ハイラル》で降りる露西亜人のお婆さんでした。髪の毛は真白でしたけれど、帽子を被《かぶ》ると、赤いジャケツを着ていますのでまるで三十歳の若さに見えました。晩の九時頃が命の背戸《せと》ぎわなのですが――この、露西亜婦人に大丈夫だと云われて少しは落ちつきが出来ました。

*

十四日です。

私は戦争の気配を幽《かす》かに耳にしました。――空中に炸裂する鉄砲の音でしょう。初めは枕の下のピストンの音かとも思っていましたけれど、やがてそれが地鳴《じな》りの音のように変り、砧《きぬた》のようにチョウチョウと云った風な音になり、十三日の夜の九時頃から十四日の夜明けにかけて、停車する駅々では物々しく支那兵がドカドカと扉《ドア》をこづいて行きます。

激しく扉《とびら》を叩きに来ますと、私の前に寝ている露西亜《ロシア》の女は、とても大きな声で何か呶《ど》鳴《な》ります。きっと、「女の部屋で怪しくはないよ」とでも云ってくれているのでしょう。私は指でチャンバラの真似をして恐ろしいと云う真似《そぶり》をして見せました。露西亜の女はそれが判るのでしょうか、ダアダアと云って笑い出しました。私はこの女と一緒に夕飯を食堂で食べました。何か御礼をしたい気持がいっぱいなんですけれど、思いつきがなくて、――出発の前夜、銀座で買った紙風船を一つ贈物にしました。

彼女は朝になっても、その風船をふくらましては、「スパシィボー!」と喜んでくれました。まるで子供のようです。手真似で女学校の先生だと云っていましたが、勿論《もちろん》白系の方なのでしょう。

ひわ色に、白に牡丹《ぼたん》色の紙風船のだんだらが、くるくる舞っていて、何か清々《せいせい》した美しさです。

窓のカーテンは深くおろしたままです。海拉爾《ハイラル》には朝十時頃着きました。もう再び会う事はないでしょうこの深切なゆきずりびとを、せめて私は眼でだけでも見送りたいものと、握手がほぐれると私はすぐカーテンの隙間からホームに歩いて行く元気のいいお婆さんの後姿を見ていました。巴里《パリー》へ行くまで……行ってからも、私は沢山の深切なゆきずりのひとたちを知りました。いまだに何もして報いられないのですけれど、そのままお互いがお互いを忘れて行ってこのままになるのでしょう。

駅の露西亜風な木柵《もくさく》の傍には、支那兵とアメリカの記者団が何か笑いながら握手をしていました。――どうしたせいなのか一茫の端に見える西比利亜《シベリア》の空がひどく東洋風なので、支那の人たちの方の顔がどっしりとして見えました。

マンジュウリに着いたのがお昼です。ここは露支の国境です。まだ雪は降っていません。珍らしく日本的な太陽が輝いていました。日本的な――笑いますか、こんな言葉も一脈のノスタルジイでしょう。ここでは大毎の清水氏や、ビュウローの日本のひとが出てくれました。二人ともいい方でした。安東《あんとう》を出てから二度目の税関です。荷物を税関へ運んで、調べて貰う間にパスポートにスタンプを押して貰いました。ガランとした税関の高い壁上には、大きい西比利亜の地図が描いてありました。ちょっとハイカラな小学校の雨天体操場と云った感じです。西比利亜を通過するここからの旅客は、ドイツの商人と私との二人きりになりました。鞄《かばん》をあけて露西亜の税関に調べて貰っている間に、支那の憲兵が何度も私の姓名と職業を尋ねに来ました。パスポートを調べられるのは勿《もち》論《ろん》ですし、所持金までも聞かれました。勿論これは露西亜側の方です。で、私は人に教わった通り、米弗《ドル》で三百弗だと書いてみせました。タイプライターも持っていませんでしたが、もし持っておれば通過する間封ぜられます。写真機もタイプライターも持っていませんでしたが、

税関では一ツ面白い事がありました。下村千秋氏が玉木屋のつくだ煮を下すったのを持っていたのですが、どうしても開けて見せろと云うので、開いて貝を一ツ摘《つま》んで食べて見せました。此様な、まるで土みたいな色をした食料品なぞ、このひとたちには不思議なのでしょう。一切の仕事が片づくと、さて、一週間を送るべきモスコー行きの硬《こう》床《しょう》ワゴンに落ち着くのですけれど、その前に私としてはX27のように、初めて小さい役割をすることになったのです。

＊

モスコーへ行く日本人は私一人なのです。マンジュウリの領事から、モスコーの広田大使へ当てての外交書類を是非持って行ってほしいと云う事が持ち上りました。共産軍はもうチチハルへ出発したとか、露西亜《ロシア》の銃器がどしどし支那の兵隊に渡っているとか、日本軍は今軍隊が手薄だとか、兵匪《へいひ》の中に強大な共産軍がつくられていると か、風説流々《るる》なのです。

戦いを前にしての静けさとでも云いますのか、マンジュウリの駅は、この風説に反してひっそり閑《かん》としていました。私はあずかった、五ツ所も赤い封蠟のついた大きな状袋をトランクに入れて鍵をかけると、何だか妙に落ちつけない気持ちでした。もし調べられた場合は……その時の用意に、露文で、外交官としての扱いをして戴きたいと云った風な、大した添書《そえがき》も貰っているのでしたけれど、全くヒヤリッとした気持でありました。

愛国心とでも云うのでしょうか、そんな言葉ではまだ当《あて》はまらない、酢っぱいような勇ましい気持、――何にしても早く国境を越えてくれるといい。

いよいよ露西亜です。

青い空に真赤な旗が新鮮でした。赤い荷車が走っています。杳々《ようよう》とした野原が続いていて、まるでもう陸の海です。私は露西亜へ這入ってから二十円だけルーブルに換えました。列車の中に国立銀行員が鞄を持ってやって来ます。国立銀行員だなんて云っても、よぼよぼの電気の集金人みたいな老人でした。印刷したてらしいホヤホヤのルーブル紙幣を貰ったのですけれどまるで、煙草《たばこ》のレッテルみたいで、麦の束が描いてありました。その紙幣を九枚に小銭を少し、ちょうど四拾銭ほどの換算賃をとられました。

夕方、時計は七時でしたが、明るい内にハラノルへ着きました。小駅で、発車を知らせるのに、この駅では小さい鐘を鳴らしていました。ところで、まず、私の寝室をここに描《か》きましょう。一室には四人ずつで、一ツ列車に八ツの室があります。私は、一等も二等も覗いて見ましたけれど、西比利亜《シベリア》を行かれる方には是非三等をお薦《すす》めしたいと思った位です。けっして住み悪くはありませんでした。初め、列車ボーイには日本金の参円もやればよいと聞いていました。つまり日が五拾銭の割でしょうけれど、私は何を考え事していたのか、ここでは五円やってしまいました。大変気前のいいところを見せたわけです。――ルーブルでチップをやっても、ボーイは決して有難い顔をしないそうです。日本金でやれば、国外で安いルーブルが買えるからでしょう。

私の方のボーイは、飛車角《ひしゃかく》みたいにずんぐりしていて、むっつり怒ったような顔をした青年でした。帽子には油じみた斧《おの》と鎌のソヴェートの徽章がついています。五円やったからでもありますまいが大変深切でした。私は二日間で私の名前を覚えさせる事に成功しました。帽子をぬぐと額が雪のように白くて髪は金色です。モスコーに母親とびっこの弟がいると云う事も判りました。私に巴里《パリー》へ行って何をするのだと聞きますので、お前のような立派な男をモデルにして絵を描くのだと云ったら、紙と鉛筆を持って来たりしましたので私はひどく赤面しました。

旅は道づれ世は情けと云う言葉を、今更うまい事を云ったものだと私は感心しています。私の隣室はドイツ商人で、ボーイはゲルマンスキーの奴はブルジョワだと云って指を一本出して笑っていました。何でブルジョワだと聞くと、タイプライターも蓄音機も写真機も持っているからだと云っていました。この隣りのドイツ人はなかなか愛想のいい人でしたが、その同室にいる露西亜人は旅行中一番親切なひとでした。

私の部屋はまるで貸しきりみたいに私一人です。だから私は、朝起きると両隣りからお茶に呼ばれますし、トランプに呼ばれるし、何しろ出鱈目な露西亜語で笑わせるのですから、可愛がってくれたのでしょう。左隣りはピエルミで降りる青年と、眼の光った四十位の男と乗っていました。私はこのピエルミで降りると云う青年がとても好きで、よく廊下の窓に立っては話をするのですが、何しろ雲つくような大男なのです。話が遠くてよくかがんでもらったのですけれどボロージンとはこんな男ではないかと思うほど、隆々とした姿で、瞳だけが優しく青く澄んでいました。

*

十六日の夕方、ノボォーシビルスクと云うところへ着きました。そろそろ持参の食料品に嫌気《いやけ》がさして来て、不味《まず》い葡萄酒ばかりゴブゴブ呑んでいました。起きても寝ても夢ばかりなのです。私は一生の内に、あんなに夢を沢山見ることは再びないでしょう。まるで呆《ぼ》んやりとして夢の続きばかりのようでした。ノボォーシビルスクでは十五歳位の男の子が一人乗って来ました。勿論《もちろん》隣室のピエルミン君の上の寝台に寝るのでしょうが、来るとすぐ私の部屋にはいって来て、ヤポンスキーと呼びかけて来るのです。

この子供に長い事かかって聞いた事は、母親がモスコーで書記の様な事をしていて、それに一年振りで会いに行くのだと云う事でした。子供の母親の名前は、カピタリナカーパと云う人だそうです。僕はピオニエールだよ、そう云って元気に出て行きましたが、とにかく西比利亜《シベリア》の三等列車は呑気《のんき》で面白いとおもいます。

十七日、昼食《アベード》の註文を朝のうちに取りに来ましたので、食べる事にして申し込んでみました。申し込むと云ったところで、扉《ドア》をニューと開けて食堂ボーイが、「アベード？」と覗きに来ますので、それに承知《ダア》とか、不承知《ニエット》とか答えてやればいいのです。

大変昼が楽しみでした。ピエルミ君も初めて註文したのらしく、指をポキポキ鳴らして嬉しそうでした。窓に額をくっつけて吹雪《ふぶき》に折れそうな白樺《しらかば》のひょろひょろとした林を見ていると、ピエルミ氏は私のそばへ来てタンゴの一節を唄《うた》ってくれました。露西亜《ロシア》人はどうしてこんなに唄が好きなのでしょう。いっそこの人の奥さんにでもなって、ピエルミで降りてしまおうかなんぞやけくそな事を考えたものですが、何しろ言葉が分らないし、私とは二尺位も背丈《せたけ》が違い過ぎるような気がしますし、ともあれ諦める事にきめましたけれど、ピエルミまではまだ大丈夫遠いので愉《たの》しみです。自分で何か考えて行くか、空想してゆくか、本当はそんな事でも考えなければ全く退屈な旅なのですよ。これで一、二等に乗っている人たちはいったいどんな事をして暮らしているのでしょう。

昼は、ピエルミ氏が先頭で、ドイツ人と相客のミンスク氏も一緒です。このミンスク氏の名はミンスクと云う処で下車するというので、私はいつもミンスクと呼んで笑わせていました(ミンスクは波蘭土《ポーランド》の国境に近い土地)。まず、運ばれた皿の上を見ますと、初めがスープ、それからオムレツ(肉なし)、ウドン粉料理(すいとんの一種)、プリン、こんなもので、まず東京の本郷バーで食べれば、これだけで二拾銭位のものでしょう。――悪口を云うのではありませんけれど、それがここでは三ルーブルもするのです(約三円)。驚木《おどろき》桃の木山椒《さんしょ》の木とはこの事でしょう。思わず胸に何かこみあげて来るような気がしました。食べている人たちはと云えば、士官と口紅の濃い貴婦人が多いのです。貴婦人と云っても、ジャケツの糸がほぐれているようなのがおおかたなのですよ。けっして労働者ではない級の女たちです。インテリ級の貴婦人とでも云うのでしょう。こっちの百姓の女は、絵描きが着るようなブルーズを着こんでいます。日本ではよいとまけの土工女がせいぜい荒っぽい仕事位に思っておりましたが、こちらでは女たちだけで線路をつくったりしていました。

車窓から見た七日間の露西亜の女はとてもハツラツと元気で、悪く云えば豚のように凸凹になっている女が多い。チェホフ型の女とか、プゥーシュキン型の女とか、そんな女には一人もめぐりあいません。

一、二等の廊下で、呆《ぼ》んやり同志の働きをみながら、爪の化粧をしている露西亜婦人も居るのですから、露西亜はなかなか広いところです。

林檎が一箇一ルーブル、玉子が一ツ五十カペック、――まだ驚きましたのは、バイカルを過ぎた頃売りに来たいいなり寿司のような食料品です。思わず雑誌をほうりっぱなしにして私は「アジン《ひとつ》！」と怒鳴りました。

二箇一ルーブルで買って、肉の刻んだのでもはいっているのだろうと、熱い奴にかじりつくと、これはまたウドン粉の天麩羅《てんぷら》でありました。

ウドン粉の揚げたのが一円だなんて、私は生れて此様なぜいたくな買物をした記憶などは初めてです。鶏《にわとり》の小さい丸焼きが五ルーブル位です。とても手が出ません。牛乳が飲みたかったし、茹《ゆ》で玉子が欲しかったし、――だけど、高くて手にはいりませんでした。

＊

西比利亜の寒《さ》むさは何か情熱的ではあります。列車が停るたびに、片栗粉のようにギシギシした雪を踏んで、そのへんをぶらぶら歩いてみるのですけれど、皆、毛皮裏の外套を着込んでいて、足にはラシャ地で製《つく》った長靴をはいています。長く握っていると手が凍りつくとボーイが教えてくれました。

この旅で一等楽しみでプロレタリヤ的なのは熱い湯が駅々で貰えた事です。大きい駅に着くたびに、「チャイ?」そう云って、ボーイが私のヤカンをさげて湯を貰って来てくれます。砂糖は私が寄付して、いつもボーイの部屋で四、五人で大きな事を云いながら茶を飲むのです。勿論紅茶も時々持って行きました。煙草《たばこ》はみんな新聞紙に巻いて呑んでいるようでした。

鰊《にしん》くさい漁師が一人いて、ヤポンスキーの函館《はこだて》はよく知っていると云って、日本を説明するのでしょう、盛《さかん》にゲイシャ、チブチブチブ……と云うのです。そのチブチブが解らなかったのですけれど、チブチブと云うのはゲイシャの下駄の音の形容なのでした。

私が、カラカラだろうと云ってみせると、そうだと云って、また、皆に説明をするのです。何の事はない信州路へ行く汽車の三等と少しも変りがありません。

十八日の夜、オムスクと云う所から、赤ん坊を連れた女が私の部屋に乗りました。うらなりみたいな若いお母さんでしたが、この子供はまるで人形です。人見知りをしないですぐ私のベッドへ来て、キャッキャッと喜んでいました。ワーリャと云う子です。このワーリャは可愛かったのですが、ワーリャの母親は、いちいち物を呉れ呉れと云って嫌いでした。私は、三ケ月《みかづき》と云う日本の安い眉墨《まゆずみ》を持っていたのでしたけれど、「お前は巴里へ行けば買えるんだから、それを呉れ」と云うのです。外《ほか》の物なら巴里にもあるでしょうけれど、娘の頃から使いつけているものなので、何としてもやる訳にゆかず、「あんたの髪の毛はあかいじゃないか、眉だけ真黒いのをつけてはおかしいのよ、ホラ私の髪の毛と眉は黒いから、これをつけるの」そう何度云い聞かしても、如何にも舌打ちして欲し気なのです。

日本では舌を鳴らすと、嫌な意味なのですが、露西亜ではホーゥとか何とかいい場合の意味らしく何時《いつ》までも舌をならしているのです。――ワーリャはよたよた歩いて来て、私の頬へ唇をさしよせて来たりして、なかなか可愛い子供です。

時々、隣室のドイツ人がレコードをかけています。寒い野を走る汽車の上で、音楽を聴いたせいか、私は涙があふれて仕様がありませんでした。

露西亜人と云う人種はいったいに音楽が好きなのでしょう。トロイカと云う映画を御覧になりましたか。タンゴなどはソヴェートでは禁止されていると云いますけれど、走っている汽車の中では平気でした。窓外《そうがい》には、あの映画に出て来るような馬橇《うまそり》が走っています。このドイツ人のレコードが鳴り出しますと、まるで蜂の巣のようにどこの扉もあいて、みんなドイツ人の部屋の前に集って来ます。そうして皆の顔が生々《いきいき》して来ます。実際音楽が好きなのでしょう。

ところで前の食堂の話なのですけれど、半年ばかり前までは強制的に食事費を取られていたと云う話でしたが、私の時は食べても食べなくても良かったので大変これは楽でした。

隣室のピエルミ氏は、毎日詩集のようなものを読んでいました。ゴルキーや、チェホフや、トルストイや、ゴーゴリなんぞ読んだ事があると云ったら、ピエルミ氏は、お前に露西亜語が話せればもっと面白い話が出来るのにと云った表情でくやしがってくれました。ところで、或時ピエルミ氏に、「あの食堂はブルジョワレストランじゃないか？」と聞いた事があります。そうして私の部屋にいつもパンを貰いに来る、まるで乞食みたいにずるいピオニールの事も訊《き》いてみました。

「なぜ、食堂で飯《めし》をあたえないのでしょう？」

ピエルミ氏は、子供っぽく笑ってわからないと云いました。実さい、一、二度の事ならば何でもないのですけれど、私が食べる頃を見計らっては、「ヤポンスキーマドマゼール、ブーリキ。」なんぞと云って、腹をおさえて悲し気にしてみせるのです。私は、岩のようになったパンと林檎《りんご》を持って行かせて怒った顔をしてみせました。私の食料品も、おおかたは人にやってばかりで、レモン一箇と、砂糖と、茶と、するめが少し残ったきりです。十九日は、また昼食《アベード》を註文して今度はミンスク氏と卓子に並びました。スープ（大根のようなのに人参少し）、それにうどん粉の酢っぱいのや、（すいとんに酢をかけたようなもの）、蕎麦《そば》の実に鶏《とり》の骨少し、そんなものでした。昼食《ちゅうじき》に出るまでは楽しく空想をして、それで食べてしまうと落胆してしまうのです。十九日の夜は、借りた枕やシーツと毛布代を、六ルーブル払いました。毛布と云っても、一枚の布と云った方がいいほどな古ぼけた柿色の毛布です。手荷物を嫌がらない人だったら、ハルピンあたりで二枚も毛布を買った方が長く使えるでしょう。枕や毛布を借りるのは旅行者だけで、私の隣人たちは、枕から毛布、ヤカンまで持って乗り込んで来ます。背負った荷物の中からこうした世帯道具が出るのは、三等車でなければ見られない図なのでしょう。夜は、ボーイの部屋でスープを御馳走になりました。スープと云っても塩汁です。大変うまかった。ピオニールも呼んでスープをわけてやりました。――ボーイは、私が泣いているので、どうしたのか、「トウキョウ、ママパパ」恋《こ》いしいかと云うのでしょう。私はスープを貰ってすすっていたら、何でもないのにふいに涙が出て困りました。乗客たちは、私が小さいので十七、八の少女だとでも思っているらしいのです。――露西亜人は仏蘭西人よりも骨格が太くてのっぽです。私はこのボーイにニュームのコップと、レモン、と残った砂糖とヤカンと茶を、モスコーへ着いたら遣《や》る約束をしました。家には湯わかしがもうボロボロだと云うのです。

露西亜は、どうして機械工業にばかり手をかけていて、内輪《うちわ》の物資を豊かにしないのでしょうか、悪く云えば、三等列車のプロレタリヤは皆ガツガツ飢えているように私にはみえました。

（昭和六年一月）

巴里まで晴天

十八日夜、オムスクへ着きました。西比利亜《シベリア》を走って五日になります。吹雪《ふぶき》も晴れて光のない小さい太陽を見るようになりました。夜は夜で星さえはっきりとして来ましたけれど、外は吸いつくような寒さです。オムスクで初めて私の部屋に若い露西亜《ロシア》婦人が同室しました。まるで引越しのように、大きな板製のトランクを三つも持って――小学校の先生だろうか、または学生だろうか、そんな余計な詮索をしながら、私はその女の様子を見ていました。女は口の中で歌をうたいながら、一ツのトランクの中から、汚れてドロドロした羽根枕と、小さい粗末な毛布を出して寝仕度《ねじたく》を始め、寝床が出来上ると、小さい手鞄《てかばん》からコンパクトを出して鼻の頭を叩きながら私を見て微笑するのです。肌が白くて、髪が光った栗色で、厭味《いやみ》がなくむくむくと肥えて、女でも惚々《ほれぼれ》とする位でした。美人ではありませんけれど、どこか愛らしい女です。――私たちは微笑を交《か》わすと、旅人らしい一通りの会話をして、熱い茶を淹《い》れて飲んだりしました。茶が済むと彼女は、大きい方の板のトランクの中から、バタでいためた鶏《とり》を一羽出して、脚《あし》の肉を切りながら、果物を包んでいる私の縮緬《ちりめん》の風呂敷を指差して、交換して欲しいと云った風なそぶりをして見せるのです。

私は、如何にも美味しそうな鶏の脚を見ると、五日間も持てあましていた苦味《にが》い哈爾賓《ハルビン》出来の葡萄酒の事を思い出して、あの鶏の肉で飲んだら、索漠とした無聊《ぶりょう》さも慰められるだろうと、そんな妙にさもしい気持を感じて来て、とうとう草色の風呂敷と、鶏の脚とを交換してしまいました。交換すると、二人は子供っぽくクスクスと笑い合ったものです。

草色の縮緬の風呂敷を得た彼女は、さっそくそれを三角に折って、房々とした自分の髪を包みました。そうして、暗い硝子《ガラス》窓に自分の姿を写しながら、浮々《うきうき》と腰を曲げて踊り出したりするのです。

「オオチンハラショ！」

二人はお互いに軽口を利きあいながら、妙に打ちとけてしまって、片言《かたこと》で旅の話をしあいました。オムスクを出て暫時《しばらく》すると何と云う駅だったろう、赤い荷車に材木が沢山積んである小さい町に汽車が停《とま》りました。夜更《よふけ》なので町は静かでしたけれど、頭を布で巻いてブルウズのような仕事着を着た二、三人の女たちが、湯を入れた馬穴《バケツ》をさげて私の部屋の床の上を拭《ふ》きに来ました。リノリウムの床の上に、絞らない雑巾《ぞうきん》で拭いて行くのですが、若い女たちの手の甲が紫色に腫《は》れ上っていました。拭き終るとまた次の部屋へ馬穴をさげて行くのです。

私は何か強く感じさせられた気持ちでした。――女たちが去って行った扉《ドア》を締めようとしますと、何時《いつ》の間《ま》にか狭い廊下に鰊臭《にしんくさ》い女や男が立ったまま眠っていました。或はまた、荷物に凭《もた》れたりして暗い灯《ひ》の下で話しあっている貧しい老人たちもいました。

「部屋がいっぱい空《あ》いているのに、どうして寒い廊下にあの人たちは寝ているのだろう」

そんな風な事を同室の女に聞いて見たりしましたが、女はただ笑って通じたのか通じないのか答えてもくれませんでした。

その駅を過ぎると、実直なボーイが二人の商人体《しょうにんてい》な男を連れて私たちの部屋へはいって来ました。

「この人たちは寝床を買ったのですが、その寝床の番号には子供連れの夫婦が寝込んでいるので、今夜一晩だけ、上の床《とこ》を貸して下さい。」

いったい西比利亜の三等列車は、女は女ばかりで、めったに男を同室させる事はないのです。私はこの汽車旅では、今日初めての事でありますし、ほんとうに不快でした。それに、この二人は露西亜人に似合わずあいそがよくて、私はどうもこの悪人型の二人の男を好きませんでした。何が面白いのか、夜更だと云うのにキャッキャッと二人で笑いあって、床を吊って寝仕度《ねじたく》が終ってからも下品な笑い声を止《や》めないのです。寝床が出来上ると、各自上の寝台に飛上って寝床へ腰をかけると、パンだの玉子だの煙草《たばこ》だの拡げて、なかなか寝入る形勢もありません。――それに何としても私の疳《かん》にさわったのは、ブラブラとしている足裏が、ちょうど私の胸のところにさがって来ていて、靴の裏には酢漬けの胡瓜《きゆうり》の皮がくっついているのさえ見えました。

＊

同室の若い女も、この男たちに二言三言何か言葉をかけられていましたけれど、やがて若い方の背の低い男がヒョイと飛び降りて来ると、寝ている女の口に玉子を押し込んで悪戯《いたずら》をしだしたりしました。三人ともまた声をあげていっとき笑いあいながら、電気を消したり点《つ》けたりして興じあっているのです。その日の、何か書きつけた私の日記の中には、若いロスキー男女終夜戯《たわむ》れて眠れずと書いてありましたが、夜明近くになって電気を消してしまってからも、二人は何時《いつ》までも小声で何か話しあっていました。上の床の年をとった男の方は笑い疲れたのでしょう、何時の間にか長靴の足を片方だらりとぶらさげたまま、雷のような鼾声《かんせい》をあげて寝込んでしまっていました。

二人の間には「ヤポンスキー」なんぞと云う小会話も時々混ってひどく私を気にしているようでもありましたが、××××やがて香水の甘い匂いが部屋中に満ちて、殺風景な西比利亜の野をひどくロマンチックにしてしまいました。ロシアについては、武骨な知識しかない私に、これはまた悩ましくそしておかしな風景でありました。

朝。雪で光った晴天です。私一人が早い眼覚めでアルコールランプにヤカンをかけて湯を沸かして、顔を蒸したり、茶を淹《い》れたりして朝のみじまいを済ませます。向うの女は鼻が悪いのでしょう。ゴロゴロ喉《のど》を鳴らして、白い額の上には脂肪を浮かしてよく眠っていました。上の男たちはこれも両方負けないで鼾声をあげてくたくたの体です。昨夜のロマンチックな芝居が、今朝は楽屋裏を覗いた感じで、残った香水の匂いもいまは不潔な気持です。――十九日。いよいよあと一夜でモスコー着です。窓外の風景はだんだん雪が薄くなっています。エトランゼには全く不自由な西比利亜の汽車旅行ではありましたけれど、雪の持つさまざまな変化を、此様に沢山見た事はかつてありません。白樺《しらかば》の薪《まき》を積んだトロイカが走っています。雪がしぶきのように散っています。硝子《ガラス》を重ねたように雪道が光っています。汽車の音響で、樹の上の雪のかたまりが人魂のようにポタリと落ちる。全く、窓外の雪の姿は一生忘れられない思い出になるでしょう。日本へ帰って八銭のかけうどんも悪くはありませんが、走れ！　走れ！　汽車よ、泪《なみだ》せきあえずです。まだまだここは西比利亜の真中！　私はそんな一人ごとも云ってみたり、二重窓の外を私はあかず呆《ぼ》んやり眺めて暮しました。

昼近くになって、外の部屋が空いたからと、ボーイが二人の男に知らせに来ました。――二人とも荷物を持って越して行きました。女も男たちの部屋へ遊びに行ったまま帰って来ません。夜は、隣室のドイツ人がレコードをかけました。皆その部屋に集って行きます。私も音楽を聞こうと扉《ドア》を開けますと、「よくない奴が乗っているから部屋をあけない方がいいです。」ボーイが手真似で私に注意してくれました。――そのよくない男らしいのが、焦々《いらいら》して廊下を行ったり来たりしています。モスコーで降りるピオニールは砂糖をくれと云ってまたやって来たりします。洗面所へ行くついでにボーイの部屋を覗くと、私から砂糖を貰ったピオニールが、ボーイから茶を貰って高い椅子に腰をかけて飲んでいました。

＊

三等列車の洗面所と来たら、二等のとは雲泥の違いで、水も出なければ、鏡も破れたままです。プロレタリア国だから仕様もないでしょう。――短い期間にロシヤを知ろうとする事はあまり図々しすぎるかもしれませんけれども、三等列車内の色々の人情のうつり変りは、露西亜の一隅を知るには充分です。チェホフの小説に出て来る、平凡な各階級の人物は、そう今も昔もあまり変りはないだろうと思います。――二十日は晴天。夕方ヴォルガの鉄橋を二ツも越しました。汽車の窓から見ると、ちょっと安東にも似ていますし、川崎あたりにも似ています。霧がいっぱいこめていました。工場の煙突から白い煙がムクムク上《あが》っていて、鉄橋の下には筏《いかだ》や小船が背を寄せ集めて、河幅は海のように広いのです。ここでも女工夫が鉄道を造っていました。ここへ来ると、私は何時《いつ》の間《ま》に雪が消えていたのかしらと思った位あたたかで、そして小麦色のブクブクしている土を見ました。

ヴォルガを過ぎた小さい駅で、私たちの部屋へ泊ったあの二人の商人体の男たちは降りて行きました。同室の女もあの男たちが行ってしまっては淋しいことだろうと、そんな風に、私は東洋風なカイシャクを下して、可愛い女を見ていましたけれど、女は窓から一度だって覗こうともしないで、何もなかった時のように軍艦の絵のある本に読みふけっています。下車した二人の男は汚れた袋を背負って、長靴を引ずりながら、駅の前の工場から曲ってしまいました。軍艦の本はかなり厚い頁でしたが、女は十四、五頁もそれを読むと、それを自分の腹の上にほうり投げて、またコンパクトで鼻の頭を叩き、茹《ゆ》で玉子を出して呆然としている私に一ツくれたりするのです。――二十日の午後四時にモスコー着の予定の汽車が、モスコーへ着いたのは夜の九時頃でありました。屋根の無いホームに列車が這入《はい》りますと、乗客はほとんどモスコーで下車してしまうのです。同室の彼女も、板製のトランクを赤帽に持たして元気よく手を振ってピオニールたちと降りて行きました。乗客が去ってしまうと、妙に森《しん》としてただ遠くの方から女性のコーラスが聞えて来るきりでした。――この汽車がベロラスキーの停車場へ廻って、モスコーを発車するまでには、三時間ばかりも時間があります。その間に、満洲里《まんじゅうり》で託された書類を広田大使のところまで持って行かなければならないのですけれど、夜更けではありますし、初めての土地ではあるし、改札口へ出るのにどんな手続きがいるのか、そんな事を考えながら、私は焦々してホームに降りていますと、大毎の馬場氏がポクポク歩いて来られました。

「やれやれ、助かりましたよ。」

「何です?」

私は馬場氏に連れられてホームを出ました。駅の前には、三角巾《さんかくきん》で頭を巻いた若い女の行列が、大きな声で勇ましい歌を唄《うた》っていました。ああここがモスコーだ。働く人の街だ。一週間ほど滞在してみませんかと、馬場氏が親切にこう云って下すったのですけれども、よゆうが無いのであきらめてしまいました。日の丸の旗のついた自動車に乗せて貰って、街を見せて貰いました。数寄屋橋《すきやばし》の停留所のようなプウシキン広場、広場の商店の飾窓《かざりまど》には、毛布や、鞄《かばん》や、シャツなぞが陳列してありましたが、たいていは赤い布だけさげてあって、何も商品のない店が多いのです。雪が降っていないせいかとても人出が多く、群衆は皆熊のように着物を着込んでいました。

言葉の通じないせいもありましょうが、全く不思議なインショウになってしまいました。何故《なぜ》なら私の眼にはいった露西亜は、日本で知っていた露西亜と大違いだからです。日本の無産者のあこがれている露西亜はこんなものだったのでしょうか！　日本の農民労働者は露西亜の行った何にあこがれていたのでしょう？——それだのに、露西亜の土地は、プロレタリヤは相変らずプロレタリヤです。すべていずれの国も、特権者はやはり特権者なのではないでしょうか。あの三ルーブルの食堂には、兵隊とインテリゲンチャ風な者が多くて、廊下に立って眠っていた者たちの中には、兵隊もインテリもいません。ほとんど労働者の風体の者ばかりでした。古い日本の新聞を読みますと、（十一月八日）東京ソヴェート大使館では、お茶の会、ソヴェート友の会があったと云う事ですね。貧しい人たちと一緒に汽車旅をしている私には、ちょっとこの記事はカンガイ無量でした。日本人のソヴェート愛好者を集めて、あの白いすっきりした麻布《あざぶ》のソヴェート大使館では、茶果《さか》が出て、そうして活動写真が見せられ、列席者、何々氏何々女史等々、——私は妙に胸寒《むなさむ》さを感じます。棒のようにつっぱって眠っている寝床の買えない露西亜人たちの顔を私は眩《まぶ》しく見たのですけれど……。なぜ、ソヴェート大使館では、職場に働いている日本の農民労働者を呼んではくれないのでしょう。何々氏何々女史も結構なことですけれど、この人たちは、プロレタリヤ愛好者であって、有閑《ゆうかん》紳士淑女に外ならない名前ではありませんか。――モスコーの母親へ会いに行くピオニールは何度も手を出して私にパンを呉れと云います。食堂は金を持っている者のためにのみくっついて走っているかたちです。

だけど、けっして、私は露西亜を悪く云うのではありません。私はロンドンまで行ってみて、一番好きな人種は、やはり露西亜人でした。

＊

言葉が通じたならば、私の露西亜インショウはもっと良かったのかも知れません。まるで、活動屋がセンデンにやる試写会のような、そんなソヴェート友の会の記事にも反感は持たなかっただろうとおもいます。私は馬場氏の心尽しで、モスコー一流の料理屋で、高価な黒いイィクラも御馳走になりました。――だけど、私たちと一緒に国境にまで行く、汽車に残った貧しい人たちの事を思いますと、私は眼をつぶりたくなるほど、もったいない気持も感じました。ペロラスキー停車場を発車したのが十二時近く、朝鮮人の青年が一人洗面所の中に隠れるように立っていました。――私は広田大使への書類を馬場氏に託したので安心してしまった気持と、それに、ルーブルのない私に馬場氏は小銭も下すったしこれでやっとほっとしましたし、なかなか優秀なモスコー通過であったわけです。

朝鮮人の青年はなつかしそうに、日本語で、私に話して来ました。なかなか数奇なコースをたどりつつあるらしい人でもありました。私の部屋には、円《まる》くて長い筒のようなバスケットをさげた婆さんと、上の床《とこ》に中年の男が二人、ここでは毛布も何も貸して貰えないし、スチームが通っていないので、まるで破れるように体が冷えこんで来ます。私の床の上の男は、オーヴァを脱いで、私の裾《すそ》にかけてくれたりしました。カジ屋さんででもあるのか、フイゴのようなものを沢山持っていました。オーヴァを着せて貰って、私は妙に泪っぽくなりながら板の寝床の上に横になりました。時々思い出したように、お婆さんの持っている大きなボンボン時計が鳴るのです。婆さんはああと云いながら、寒くてやりきれないように起きあがっては足を叩いています。全く若い者だって、この寒さには眠られないのですもの、私は毛布を一枚持っているのだからと、裾のオーヴァをそっと婆さんに投げてやりました。婆さんは喜んでそれをかけて横になりました。

翌朝、私は歯の砕けそうな冷《つめた》い林檎《りんご》を駅で買って来て食事を済ませました。上の床の男は、黒パンと渋い赤い木の実を少し分けてくれました。婆さんは、ボロボロのビスケットにバタを塗ってくれました。私はみんな頬ばって食べたのです。美味《おい》しいと云うより嬉しくて悲しかったから。

「フウシャ」と、部屋の人たちは私を呼びました。大変可愛がってくれます。――沿線は雪の跡もありません。灰のようにポクポクした黄土《こうど》の平野が多く、柳に似たエリと云う木や松に似たペリオザと云う美しい木が並んでいます。ミンスクでは、同室者の人たちが皆降りてしまいました。駅は労働者でいっぱい、女も男もないと云った活気のある町です。何かモスコーと違った強さを感じました。ここは人気《にんき》の荒いところだと云う事でした。ここからは、アメリカ人のひどく下品な男が二人、私の部屋にはいって来ました。トーマスクックの薄っぺらな手型を盛《さかん》に振りまわして私に見せるのです。

ミンスクは良いところですかと聞くと、眉《まゆ》を蹙《しか》めて、ゲェッと吐く真似をして見せました。そして、テーブルの上に厚く積んだ砂埃《すなぼこり》に指で字を書いて、こんなに不潔なんだからと云っているらしいそぶりをします。この地方はポクポクした灰のような土質なので、腰を掛けていますとそこだけを残して、あとはすぐ砂でザラザラになってしまいます。日本はどうだと云うので、私は沈黙《だま》って笑っていました。このアメリカ人たちは、雑貨のような物を売りに来たらしいのですけれど、売れましたかと聞くと、思わしくないらしい顔をして見せました。やたらに、「おおアメリカ！」を振りまわして、女が美しいとか、道が美しいとか、世界一ばかりを並べたてています。隣室の朝鮮の青年は、同室のドイツ人と馴々《なれなれ》しくしています。ネゴレロエ（露西亜の国境）に昼の一時頃着きました。珍らしく冷い風が吹いて、トランクを下げて税関まで行くのに手が痺《しび》れるようでした。ロンドンまで長旅をして来たうちで、このネゴレロエの税関が一番ゲンジュウでした。第一金の使い途《みち》から、残りの計算まで、なかなか時間を取ります。ここでは露貨はすべて返上してしまって、私はポーランドの金を六、七十銭貰いました。赤帽が三ルーブルで、なかなか高価《たか》いのです。税関のところへ行きましたのは、私にアメリカ人二人、朝鮮の青年、ドイツ人、露西亜人夫婦、屋根が高いので、旅行者が皆小さく見えます。特に露西亜人の若夫婦は役者ででもあるのでしょうか、今まで見た露西亜人のうちで、一番美しくて、似合わしい夫婦者でした。この人たちはワルソーまで行くと云う事でしたが、税関吏はこの二人の持ち物を、私たち三人分以上もかかって調べていました。トランクの中から、色あせた絹のシュミーズや、袖《そで》の片方とれた肌着《はだぎ》が乱暴に取り出されているのです。女の方は恥しそうに肩をすぼめて、白いハンカチを口に当てていました。おおかた、白系なのかも知れません。

＊

ストロプツェ（波蘭土国境《ポーランド》）へ着いたのが夕方の五時頃です。——ここの風景はまるで童話の世界。何もかもこぢんまりと美しく、国境一重で露西亜《ロシア》と波蘭土とはこんなにも違うものなのかと思わせるほど、風景も違い人種も違います。それに乗りかえた汽車は大変美しく清潔になり、何もかもピカピカ綺麗に光っていました。ここでは、長い間三等列車の道連れであったドイツ人は、一足飛《いっそくと》びに一等の寝台車に転って行きました。朝鮮の青年は、三等の二人寝の寝台にはいって行き、三等の板の腰掛けに残ったのは私一人きりです。——夜が近いせいか、皆寝台券を買っているらしく、私の居る普通席には誰もういません。時々食堂ボーイが茶や果物を呼売りして来るのですけれど、金を両替しておかなかった私は、辛《かろ》うじて生唾《なまつば》を呑《の》んで我慢をするより仕方がありませんでした。波蘭土はおそろしくパスポートの検査が繁《はげ》しい処です。寝たかと思うとすぐ起しに来てパスポートを調べます。走りながら怪《あや》し気《げ》な男がビラをくれたりします。私服らしいのが、行ったり来たりしています。——夜更になって、何人種なのか、海坊主のように大きな爺《じい》さんが私の隣に来て、明るい電燈の灯《ひ》を消し、紫色の灯をつけたりします。

そうして何か解らない事をしゃべって、私の肩へ手を巻いて来るのです。何も云えないから、驚いた私は、ただ大きな声でノンノンノンの連発。これは汽車稼ぎのゴマノハイかも知れないと思ったりしました。やたらに私の胸の中に手を持って来るのです。ちょうど切符切りの男がはいって来ました。そうして大きな音をたてて電気のスウィッチを捻《ひね》ってくれました。海坊主は眠ったふりをしています。切符切りが去ると、すぐ若いポーランド巡査が這入って来て、私の前の椅子に毛布を拡げて横になってくれました。海坊主はどこかへ行ってしまいました。若い美しいポーランド巡査は、艶々《つやつや》した頭髪をかきあげ、海坊主が去るとにやりと笑って、大丈夫だから横になって眠れと云いながら、自分の首に腕を曲げて見せるのです。眼を伏せて横になっていますと、何でもないのに私は涙が出て仕方がありませんでした。夜更けの十一時頃ワルソー着。灯の明るい街です。駅は人の鈴なり、工場が多いし、レールが多い。そして広い停車場で汽車が多いのです。素晴らしく女が美しい。私はここでロンドンまで見た事もないような内気な美しい娘さんと一緒になりました。薄い緑色のオーヴァに、同じ色の古い毛皮がついていて、茶の濃い靴下がとても足の美しさをましていました。お茶も菓子もこの娘さんと一緒に買いました。私はアメリカ弗《ドル》を少し持っていましたので、それで何でも用がたりました。

早く使うのであったのにと思ったわけです。二十二日朝、十時頃、伯林《ベルリン》シュレジット停車場へ着きました。ケンコウで活気のある街です。それに、久し振りに日本風にキラキラした朝の暖かな陽《ひ》を見たせいかも知れません。煉瓦《れんが》工場や、ビール工場などを車窓から幾ツも見ました。

伯林の駅のなかは、初めて日本風に屋根もあれば、ホームに売店などもありました。肥えた男たちが目につきます。フリードリッヒの停車場では、珍らしく日本の青年に会いました。誰か迎えに来られた様子でしたけれど、日本人は私一人でしたと云うと、戦争はどうなっていますかと心配気に訊かれるのでした。この人には、弗をマークに両替して貰ったり、電報を打って貰ったり、人情と云うものは嬉しいものだと感じながら、私はあわてて名前を聞く事さえも失念してしまって、そのまま汽車が走ってしまいました。ケルン着午後八時半、――ここからは、十人ばかりの仏蘭西《フランス》兵が乗り合わして来ました。空色の小意気な軍服に、財布のような小さい帽子、唄をうたったり、果物を投げたり、とてもにぎやかさを通り越して大噪《おおはしゃ》ぎです。同室のポーランドの娘さんがあんまり美しいので、仏蘭西兵は呆《ぼう》っとしてしまったかたちでもありました。それに、長い袂を着ている東洋の女が珍らしいのでしょう、一人の兵隊は私のもみ裏の袖をひっくり返して見たりし出しました。シノア（支那人）だろうか、ジャポネ（日本人）だろうかと云う小論議が仲間で始ったらしいのですけれど、私は沈黙《だま》って眠ったふりをしていました。論議が終って静かになったので、眼をあけてみますと、私の膝にも、ポーランドの娘さんの膝の上にも、菓子や果物がいっぱいのせてありました。兵隊は夜中に、仏蘭西の小さい駅に降りて行きました。大きな声で唄をうたいながら。このヨーロッパ行きの三等列車はまるで日本の乗合船《のりあいぶね》のように、目白押しに並んで腰をかけているのです。夜明《よあけ》近く、仏蘭西の百姓風な家族と、四、五人のルンペン諸君が、私の箱に乗って来ました。この人たちはすぐ仲良く話をしあって、鉄砲のような長いパンをムシャムシャ食べながら、不景気だなァと云う風な話を始めているらしいのです。この中には、古風な風琴を肩にした芸人もおれば、赤い労働者、足の片方ない男、老人、可愛らしい子供たち、そんな貧しい人たちばかり。——さすがに足の無い人たちを見ると、何だかベルダンの大戦を思い出させます。汽車の中まで、ドイツ人とフランス人は仲が悪く、「こう不景気がたったているのに、わざわざ隣りから働きに来られちゃたまらない！」向うの箱にいる、ドイツの労働者らしいのに、そんなアクタイをついている者もありました。だけどこの汽車の三等は、まるで一ツ家族みたいなのはどうした事でしょう。長閑《のどか》で、軽口屋が多くて、いつまでも朗らかな笑声が続いています。――無産者の姿というものは、どんなに人種が変っていても、着たきり雀で、朝鮮から巴里《パリー》まで、皆同じ風体だなと思いました。二十三日午前八時、やっとなつかしの巴里の北の停車場に私は足を降しました。ポーランドの娘さんにもそのままアデューです。

長い間シベリアを通って来ましたせいか、ここは何も彼《か》も美しく、巴里の街はまるで夢のように見えました。だけどまた、渋い木の実や、骨の多いスープや、黒いビスケットにバタを塗ったのなど貰って食ったあの露西亜人の人情はとてもなつかしいものです。それに、さてこれからどうなって行くだろうと云う、そんな不安さもありましたせいか、巴里の宿に落ちつきますと、十日あまりと云うもの、私はまるで石のように眠りつづけました。そして、眠りつづけて呆んやりと考えた事は、いつも真実なものが埋れ過ぎていて、ちょっと芝居気《しばいげ》のあるものとか、威張ってるものとか、下品に卑下する者、こんな者たちがどこの国でも馬鹿々々しく特権を得ているものだとおもいました。プロレタリヤと云うハイカラ語をつかう前に、私は長い三等の汽車旅で、随分人のいい貧乏人たちを沢山見過ぎて来ました。

さて、これから巴里の生活です。お天陽様《てんとう》、お見捨てなく！　私はまだまだこれから、どこまでも遠く旅を続けるか知れないのです。

ところで、おせっかいながら、私は左《さ》に、東京から巴里までの私の旅行費用を書いて見ましょう。

東京から巴里《パリー》まで――三百十三円二十九銭也。

十日。下関《しものせき》よりの計算表

三十銭――下関より連絡船まで赤帽代。トランク四箇。

五十銭――船のボーイにチップ。

四十銭――釜山《ふざん》着、赤帽代。

四十五銭――安東《あんとう》知人へ電報料。

十銭――新聞、大阪朝日、大阪毎日、

一円二十五銭――安東までの急行券。

七銭――茶。秋風嶺《しゅうふうれい》にて。

十銭――モダン日本。

三十五銭――日本弁当、京城《けいじょう》にて。
四十銭――食堂にて、林檎と茶。
十一日。
七十五銭――安東から奉天《ほうてん》までの急行券。
四十銭――鶏冠山《けいかんざん》にて弁当。
十銭――茶。
十二日。
一円五十銭――奉天より長春《ちょうしゅん》まで急行券及び二等に変る。戦時故。
六十銭――食事。奉天駅前カフェにて。
十二銭――切手代。
四十銭――戦時ヱハガキ二組。
五十銭――赤帽に発車まで荷物託す。
六十銭――支那人の車屋にて城内見物、但し戦時にて途中より帰る。
一円――長春夜着、日本人の赤帽。
五十銭――支那人のツウリストビュウローの方へ。

五銭――長春駅待合室にて紅茶。
二十銭――列車ボーイ茶を持って来た故。
一円――列車内ロシヤ人ボーイに。(日本金《にほんきん》)

十三日。

四十銭――ハルピン着、ロシヤ人赤帽代。
一円――ロシヤ人の自動車にて北満ホテルへ。
三円――朝八時から午後二時までホテル休息料。(朝飯《あさめし》を含む)
二円――女中チップ。
一円――ホテルのポータへ。
五十銭――ビュウローの方へ。
ハルピンにて買物。(大安《だいあん》を日本金に換算して約左《さ》の通り)
七円五十銭――紅色毛布。
六十銭――葡萄酒一本。
四十銭――紅茶一罐。
十二銭――アケビの籠。

七十五銭——湯沸し。
二十八銭——匙《さじ》と肉刺《にくさし》一本ずつ。
二十銭——ニュームのコップ一ツ。
四十銭——瀬戸ひき皿一枚。
五十銭——林檎十箇。
七銭——レモン二箇。
二十五銭——洋梨五箇。
七十銭——チーズ。
二十銭——キャラメル。
八十銭——ソーセージ三色《みいろ》混ぜて。
六十銭——牛罐《ぎゅうかん》二箇。
二十銭——バタ。
四十銭——角砂糖大。
三十五銭——パン五日分。
外《ほか》、アルコールランプ必要。

十四日。

一円四十銭——海拉爾《ハイラル》朝九時着。昼食代。

三円——ロシヤ人列車ボーイへチップ。

一円——満洲里《まんじゅうり》昼一時着、赤帽代戦時故。ここで汽車乗りかえ。

五円——モスコー行列車ボーイへチップ。(日本金でやる事。普通三円でいいそうだ)

十五日。

ハラノルにて露貨とかえる。日本金弐拾円にて、露貨二十ルーブル弱。ここで役人は、お前のふところに金がいくらあるかと聞く。あまり少なく申告しない方がよい。

十六日。

三ルーブル——夕食列車食堂にて。

一ルーブル——うどん粉の揚げたの二箇、夜中バイカル辺で売りに来る。うまくなし。

十八日。

三ルーブル——夕食。

六ルーブル——枕、毛布一枚代。

二ルーブル——林檎四箇。(約二円)

二十日。

モスコー夜九時着。

二十一日。

三ルーブル——国境ネゴレロエ昼着。赤帽代。(三円あまり高すぎる。)

50と云う銀貨を拾二箇——ポーランドのストロプツェ夕方着。赤帽私を蔭に呼んでポーランド銀貨皆持ち去る。

一ドル(約二円強)——食堂夕飯ポーランド料理(オードブルスープ。鶏肉。玉子チキンライス、プリン、茶、レモナード)

二十二日。

十五フラン(約一円弐拾銭)——列車内にて夕飯フランス料理(スープ、魚の白いの、野菜サラダ、ビフテキ、アイスクリーム、ショコラ、コロンボミカン、葡萄酒)

二十三日。

五フラン(約四十銭)——巴里夜明《よあけ》着、赤帽代。

十フラン(約八十銭)——自動車賃。

計　下関から巴里まで約三百七十九円九十五銭。

(昭和六年秋)

下駄で歩いた巴里

1

さて巴里《パリー》の第一頁だけれど、――初めの一週間はめっちゃくちゃに眠ってしまいました。第一巴里だなんて、どんなにカラリとした街だろうとそんな風に空想して来たのですけれど、夜明けだか、夕暮だか、すこしも見当がつかないほど、冬の巴里は乳色にたそがれていて眠るに適しているのです。

「巴里に眠りに来たのだろう」と云う人もあったらしいのですが、とにかく金なし、周章《あわ》てては事を仕損じます。私は眠ったふりをして本当は巴里での生活をあれこれ考えていました。

だけど、あまり眠り続けると、頭が非常に不健康になる。「いくたびか死なむとしては死なざりし、わが来《こ》しかたのをかしく悲し」啄木の歌のせいでもないでしょうが、いざ日本を遠く離れてみると、妙に涙っぽくもなって来ます。私の下宿は鳩と猫の巣だと説明したら、妙にロマンチックに聞えるでしょうけれど、巴里の猫ほど気味の悪いものはありません。毛糸玉のようにふくれあがっていて、夜ふけて帰って来ますと、暗がりの天井から背中へおっこちて来ます。この下宿屋には野良猫が七匹も巣をくっているし、犬が二匹もいます。

鳩は、これは食用にするのでしょう。私の窓下の庭に、金網の中に鳩が飼われていて、朝になると、クルクル……優しい声で啼《な》いています。

凸型、これが私の部屋の姿。おそろしくややこしくて、少し稼いだら四角な部屋へ越したいのですが春までは動けないでしょう。

初め部屋を見て、妙に呆《ぼ》んやりした顔をしていましたら、「三百五十フラン」——(約三十二円)だとお神《かみ》さんが云っています。「高価《たか》いわねえ」と云うフランス語が見当らないので、案内の方と顔をしかめてみせたら、三百フランにまけてくれました。何しろ自炊が出来るように半坪ばかりの台所もあります。初め、私はこの台所を電話室と間違えてしまって、巴里はハイカラなところだと感心して扉《ドア》を開けましたら、大きなガス台があり、三段ばかり棚が吊ってありました。三百フランは(約二十四円)勿論《もちろん》家具つきですが、おっそろしくチャチなもので、洋服ダンスは今にもひっくりかえりそうに木口《きぐち》がふんぞりかえっているし、二ツある椅子と来たら背が高くて、足がどうしてもぶらんぶらんしてしまいます。だが、時々笑いころげるにいい椅子。この椅子から楽しい仕事が出来ればなんぞ野心を持たぬ事。——笑いころげて笑いころげて死んでしまう時は、この椅子にかぎります。外に楽屋裏から引っぱり出したかの様なガタガタの円《まる》テーブル、これは少し猫背で、墜落する姿で、書き物しなければなりません。さて、一番私の神経を焦々《いらいら》させるものは七面に張ってある壁紙。まるで安宿みたいに紅色の花模様で、何かあわただしくなやましい。木屑《きくず》の浮いた日本の優しい壁の色こそなつかしくなってきます。朝、眼を覚しますと、紅色の洪水、眼をとじると瞼《まぶた》の裏まで紅《あか》くそまる。ここで病気にでもなって文無しになったら悲惨でしょう。

巴里へ来て二週間目、私はめっちゃくちゃに街を歩きました。街を歩きながら、街を当度《あてど》なく歩いている人間の不幸さを知りました。

2

私の下宿は、ダンフェル街のブウラアド十番地。ちょっと広場へ出ると、ライオンの像があります。寝そべっているかたちは三越のと同じ。この街は小石川辺のごみごみしたところのように物が安くて、あまりつんとした方たちはお住いにならない。つんとした方たちは皆セーヌの河むこう。だから、このダンフェルは下町と云った方が当っているかも知れません。物が安いと云えば、パンがうまくて安い。こっちのパンは薪《まき》ざっぽうみたいに長くて、これを噛《かじ》りながら歩けます。これは至極《しごく》楽しい。巴里の街は、物を食べながら歩けるのです。私は毎朝六十文《サンチーム》(四銭《せん》八厘《りん》)ばかりの長細いパンを買って来て食べています。巴里では米も食えます。伊太利《イタリー》米のぱさぱさしたのだけれど、御飯を食べると沢庵《たくあん》を空想するので止《や》めてしまいました。巴里の食料品はパンの外《ほか》は何だかみんな大味《おおあじ》で、魚は日本にかなわない。

買物に行くのに、塗下駄《ぬりげた》でポクポク歩きますので、皆もう私を知っていてくれます。伊太利人の食料品屋では、あまり私がマカロニを買いに行くので、「お前の舌は伊太利がよく判る」そんな風なおせじさえ云ってくれます。伊太利と云えば伊太利語は非常に日本語に似て母語が多いと思いました。初夏には伊太利へ行きたい。お天気が少しばかり良くなると、鳥打帽子《とりうちぼうし》の風琴引きがよくやって来ます。これだけは最初の巴里らしい気持ちが湧いて風琴引きが来ますと、皆窓から覗きます。一ツの窓が一軒の所帯だから窓から違った人種が覗いている時があって、面白い風景です。

私のホテルでさえ三軒に分れていて、五階もある沢山の窓から人が覗くと、蜂がぶんぶん云っているよう。私の窓の真向いに美しい娘がいます。アルルの女だと云う事ですけれど、非常に胸が出張っていてとてもいい。この娘は夜更けていつも唄をうたいながら帰って来ます。

共同水道でかちあうと、ニッと白い歯を見せて笑う。この女はマガザンの売子に通っていると云う事でしたが、帰りが夜明けになる事があったりして、おそろしく長い店開きをやっているマガザンだと思いました。

私の下宿からちょっと電車道へ出ますと、ユニプリイと云うマガザンがあります。このマガザンは、十フラン以上のものはない均一店ですが大変繁昌しています。一階の食料品売場でやっている朝のカフェが、ブドウ入のパン付五十文《サンチーム》(四銭)昼間の食事がビール一杯ついて三フラン五十文(二十五銭)皿の上を見ますと、サラダやハムやサーヂンや玉子まで乗っかっていて、五寸ばかりのパンがついています。

一度その昼食と云うのが食べたいのですが、そのうち字引を引っぱって食べる事にしましょう。この間もアイスクリームが食べたくて仕様がなかった。「ドンネモア・アイスクリーム」なんて云ったところで通じやしない。一晩かかって字引を引くと、何と優《や》さしい言葉で「グラス」と出ていました。「ドンネモア・グラス」でいいわけです。ダンフェルの街からモンパルナッスまでは五、六丁《ちょう》、私はよく歩いて行きます。もうメトロにも自動車にも乗らないで、やけに歩く事。歩いている事が、いまの私に一番幸福らしい。歩いているより外に落ちつきようもない巴里の生活です。それかと云って巴里へ来て郊外にもっともらしく住《す》まう気持にもなれません。ああだけど、実さい窓のみはらしが利かないので灯《ひ》のない行燈《あんどん》に首をつっこんでいるような部屋のあかりです。

3

先日、オランピヤと云う映画館へ這入ってみました。「無名の音楽家」とか云う映画をやっていましたが、小味ないいもの。映画そのものはチャチだけれど唄がいい。巴里の屋根の下式に軽くはゆかないけれど、巴里の街ではもう風琴引きが唄って歩いています。

映画の合間にヴァリエテがあった。日本で見たレヴューより本場だけに気が利いています。日本では足を出す踊りが流行っていましたが、巴里の踊りは、上半身だけむき出しで、スカートだの、ずぼんだの、コスチームが多い。

初めは一人のアパッシュダンスで、黒繻子《くろじゅす》のずぼんに紅色の三角布で頭を巻いて乳房の上は銀色のバンドでちょっと隠してありました。

二度目は扇子の舞いとかで、朝顔型の白いスカートに、五段ぐらいも朱色のふちとりがしてあって、乳房の上はやはり白い布でほんのちょっと巻くぐらい。扇子は、これは踊り子の背丈よりも大きく、白い羽根で出来ているので、鶴が舞っているかのように美しく、七人の踊り子の腰の横線がそろっていてとても華麗でした。電気の照明ひとつで、葉鶏頭《はげいとう》のように朱《あか》く染ったり、煙のように紫色になったり、バックが黒っぽいせいか、少しも眼が疲れなくていい気持でした。

第三番目の汽車と云うのは、これは十五人ばかりの踊り子が黒いバックの真中から出て来ます。トンネルから出て来るところなのでしょう。だぶだぶの青いずぼんで、シュッシュッと云いながら出て来ます。第四番目は蜂、黒い胴に茶っぽい紅の腰布、バンドは黄色、これだけは美しいむき出しの脚が出ていました。

蜂の踊子が散って楽屋へ行ってしまうと、すぐ白い幕が降りて、楽屋の踊子の姿がスクリーンに写ります。

「あら！　私のズロース誰がもって行ったァ？」

「嫌だなァ、ずぼんがほころびてる」

「あたいのネクタイした奴ないか」

トーキイだ。皆《みな》蜂の衣物《きもの》をぬぐと、ワイシャツを着て、ずぼんをはいて、ネクタイをつけて、背広に中折れ帽子、立派な紳士と、立派な淑女が出来あがる。淑女は桃色の長いスカートきりで小さい帽子をチョコンと乗っけて、幕がするする上りかけると、「まだまだ、アタイのお乳かくすのみつからないよッ」観客が笑っている内に、もう舞台に明るい灯《ひ》がついて、スクリーンで見た紳士淑女がすまして舞台へ出て来ます。

何の事はない、子供の頃見た連鎖劇。なかなか思いつきないいもので、大勢の唄うコーラスが澄んでとてもよかった。それに体のいいと云う事が何よりも得でしょう。私は眼がくらくらとしてのぼせてしまいました。

どうして私は巴里に来たのだろう。こりゃお嬢さんか学生かそんなものが来るところじゃないかしら、巴里のどの人種が、仏蘭西を支えているのでしょう。誰かは少数の知識階級だと云った。フフン愕《おどろ》いた話だ。仏蘭西を支えているのは百姓とエトランゼでしょう。

4

巴里へ来てから日本が妙に健康に見えます。何故でしょう？　日本ではちょっと雨が降ると道が悪いのなんのと、変にグチをならべていましたけれど、こう歩道が固くカツーンと身にこたえては一里も歩けばくたびれてしまいます。「そう巴里を悪く云うものではない」そう云って叱る巴里の日本人もいますけれど、まるで自分を仏蘭西人だとでも思っているのでしょう。

ところで女のお化粧ですが、こっちのお婆さんを一人日本へ連れて行って銀座を歩かせたら、皆おばけだと云って笑うでしょう。頬紅《ほおべに》が猿のようで、口唇は朱色、眼のぐるりをアイシャアドで引いて、何の事はない油絵の道中。ただしどこの国も若い女は美しいものです。お化粧のめだたない、働いている女はとても水々しくていいと思いました。巴里の働いている女にどれだけの自覚があるのか、私はまだ日が浅くて判らないけれど、モンマルトルの下の新宿のような街を歩いていた時、夜店を出している若い美しい女のひとを見ました。あんな可愛い女ならば、ちょっと飾ってカフェーで男を探せばよいのにと思うくらい、ちょっと類なく美しい娘もいました。

辻々の花屋には、カーネーション、すみれ、菊、ミモザなどがとてもいま盛りです。土が見られないせいか、パッと咲き出た花屋の色を見ると、せいせいとしていい気持ちになります。

私は街を歩いても古い建築物を見るのが楽しみです。苔むしたような古風な街角の水道の栓一ツにも何か美しく刻んであったりします。冬の巴里も、住んでみればなつかしくなってくるでしょう。春の木の芽のふき出る巴里もまたいいでしょうし、巴里が荒《すさ》んでみえるのは夜が長いせいかも知れません。

巴里は絵描きの来る街です。文学者が来るにしても、言葉を本当に持たなければすぐ淋しくなって来るでしょう。私の最初の友人デイモンドと云う巴里の女は「貴女《あなた》が段々好きになって来て困る。言葉を早く覚えてくれ」なかなかくすぐったい事を云います。

こんな優しい女がいるのだもの、巴里は優さしくなつかしいところ。デイモンドは「そのうちエッフェル塔へも連れて行ってやる」と云います。

とにかく、パンが六十 文《サンチーム》、生鰯が三尾《びき》六十文、これだけで巴里でやって行こうと云うのですからなかなか大変なことです。

（昭和七年三月）

巴里

あまり長いあいだ汽車旅を続けて来たせいか、巴里《パリー》へ着いてからの私は、毎日々々眠ってばかりいた。――その、眠ってばかりいた理由には、疲れが出たと云う事もその一ツではあるけれど、ホテルをとってからの私は、来る日も来る日も夜ばかりだといいたいような、巴里の暗い一日に本当は呆《ぼうっ》としてしまったのであろう。なんのかんのといったところで、朝があって、昼間があって、夜があってと、なかなか自由自在な日本の風土に住み馴れていて、ひょっくりとこんな暗い巴里へ来て、夜ばかり続いているのにぶつかってしまうと、近眼がメガネを失ったように、まるで見当がつかないのだから仕方がない。

「やれやれ、やっと朝になった。巴里の朝景色を見てみましょう。」

第一日目の朝、かれこれ十二時近くであっただろう、起きあがった私はまず地厚なカアテンをめくって、レースの隙間から外を覗いて見た。――戸外はとても暗い、私は何度も腕時計を耳の傍で振って時間の聴診をこころみてみたのであったけれど、時計自身には何の狂いもなかった。狂っているのは巴里の空の下で、これはまるで日本の夕方の色だ。こんなのならもうひとねむりと腹を据えて、また眠りにかかったり、何のことはない此様な状態で、私は約一ケ月あまりというもの、夜から夜へ起きているようなひどく片チンバな生活をしていた。私が巴里へ着いたのは十一月下旬で、マロニエの古い並木はもうすっかり裸身《はだか》にされて、辻々に出ている焼栗の美味しい頃であった。眠っていることにもアキが来ると、そろそろ起きて街へ自炊道具を買いに出なければならないのだけれど、何にしても、起きて歩くには言葉が必要だ。しかも仏蘭西《フランス》の田舎ならば大したこともあるまいけれど、ここは巴里。日本で、習った仏蘭西語も、本場に来ると何だか妙におっかなくてめったに口出しが出来ない。で、私はポケットにエンピツと紙を用意して、夕飯を食べに行くにも、所帯道具を買いに行くにも一つ一つ覚えて歩くことにしたのである。

「下さい、鉄釜。」

「下さい、私に、黒いカフェ。」

たまにこんな片言を云うと、売る方でも面喰《めんくら》ってしまって、眼をパチクリしているけれど買う私の方では、もう呆《ぼう》っと上ってしまって「コムサ」ばかりの連発なのだ。それでも窮すれば通ずとかで、台所道具もひとそろい揃って、毎日食料の買い出しだけれど、これがまたなかなかふるっている。せっかく玉葱を買いに行きながら、八百屋の逞ましい顔を見ると、もうタジタジとなってしまって、玉葱を馬鈴薯に間違えることはしばしばだったし、計量を間違えて、玉葱を一円も買い込んで来ることもあったり、全く私の日本出来の仏蘭西語ときたら、何としても散々な粗製品であったようである。ところで、同宿のお上さんたちに、まず「御キゲンいかがですか」位で場馴れていこうと、私はさっそく逢ったはじから利用してみるのだけれど、何としても仏蘭西出来の人間にはかなわない。私が「御キゲン」と話している間に「サバ・ビアン」とやられてしまうのだから、ますます私の仏蘭西語はみじめなものになってしまう。それには耳から習わないで眼ばかり教わっていたのにも原因があるのだろうけれど、ツっていえばカっといえるほど、レンタツするのには並々ならぬ苦心がいる。――夜から夜へ、巴里の秋から冬はそんな感じである。冬の巴里は夜開く街だと聞いていたけれど、別におおげさな嘘でもなかった。

＊

巴里に着いて間もなくである。クリスマス近い或晩のこと、モンパルナスの墓添いの路で、痩せた女が私の肩を叩いて「朝から何にも食わないの。」と云って来たのだから私は驚いてしまった。

気味が悪いので沈黙《だま》って歩きかけると「二法《フラン》(その頃約二十五銭)下さいな」と私の後から何時《いつ》までもついて来る。若いんだかお婆さんなんだかまるで見当のつかない唇の赤い女に後からついて来られたんでは、あんまり気味のいい話でもないので、私は二法渡して急ぎ足に歩き出した。すると、二法貰った女は、コツコツ走って来て「お前は何だ」という。金を貰ってお前は何だと云う話もないので、癪《しゃく》に障《さわ》った私は「文士」だと威張って云った。すると、よっぽど薬が利いたものなのか、二法くれといった女は、とても勢いよく私の肩につかまって来て、二、三日一緒に住んで、私の身の上話を聞いてくれないかと云う。飛んだことになってしまったと困ったけれどもう後の祭りで、その痩せた女はとうとう二法貰った上に私の寝室までついて来てしまった。「グラン・エクリバン」といったけれど、あれは嘘なのよ」と、いまさらテイセイしてみても割合に居心地のよさそうな部屋の中や、二人位は平気で寝られそうな私の寝室を見ると、もうその女は、私を見くびったのか、手袋をぬぎながら、私に哀訴してこんな風なことを云うのであった。

「この頃は、街の男たちが私を振り返ってもみなくなったんですよ。一日おきぐらいしか御飯が食べられないし。もう部屋はとっくに追われ、私の女友達の部屋にヤッカイになっているんですけれど、それだって、厭な顔をされるし、全く生きた気がしないのよ。」

そうして、若いんだか年とっているんだか見当のつかないその女は、小さい声をあげて泣き出してしまった。泣き出されてみると、出ていってくれと追い出す訳にもゆかずそのまま知らん顔をして御飯をつくりにかかると「私が美味《おい》しい料理をしてやる」といって沢山のバタをジャンジャン溶かして青豆を煮てくれる。仕方がないのでムッツリしたまま差し向いで夜食を共にしたのだけれど、それが病みつきになって、私はこの女に三日間も居候《いそうろう》されて弱ってしまった。本当の年は三十八で、二人も子供があるということだったが、子供は小さい時に養育院にやってしまって、この頃になって淋しくなったと云っていた。

　南仏生れで、妙に図々しいところがあったけれど、それでも日本風な優しいところがあって、夜中など子供の夢を見たといっては泣いていた。――この女はまた、沢山の日本人にも買われたことがあったと見えて、相当知名の士を知っており、あんな人がと思うような驚くべき名士の名前をあげたりもする。私が白足袋《しろたび》をほっちらかしておくと、指の先きに造花の薔薇をくっつけて天井へぶらさげたり、なかなか童心を持っていた。「そんなに毎晩街へ出ないで、少しは仕事を探して落ちついたらどうだろう?」といってやっても、私の生活を見ていて、なめてかかっているのか「働いたってどんな希望もない。――」と、アベコベに私をやりこめたりさえするのであった。彼女の生活は、昼頃起きると、煙草を吸って、くだらない唄をうたって、蓬々《ほうほう》とした姿のままで牛乳を買って来て、ゴクンゴクンと飲み乾して、まあ、そんな毎日であった。夜になると、体中をロオションでふいて、厚化粧して出て行く。帰りはいつも一時か二時頃で、その頃は、唇の色なぞ見られたものではなかった。それでも帰って来ると、済《すま》なさそうに私の額に接吻をするのだけど、わざと毛布を引っかぶって相手になってやらないので、照れくさいのか猫の鳴き声などをまねて昼着のまま寝室へ這入って来るのだった。彼女の財布の中には、十法札のはいっていたためしがない。「それはとても女が多いの、かなわない」

とつくづく自分の顔を鏡に写しながら、ぐちをこぼしていることがある。でも、この女も三日めには、インド人の爺さんを見つけて、私の部屋をサッパリと引きあげて行ってしまった。ダンフェル裏のブウラアドの通りには、いったいに日本人が多い。——ここを通ると、かならず、一人か二人の日本人に行き会う。顔みしりの美術学校の制服を着たうるし屋さんや、風呂敷の中に黒大根を包んで歩く雑貨屋さんなど、ちょっとなつかしく哀愁のある風景だ。私も、約一ケ月近くここの通りで過ごしたことがあるけれど物価は安いし、日本人に対しての人気もそう悪くはないので大変住みいいところだと思った。日本へ帰って来ると、巴里にいる日本人をくそみそにいう人が多いけれど厭なことだ。何でも悪口をいい出したらきりがない。良いところをほじくれば、またそれはそれでソウトウなものであろう。——女に一生懸命になって、留守中家財道具を持ち逃げされた絵描きや、女に金をまきあげられて、ニースでピストル自殺をしかけて、眼の玉を失った写真師や、食えなくっても、コツコツ展覧会を見ている絵描きや、日本人はつくづくやさしい人種に違いないと考える。——巴里へ行くと、石黒〔敬七〕と云うジュウドウの強い偉い人がいる。偉いといっても、トルコで、大変もてたという話で、巴里ではそうでもないのだろうけれど、なかなか唄《うた》の好きなひと。西洋物の大判のレコードをまわすと「なかなか済まないンですね」と、もどかしがっているが、一度おけさ節のレコードに至れば、子供のように首を振って唄うひと。まして、この石黒さん酒でも飲んでいようものなら、誰にもしゃべらせないで、一人で楽しそうに唄をうたっている。この石黒大人、またなかなかの古物の蒐集家《しゅうしゅうか》で、道場の中を見せて貰うと、さながらクリニアンクールの蚤《のみ》の市《いち》の縮図を見ているようで、興味津々たるものがあった。

この道場では、牛原虚彦《うしはらきよひこ》氏にも会ったけれど、至ってこの連中は朗らかと見えて、シャレコウベの隣りに蝶々の標本が並べてあると、イチハヤク「馬鹿の骨頂だね」とシャレを飛ばすことに腐心する。石黒五段の巴里生活もかなり長いもので、もはや巴里の名物男に数えられても異存はないだろう。――モンマルトルの裏手の丘には、なかなか面白い興業が多い。レイモンドと云う新しい女友達と、一夕モンマルトルを歩いたことがあったけれど、酒場の入口から地下室の映画劇場にはいると、画面はちょうど、足のない男が、義足を壁の釘にちょっと引っかけて、恋人の寝室に這入って行く光景で、――寝室の中なる中年の女は、あき盲目なのか、唇を塗るのにまるで水瓜《すいか》を割ったような気味の悪い描きかたで男を見上げている。そんなおそろしくグロテスクな場面であった。

「まァ随分シンコクねえ。」

「日本にもこんなのがあったらどうでしょうか。」

私も女友達もこの映画にカンタンの言葉をおしまなかった。男がピョンピョンと飛びながら窓に行くと、大きな月が窓の上から覗き出す。女は怒って、男へ食ってかかると、男は片足で部屋中を逃げまわる。すると盲目の女は男の後を追って狂いながら、家具につまずいて、とてもソウゴンな美しい女の腰部がスカートからめくれて見えたりする。

巴里のシネマは、日本より少々ばかりお達しがゆるいというのか、シャンゼリゼーの映画館へ行った時も、エロチックな小篇がかずかずあったものだ。そのひとつ、――嵐の夜、町の交番に寝間着姿の女が「私は男を殺しました」と訴えて来るところから画面が始まる。巡査は、むき出しな女の足を眺めながら「それは聞き捨てならん」といった風に、寝巻姿の女に水を呑ませたりしている。

「私は会社員の妻でございますが、夫が出張しました留守に、仲のいい男を泊めましたところ、夜中になってその男が死んでいるのです。――もうじき主人が帰ってくるという電話がかかってきて、仕方なく走ってきました。」

実に野方図《のほうず》もない呑気な映画で、巡査と妻君が死んだ男を窓から投げるとグニャグニャの男がやっと這い出したり、電話が鳴って来るとそれはもう一晩おくれるという主人のことづけだったり、急に雷鳴がはげしく鳴り出して、巡査は、妻君と一緒にカーテンの蔭に隠れるといった、全く、ナンセンス物で、そんな映画がザラにあるのだ。私は、子供を連れて来ている親たちを、いまさら驚きの眼をもってながめたものであった。巴里のモンマルトルといえば、まず日本の浅草のようなところ。町は全くインタナショナルで、玩具箱《おもちゃばこ》をひっくりかえしたような繁華さだ。

「ええお前の胸より暖かいのォ。」

ポーランド女の焼いているパンヂュウ店や、「貴方の愛らしきアミへ」と呼び売りしている菫《すみれ》売り、青い蝸牛《かたつむり》や、レモンと牡蠣を売っている露店、辻には幽霊汽車や、カンシャク自動車などがあるし、一歩小路《こみち》へ這入ると、青い瞳の女がまるで背戸の筍のようにつったたっている。キャバレーなんぞも、日本のカフェーなどのように軒並みで、シャノアールと云うところなどは、何も知らずに這入って行こうものなら、舞台の女たちから、ノッケに悪口を云われて、田舎者は赧《あか》くなって戸外へ逃げ出してしまわなければならないそうだ。キャバレーといえば、ブルバアル・サンミッシェルの燕横丁に、昔牢屋であった跡の地下室の穴蔵を酒場兼用につかっている店があった。松尾さんに案内されて夜更けて出掛けて行ってみたけれど、戸口に、赤ハンカチのアパッシュの男が立っている。扉にはトランプが散っている毒々しい絵が描いてあるが、一歩中へ這入るとガランとした空虚さがあって妙に深閑としてしまう。この酒場が盛んな頃には、ボオドレエルとか、アルチュール・ランボーなんかが出はいりしていたものと見えて、石の柱には此様な文人たちの落書が眼を惹く。地下室に降りて行くと、カンテラ風な電気がついていて、低い舞台には、風琴《アコルデオン》一ツで女が詩のようなものをうたっていた。ここではビール位を註文するに限るそうだ。変に気取ってカクテルをとったりすると似顔描きなどが寄って来て、なかなかメンドウな仕儀になってしまうと教えて貰った。私なんぞも、下手なパステルの似顔を買わされて五法《フラン》も取られたりした。巴里のキャフェは素的だ。それも、街裏の小キャフェになると、空気は至って閑散で、一法二十文のカフェ一杯で孫の悪口をいっている婆さんたちや、西洋将棋に耽っている青年たち、ケイコをつけている小音楽団、その他、トランプをしている者、冗談を云いあっている女房たち、全く呑気至極で腹さえ空かねば一杯のキャフェで朝から晩までも居坐っていることができる。

私は部屋の電気が暗いので、仕事をする場合と云えば、たいていキャフェで仕事をすることにきめていた。不思議に、日本のように雑音が気にならないし、誰でもセッセとキャフェで仕事をしているのを見ると、案外これが常の生活なのかも知れないと考えたりする。ボーイは男だし、チップは一割だし、非常にそこのところは呑気にかまえていい。ただし、夜になって女が一人でキャフェに出かけたりすると、毛色の変わった女だと男の方からウインクされることがあって驚くそうだけれど、そんなことはどうでもいいとして、街裏に行くほど呑気なキャフェが多い。何が美味いといって巴里のコヒーほど美味しいものはない。私は朝々三日月パン一ツで、このキャフェをすすりながら食事を済ませた。

＊

私は巴里では四軒ばかりもアパルトを変ったけれど、どの部屋も哀愁こもごもでみんないいアパルトばかりであった。

巴里の街へきたての或る日本の紳士が、「巴里には二様の街の天使がいますね。一ツは売笑婦で一ツは巡査ですが、そう思いませんか」といっていたことがある。なるほどそう云われてみると、巴里ぐらい売笑婦の多いところはないだろう。また、巴里ぐらい、短いマントウを羽織った巡査の姿のやさしい都会はないだろう。夜学の帰り、おそくなると、私はたびたびこのマントウを着た巡査君にアパルトまでおくってきて貰った。チップに一法もやれば、門番が出てくるまで、ゴエイしていてくれるのだし、巴里のお巡《まわ》りさんはなかなか重宝なものである。ヨーロッパをめぐって、巴里は一番自由な国であり、お上《のぼ》りさんのよろこびそうな街だ。その自由な街に、私も約八ケ月ほど住んでいたけれど、帰るまで私の仏蘭西語が片言であったように、こうして書いている私の巴里観も、ショセンここでは片言のイキを脱しないのである。

皆知ってるよ

1

巴里《バリー》の賑やかな街通りには、ゴム管でレコードを聴かせてくれる蓄音機屋がかならず一、二軒はあるものです、安いところで二十五サンチイムから、高くて五十サンチイム位で、日本で云えば、「お前とならばどこまでも」のような古いものから唄《うた》が揃えてあります。何時《いつ》行ってもここは沢山人が這入《はい》ってます。――だが、唄を聞くと云っても、レシーバアを二ツ耳に当てて聞くので、自分一人で聞いてニヤリとするのも勝手、金貨(店で買う)を箱へ入れると、箱の下でレコードがくるくる廻っています。

腕を乗せる硝子《ガラス》の台の上には、譜と唄と唄手の写真が出ているので、お上《のぼ》りさんには大変便利。――夕食を食べたけれど、シネマにはまだ早いと云うのや、アパートへ帰れば部屋代をガミガミ云われる大学生、煙草も買えないような労働者とか、何か薄呆《うすぼ》んやり退屈な時間を持った人たちが、あくびを嚙み殺したような顔でぞろぞろ譜面を覗いて歩いています。――だから、私なんぞもその薄呆んやりの一人なのでしょう、夕方になると部屋の鍵をポケットに入れて私は毎日街へレコードを聴きに出ました。

最初見付けたのが、モンパルナスのクウポオルと云うカフェの並び。いの一番に聞いたのが、「妾《わたし》淋しい」と云う唄でした。その次はモンマルトルの盛り場で、ジョセフィン唄う「妾にゃ二ツの恋がある」と云う唄。――どうも巴里の街そのものが甘いのか、妙にこんなものに惹かされます。このジョセフィンの「二ツの恋」の意味は、――何と云ったってそれは巴里が第一よ、巴里がなかったら、私は焦《こが》れ死《じに》するでしょう、巴里は私のいい人さ。だけど私の過去には、海のあなたに残して来た過去がある。それは私の黒い体を産んでくれた故里《ふるさと》、空が青くて花が赤くて、人間がまるで赤ん坊で……ああこの恋は二ツながらにやるせない。と、まあこんな風なものです。その外南京豆の唄とか、皆知ってるなどを私は淋しくなるとよく聴きに行きました。

この「皆知ってる」と云うのは目下巴里に流行《はや》っている唄で、私が初めてこの唄を聴いたのは、ムーランルージュの踊り場でした。何しろ芋を洗うようなあの大ホールの天井には、硝子板に唄を書いたのが下っていて、四方からよく読めるように明るいので、皆踊りながらそれを見て唄っています。まるでモォーパッサンのベラミーの初めにあるような状景。

初めに出たのが薬屋よ！
薬屋の奴が牛肉屋にしゃべって
牛肉屋は喜んで石屋に話し
石屋驚いて村長に耳打ちし
村長は困った事だとカニュウのおやじにぶちまけてしまい
カニュウのおやじは大笑いものだと
町の楽隊屋にしゃべってしまった
楽隊屋は町中ブカブカふれて
今じゃ町中であいつのヒミツは皆知ってるよ。

何でもこんな風なお伽話《とぎばなし》のような唄だけれど、あいつが初め薬屋から出て来たと云うのが、この唄のつけめなのでしょう。フランスらしくて面白い軽い唄でした。

ノエルの晩、随分風琴屋《ふうきんや》がこの唄を唄っていた。巴里と云えば風琴屋が懐かしい。ちょっとお祭りなんかになると、足の先《さ》きで太鼓を鳴らして風琴を弾く器用なのがいたりします――巴里はどこへ行っても音楽の聴ける街。――日本のカフェでは、まるで電車の中で酒を呑《の》まされているように蓄音機をヂャンヂャン鳴らしていて、しかも拡声器とやらをつけているので、ライオンの声を聞いているような恐怖性になるのですが、こっちのカフェでは音楽が個性を持っている事です。蓄音機の代りに四、五人の音楽師を置いていたり。また或るところでは女ばかりのオーケストラもありました。甘くて静かであれなら誰だって酒の一杯も呑《の》みたくなるでしょう。

2

巴里の風呂屋にはけっして日本風の青いのれんは出ていません。まるで産婦人科と云った風な家構えで、ドアをあけると正面に切符を買うところがあります。ここにはアルカリソーダの一フランの袋が山のように積んであって、お神《かみ》さんが雑誌か何か読んでいる。

「セ・コンビヤン?」

と云ったところで、まだ向う様の云う事が判然と呑み込めない私は、五フランの札を出して先様の気心を惹いてみます。するとお神さんは眼鏡越しに毛色の変ったこの東洋女をジロリと眺めて何かあいそを云いながら青い札を出してくれます。

「メルスィ」

一フラン五十サンチームのつり銭。風呂もなかなか馬鹿にはなりません。日本金《にほんきん》で四十銭あまりです。女中には五十サンチームのチップをやって、三階の風呂場に行くのですが、ちょうど下宿屋の廊下を歩いているような気がして仕方がなかった。ところで女中が湯を出して、外からピンと鍵をかって行くと、私はまずオーヴァを脱いで釘へかける。中は三畳ぐらいの広さだけれど味気《あじき》のない事おびただしく、穴のあいた椅子が二ツ、一尺四方の鏡、白い湯舟、たったそれだけです。何も不平を云う事はないのだけれど、日本のようにのんびりとしていない事が不平です。脂肪でギシギシした浴槽の中に、私は暫時《しばらく》呆んやり立っています。立っていても仕方がないのでそっと体を屈折して横になるのですが、湯が少いので何の事はない醤油の中に浮いた刺身みたいにびたびたしている。

嚔《くさめ》をしながら汚れた湯を落して、それから、清水《きよみず》の滝のようにチロチロと出る湯の根気長さに呆《あき》れ、まあ！　巴里と云う処は田舎だねと一人でフンガイしながら、やっと肩を浸して上るのですが、これでは風呂を楽しむなんて気持ちにはなれない。それに生がわきの足に靴下をはく時、なめくじの上を踏んだより嫌な気持ちでした。

巴里の風呂屋も正月には、一フランのソーダをお年玉にくれます。女中にソーダを渡すと、それを湯の中へ落して混ぜてくれますが、ソーダを入れたせいでしょうか、すぐ汚れが取れて軀《からだ》がサラサラして行くので、それからは、風呂へ行く度にそれを買う事にしました。まるで体が洗濯物みたいな気がします。私は巴里へ来て、月に三度ずつ風呂へ行くのだけれど、巴里は埃《ほこり》がないので割合体が汚れない。

風呂屋と床屋へ行くのは巴里へ来ての楽しみの一ツ。私は髪を短くして四年あまりになるけれど、巴里へ来て初めて頭が軽くなったような気がしました。日本の床屋へ行くとまず横にジャキジャキ剪《か》ってくれるのですが、巴里のは縦に髪を取って行くので、さすがに五右衛門のようだった私の髪の型だけは、パンドラの箱の主人公ルイズブルックスみたいに、ピッタリ頭にくっついてちょっとばかり見良くなりました。

巴里の床屋さんは廻転椅子に私を腰かけさして、私をくるくる廻しながら髪を刈るのです。それは、まるでモデル台を廻しているのと同じ。

日本では美容師には女の人が多いけれど、巴里は男が多い。シャンゼリゼーあたりの、大富豪の奥さんだの流行女優だのの来る一流店では、裸を砂で揉《も》む術からあると云う事でした。――私の髪を剪ってくれる男は、アドルフ・マンジュウにそっくりで、なかなかあいそがいい。或日、日本から送って来た××画報の中の、××女史結《ゆ》い上げたところの女学生の断髪を見せたら、大変外側は上手に出来ているけれど中心が出来ていないと云う事であった。絵描きがデッサンを大切にするように、女の頭を前にしたら、その女の顔の中心をとらえると云う事がカンジンだと、なかなか面白い事を云っていた。勿論、ツウヤクつきで聞いたのだけれど、なかなか味な事を云うものだと思った。

「これで、髪の毛が多いと、こんなに鏝《こて》の線が乱れるのは無理のない事です」

ムッシュ・マンジュウ氏は何時《いつ》行ってもあいそがいい。

3

松尾さんに案内されて、パンテオンの裏にある小さい躍り場《おどりば》へ連れて行って貰ったことがありました。

男が男を抱いて踊っている。来ている女たちは商店の女中だの安淫売《やすいんばい》だの、寡婦婆《やもめばあ》さんだので、男たちは、街の不良青年とでも云った風なのが多い。

唇紅《くちべに》を濃く引いた男や、女のように紅いバンドをチラチラ見せている男なんかがいました。ビールを呑みながらそんなのを見ていると、隣りのボックスで、一人呆んやりしていた中年のアメリカ紳士が、「まだ面白いところを知っているから行かないか」と私たちをさそいます。一人では危険だと云うので誘ったのでしょう。私は自動車で遠くへ行きました。夜のせいか、地理が少しも解りません。降りたところは街の入口らしいけれど、労働者風なアパッシュが沢山いました。アパッシュと云うのは、ちょっと小意気に赤いハンカチを首にまきつけているのだけれど、この珍らしい三人のエトランゼをじろじろ見ながらついて来ます。ガス燈の下には巡査がピストルを持って二、三人立っていました。

「ねえ、旦那《だんな》一緒にホテルに行かない！」

連れのアメリカ人を金主《きんしゅ》と睨んでか、盛んに、若いなよなよとした男たちが、アメリカ紳士に凭《もた》れかかって来ています。

「おあいにくだが、今晩は女が欲しいんだ。」

「そんな事云わないで、――じゃお金少し頂戴！」

「おあいにくだがギリギリさ……」

「けちな人！　じゃア酒をね。」

「安い酒なら一杯ぐらい、煙草はどう？」

ホールの汚れた床を蹴って、ビール樽みたいなお婆さんたちが若い男を擁《よう》して踊っていたりします。

まるで虱《しらみ》がうじゃうじゃしているような人の重なりでした。

「ねえ、そっちのムッシュウ、今晩ホテルへ連れてってよ、三日も食べないんだから。」

蔭で聞けば、まるで女の云いそうな事だ、この東洋のムッシュウは、至極田舎風の人なので、腕をこまねいて、馬鹿らしいと云った表情をしていた。

この部類の男は十四、五の少年からいる。生意気に煙草をふかしていて肩で男客のところへ擦り寄って来るのだ。

4

サンミッシェルの地下鉄を上るとすぐ、燕《つばめ》と云う街通りがある。名前は燕通りでも古風な匂いがあって夜になると、空屋のような家の前にアパッシュたちが立っている。私は時々その燕通りの酒場へ友人に誘われて行った。

入口が酒場で、まるで空家に腰掛けを並べた感じだ。その酒場の片隅の歪《ゆが》んだ梯子《はしご》をぐるぐる廻って降りると、石の壁で囲んだ、天井の高い小さい部屋がある。その石の壁には、ボオドレールなんかの署名が刻んであったけれど、本当か嘘か、そんな芸術家の署名が、石の壁に沢山刻んであってなかなか風趣がある、隅の梯子から下へ降りると、天井の低い穴蔵の部屋がある。――ビール箱のような舞台の上では、黒い背広を着た金髪の女が「ああうぃ！　ああうぃ！」と唄っている。別に節《ふし》もない出鱈目《でたらめ》なうたいかただけれど、風が夏の浜辺に吹いている感じ。

「あれは漁師の詩を唄っているんです。」

友達からそう聞くと、なるほどと、最初の感じがあたった事を私は少々得意とした。ゼスチュアがとても品があって、年を取った女だったけれど、実に感じがいい。暫時《しばらく》すると、ボーイが、小さい梅の実のはいった酒を持って来る。似顔描きがパステルで新来の客の顔を描き出す。日本にもこんな自由な詩を聞かせてくれる小屋があってもいい

――伴奏は風琴ひとつだった。

漁師の唄が済むと、二十《はたち》ばかりの可憐な女が、舞台に立った。舞台に立つと云っても

楽屋かなんぞから出て来るのではない。客席にいたのが出て行くだけの事で、石の壁のバックにはアパッシュの顔だの刀だのを描いた紙《びら》がさがっているきりだ。

「体がガタガタするわ。」

「何でもいいから良いの聞かせて。」

「忘れてるかも知れない。昔の事だから。」

舞台に立った紫レースの女は恥ずかしそうにニッとして、「巴里の思い出」と云う詩をうたい出す。甘い声で、風琴が実に哀愁たっぷりで、――途中で何度か引っかかりながら、それでも皆楽し気に……舌の上で梅の実を転がしながら、「うまい！　うまい！」とでも云っているのだろう、時々拍手がおこったり日本では見られない詩的な寄席だ。

「笑っちゃ駄目よ。」

「だって、皆の顔がおかしいんだもの。」

実に長閑《のどか》で、口をあけて笑っている間に、紙剪《かみき》りの男が、笑っている私の顔をこしらえていた。日本の寄席にもよくこんなのがあるけれど、ちょっと器用で早すぎる。

5

電車が来てるのに、接吻している長閑なのにも驚いたけれど、フランスの飯屋へ夕食でも食べに行こうものなら、あっちでも、こっちでも一口食べてはチュウと接吻し、一皿註文すると云っては首に手を巻いて頭を愛撫したり……私はなるべく見ないでいようと熱心に心がけていてもついうっとりと眺めてしまっている。まして二人とも美しいと来たら、全く溜息ものだ。巴里《パリー》ぐらい接吻の多い街はないだろう。私は倫敦《ロンドン》にも行ったけれど、倫敦はその点は実にチツジョがある。巴里の公園は一人でブラブラしていると、こっちが上《のぼ》せあがってしまうほどだ。睦言《むつごと》があっちもこっちも、――映画活動へ行っても、眼の前にそんな組に来られてしまうと、何を見て帰ったのだか、銀幕なんかそっちのけで、二人の唇を突きあわした黒い影ばかりが頭にこびりついて来る。呆《ぼう》っとしてしまっている。何の事はない接吻を見に行ったようなものだ。――私の友人にフランス女の可愛いアミがある。これが巴里ではたった一人私に接吻してくれる人なのだけれど、勿論頬ぺたへの友情に外ならない。――実に軽い音を立てて呆とさせてしまう術は手に入《い》ったものだ。毒々しい紅がついてはやりきれないと思って遠慮したのだけれど、コンパクトを開いて見ても別に紅《あか》い跡は残っていない。東洋の男が首ったけになるのも無理のない事だろう。

ああ接吻の憂《う》き情《なさけ》、ゆきたけもあわざる心さしよせ、うまし実を吸う。――私は小さい頃、こんな詩のようなものをつくった事があったけれど、巴里のようにこう接吻が乱売されていては、食傷してひっくり返って気絶してしまいそうだ。

日本では、街の中で接吻でもしようものなら、ちょっと来いと云われるけれど、こっちはお巡りさんも最敬礼をして通って行く。お巡りさんと云えば、ブラブラ巡廻しながら八百屋の女中と接吻しているのだから、巴里もなかなか長閑《のどか》ではある。

（昭和七年三月）

ひとり旅の記

巴里《パリー》を引きあげて、倫敦《ロンドン》にうつって来ました。倫敦は静かな街です。如何《いか》にも王様のいらっしゃる街です。――それよりも、仏蘭西《フランス》のダンケルクの港街から夜中に船出した、夜の海峡風景は素的《すてき》でした。

倫敦では仕事がフンダンに出来そうな気がします。巴里では散々な気持でした。だが、オペラや、シネマや、音楽会には行けるだけ行って楽しみました。

この間フランシス・カルコのラ・リュと云う本を送りましたが、著《つ》きましたでしょうか。貴女《あなた》は長い間仏蘭西語をやっていらっしゃいましたが、このLA RUEはたしかに面白い本です。作者はいま売出しの中年のひとですけれど、技巧はなかなかうまいもので字引にないようなプロレタリヤの方言が沢山つかってあります。

この作家には巴里に帰ってから、是非とも会って帰りたいと思っています。

＊

ところで、倫敦の事ですけれど、私の宿はケンシントンと云うところにあって、大公園のハイドパークが近いのです。ケンシントン区でも、一番肩の張らない勤人《つとめにん》の多い町で、ホウランドロード町のセシールハウスと云うのに下宿をしました。ここの女主人はまだミスなのですけれど、年はもう五十位ででもあるでしょうか。妹らしい四十位の婦人とたった二人住居《ふたりずまい》で、二人とも猫みたいに黙った人です。一週間二パウンド半(約二十五円)朝食《ブレックハウスト》、昼食《ランチ》、夕食《ディナア》、それに、夕方四時頃には茶をつけてくれます。でも一週間約二十五円あまりでは、私の身分としてやりきれないので、一週間も過ぎましたら部屋を越すつもりでおります。この部屋は古風な大きな部屋で、生れて初めて、フカフカした夢のような寝台のあることを知りました。――倫敦がしのぎにくかったら、船でナポリか、ジブラルタルか、モロッコへ行きたいと思っていますが、何にしても私はお金が欲しくてなりません。

全く、此様な甘い言葉なんぞ嫌なんですけれど、当分貴女にもお会い出来ないでしょう。

荷物は何も彼《か》も送り返えして、身軽にはなりました。何しろ着のみ着のままですから、小さいスーツケースの中には、巴里の粕《かす》を捨てかねて、皿を一枚、すきやき鍋、フォクに匙《さじ》、飯釜、茶椀、こんなものを入れているのです。だからまだまだ元気ですよ。何くそ！と力んでもいますが、たまには泪《なみだ》がいっぱいにもなる。——ところで私は、死ねる覚悟も出来たのですけれど、この手紙はいったい何日頃《いつ》日本へ着くのでしょう。長い時間に晒《さら》されて、日本へはるばる着くのだから、いいかげん頼りない話ですね。

母にも会いたいのですけれど、それももう遠い話。これから何日間私の体が生きているか、とにかくもっと洋燈《ランプ》を明るくして、大変心に適《かな》った小説を一篇かきあげたい気持でおります。

まだ二日目ですが、倫敦は落著《おちつ》ける様な気がします。巴里の様に植民地的ではありません。

巴里も、もう海の向うに過ぎてしまいました。倫敦で一番最後の日が来たら、長い日記でも送りましょう。ところで距離がこんなに遠くなると、人間の記憶心と言う奴も、ちょっと当《あて》にならなくなります。何だか何も彼も、ボヤボヤとなりそうなのです。この気持ちなんですよ。外国にいる奴を馬鹿にしてしまうのは、厭《いや》に陽《ひ》が当った蜜柑《みかん》のように、日本はサンゼンと輝いて見えるのですが、その島の上の知人の顔が皆生々《いきいき》と想い出されます。

外国なんて、東洋のブッダに言わしむればさあ何と言うでしょうか、ブッダは笑って眼をとじるでありましょう。——ところで後四、五日もすれば、いよいよ一文なし。だけど金がないからって死んでしまうような、ケチな事はしない積りです。倫敦は毎日深い霧です。

＊

ああ本当はいい仕事をしたい。一月二十八日の日記をおめにかけましょう。——すっかり慢性の孤独病だ。戸外に出るのが嫌い、人に会うのが嫌い、——だがこの宿の食事ときたらどうだろう、朝も昼も夜も、卵ばかりだ。まるで私の胃は卵を入れる袋だ。たまに十三時の時計も打つものだと、東洋の文豪佐藤春夫さんが言っている。脂肪で押そうか力で抜こうかなんぞと、山師の考えるような事なんか考えぬ方がよい。やがて二月もまぢかだ。夕飯前に、霧の中を金魚のようにフカフカ歩いてポストへ行く。あまり霧が深いので、集配人がこのポストを忘れて行きはしないだろうか、とても寒い夕方、誰かが突当って行った。「アイアムソーリィ」――元気で生きたいな。――全くいい仕事がしたい。忙がしい旅路にありながら、あれもこれも馳《はし》りまわり、国の暮しむきから私の事まで、こんなにひそひそして来ますとぐちの一口も言いたくなります。私が一番怖れていますのは、切角小説を書きたいと思った気持ちも、すぐ中腰になって目先きの仕事でアラえっさっさなのですからね。今日は少しばかり仕事にかかりました。

それは「日月の跡」と云った風な題です。心が仄々《ほのぼの》するようなものを書きたい。――夕方の賑やかな甃路《しきいしみち》で、私は十五銭もする桃の枝を見ていた。この街の名を何と呼ぶのか、こっちへ来ると、山のように日本が書きたい。この手紙と一緒にボンナアルの画集を送ります。倫敦の古本屋で買いました。絵はいい。音楽だっていいですね。街の看板の字はよく読めます。英語は女学生みたいで大変よろし、だけど発音は大変むずかしくて、なかなかあなどれません。

私はここへ来て、またチェホフとバルザックを読了しました。アンドレ・ジッドも読みたいのですが、まだとりつきが悪い。勿論《もちろん》日本訳ですが日本で読む気持ちと少し違って来ます。訳した人が日本の風景の様に描写しているところが、とても多い事を発見しました。ああ私も今年はがんばりたい。いい仕事の出来る時ではあるのです。日本は、日本のこの頃はどうでしょうか。また変なイズムが流行ですか?、日本の流行のうつり変りは、全く笹の葉の露が風に吹かれている感じですね。

＊

黒い竜《ブラックドラゴン》と云う名を、たびたび倫敦の新聞で見るのですけれど、あれはいったい何なのでしょう。倫敦の平和論者の一部には大ヤバン国日本とやっつけていますが、日支戦争の折から井上さんの暗殺は、ますます日本を大ヤバン国にしたらしい。厭《いや》なことです。理窟が通らないとなると、政治家も人民も剣術をならわなければならなくなりますね。

十三日の日曜日には、トラファルガル広場《サアカス》で、支那コミンタンのデモンストレーションがあります。勿論《もちろん》日支問題の事を演説するのでしょう。私は聞きに行くつもりです、――藤森成吉氏御夫妻に先日会いました。アメリカへ渡られると云う事でしたが、ちょっとばかりうらやましかった。大変真面目な人でした。日本へ沢山仕事を持って帰られるといいと思います。大陸へ来て感じた事は至って流行がにぶい事です。文学においてはなおさら、日本のように、ああせっかちに、何々イズムはおこらない。それだけに芸術家たちも何かのんびりしています。

今は朝です。とても霧が深い。こちらの霧には色がついてるように思います。窓の下には、ゆっくりした速度で二階建の赤い乗合自動車が走っています。

こちらへ来て煙草は止めてしまいました。熱い風呂にも這入りたい。一週間も湯に這入らない事があります。何しろ七、八拾銭もするのだから、こう円がさがっては、私のように自力で来ている者には手も足も出ません。母へは元気でいるらしいと、お次手《ついで》の時に手紙を出して下さい。井伏さん元気でしょうか、倫敦の日本宿に藤森さんを訪ねて行った時、応接室に古い文藝春秋がありました。その中に、シグレ島何とかいう井伏さんの小説が載っていました。なつかしかった。ハガキでも出してよろしく云って下さい。

私もいい仕事をしましょう。きっと元気で生きています。心配なさらないように。手紙も私の返事でありましたらいりません。四十日も喰い違ったお返事よりも、貴女の近況でも知らせて下さい——実際、これから、ジブラルタルにでも行こうなんぞと、鞄《かばん》を整理している時に、「巴里安着何よりです。自炊生活は面白いでしょう」とか、全く気の抜けた話ですよ。とっくの昔に巴里を去って倫敦に来ているのに、そうしてまたいまではジブラルタルへでも行こうかなんぞ考えているのですからね。地図を見ている事はユカイです。人間が大きくなりますよ。陽《ひ》が少しあたって来ました。窓の外を、箱車を引いて山高帽子を被った、村風子然《そんふうしぜん》とした屑屋が通っています。

「ハロー・ムッシュウ！」

何を売ると思います？　手ぶらで三階から馳け降りると、私は金側《きんがわ》の腕時計を脱《はず》して談判してみました。箱車の中には、破れたマントウやら足の折れた椅子、糸のないヴィオロン、赤い女の雨靴、そんなものがはいっています。

「俺には、こんな金属物は判らないでね。」

「お爺さん、エトランゼだから買って頂戴よ。君だって何も食べないで体が冷たくなって行ったらどうします。」

「とにかく、パスポートを見せなさい。五円で買っておこう。」

テンシリングで腕時計の取引きが済むと、初めて大きな声で、私は唄の一節を吹鳴《どな》りました。

全く世界の至るところ、屑屋君は行きとどいているものだと思いました。彼たちの呼び声だって、ひどく日本の屑屋さんに似ています。このテンシリングの金のある間、貴女や友達にいいたよりを書きましょう。手紙を書いている時だけはっきりと皆の顔を思い出します。意気銷沈して何も彼《か》にも希望がもてなくなってくると、私は部屋の中をうろうろと歩いて色々な家具に手を触れてみます。——飴色をした食器台は、一世紀も前のものだと女主人が云っていましたけれど、指をあてるとハッカ水に手を浸したように冷たくて、そのくせ、隅々には埃が厚くたまっています。敷いてあるタッピイの模様は、代々の宿泊人に蹂躙《じゅうりん》されて、花なのか、動物なのか解りません。会議にでも使うような大きな円卓、汚れた大理石のストーヴ、その上には汚点だらけな壁いっぱいに、鏡があります けれど、ストーヴ台が高いので、やっと私の肩から上が写ります。

　　　　　　　　　　＊

私はこの鏡になるべく眼をむけないようにかまえているのですけれど、時々何気なく驚かされるのですよ。夜なんぞ炉の火にあたっていて、何とも仕様がなくなりむっくと立ち上ると、大理石のストーヴの上に円い女の首が乗っかっています。

薄呆んやりした三白眼。ねえ、これが私の首なんです。吃驚《びっくり》して身を引くと、台の上の首も向うへ転落してしまう。

夜が段々おそろしくなって来ます。私は夜になると自分の影にさえ声をたてます。部屋の隅には、高音譜の黒い鍵《キイ》が、歯抜けのようになっている古いピアノもあります。これには格子のように蠟燭だてがいっぱいたっていて、年代を経たらしく緑青が吹いています。ところで、私はピヤノを見る度に、井戸車のまわるような音と、無数の手を聯想して来ます。聯想して来ると私は部屋中の窓を明けてこの音を吐き出す事に努力します。壁紙は青色、だから時とすると、海のような風が吹く事もあり、難船の夢をたびたび見るのです。

このセシルハウスの住人は女主人姉妹に女中に私と屋根裏のお爺さんがいます。この人たちは終日笑った事がないのです。この間も四階上のはばかりに行って、扉があかないので、悲観していますと、扉の外で、「オス・ムコウ」と呶鳴る人がありました。向うへ強く押すと、背の高いお爺さんが、むっつりして立っています。だから、この屋根裏の老人とはこれが初対面で、最後でした。日本へ行った事もある人でしょうか、「オス・ムコウ」には微笑しましたけれど、私なんかも、そんな英語をつかっているのでしょう。

夜はなるべく早く安静にして寝る事にしています。寝つく前は本を読む事です。仏蘭西語《フランス》を少しやってあとは出鱈目《でたらめ》に読書をしています。今は何も読むものがなくなってしまって、岡倉さんの茶の本なんぞを読んでいますが、大変面白い。——ところで、今朝はね、紅い封蠟の厚い銀行からの手紙を貰ったのですよ。まるでお伽話《とぎばなし》でしょう。巴里で打った電報に改造社から云っただけの金を送って来たのです。全く奇蹟だです！私は何も手につかなくて、豹のようになってしまいました。人間にはなかなか複雑な現象があるものです。ピヤノの蓋をあけて、一直線に指を走らせましたが、私の今の心のままに鳴ってくれないのです。まるで、井戸の底へ石を投げるようだ。軽い、風の吹くような音と云うものはこの世の中にはないものでしょうか。私は思いきりこのピヤノをいゝいゝべつしてやりました。何度も寝台にひっくり返えると、四隅のバネが厭な音をたてて鳴るのです。さあ、巴里まで一直線。それから伯林《ベルリン》、モスコー、日本へは少し足りませ ん。電報を打った時に来ていたら、私はまだ少しは持っていたのですけれど、まあまあ、帰れないのは何より、私は元気になって、一ケ月の倫敦生活に訣別する事にしました。さて離れるとなると倫敦はまたなつかしい都です。

＊

倫敦では博物館《ミュゼ》を見ました。イースト・エンドも歩きました。ユダヤ人の町を見たり、ピカデリー広場《サアカス》の地下鉄に出ている女も知ったし、オクスフォード大学都市も、テームス河の魚市場も、マルクスの墓も、芝居も、等々、私はこまめによく歩いて行きました。言葉が解らないので、紙と鉛筆を持って、よく歩く事です。１８４と云う赤自動車は帰りの私をホウランド・ロードの街角まで運んでくれます。倫敦の乗合自動車は一区四銭あまり、つまりワンペニイです。――倫敦の博物館は素的ですよ。全く、大きい声では云えないのですが、よくもあんなに世界各国から大泥棒が出来たものだと思いました。日本の古代の青銅器なんかも沢山ありました。壁という壁、空間のないほどの豊富さです。私を感歎させたものに陶器の部屋がありました。――昼から倫敦大英博物館に行く。陶器の部屋は好きだった。特に東洋のものはいい。藍色ひといろの清楚な色調は、やがて盛られる美味しい食物を聯想させてくれる。西洋の陶器の味はどうだろう。これは全く舌からはずれた遠い眼の観賞に任せるべきだろう。一枚の皿にも、デコデコに色を塗るか、凹凸をつけるか、始終何かおしゃべりしていなければ気の済まぬ西洋皿。——私は部屋隅にあった古い支那製の壺にそっと頬をつけてみたりしました。それは冷くて素直に円い。肩の辺には、小鳥が二羽藍色で描いてありました。全く静かすぎる。私は何故か日本の母親の事を思い出しました。この壺に、二、三枚の黄がかった梅の花でも投げこんだらどんなに人たちはその美しさに驚くでしょうか。

これは、博物館を見た時の私の日記ですが、英国の博物館だけは、巴里のルーブルでもかなわないでしょう。本当に一月中は何も仕事が出来ませんでした。けれど、この頃になって百枚ばかりも書きました。母へ少し送ってやりたいと思っています。百枚と一口に云っても旅さきではなかなかですよ。疲れてぼんやりしてしまうのですが、元気を出しています。

上海まで戦争が拡がって行ったようですがいったいどうなるのでしょう？　外国へ来ていますと、毎日の新聞で、日本の評判の悪いのが気になります。

トラファルガル広場の、支那コミンタンの示威運動も、あまりパッとはしなかったけれど、支那婦人の火を吐く愛国の演説には感激してしまいました。

ねえ、誰だって国を愛しているのですよ。国を愛さない者がどこにあるでしょうか？ねえ、国だの金だの人民だのを玩具のようにしている×××たちを、そんなのからどうにかならないものでしょうか。——世界大戦の跡、いったいどこに平和が来たのでしょう。各国の人民たちが妙に疲れきっています、——外国を歩いていると、今でもプンプンと血腥《ちなまぐさ》いベルダンの匂いがします。足のない男、片手のない男、片眼のない男、そんなベルダンの遺物が何をしているかと云うと、大抵は、サンドウィッチマンか、乞食か、ヴィオロンをひく芸人ですよ。かつては人気の焦点になった××さんの末路が、欧洲各国にはうようよとはけ口を求めているのですよ。

＊

巴里の職業紹介所もそうでしたけれど、倫敦の職業紹介所は、これは寿司詰《すしづめ》の盛況で、毎朝何町となく失業者が行列で順番を待っています。

全く世界が飢えている感じ。日本でも昔は平和博覧会なんてあったのですがね。——誰たちの為に飢えて、いったいあの長い行列をつくるのでしょうか、日本は温いと云う事ですね、倫敦は今年は雪の日が多いのですよ。旋風のように雪がくるくる舞いながら降り込めていて、馬車の上から、石炭の御用はと、石炭屋が雪の中を馬をひいて通ります。倫敦の、この辺の町並はみなつましくて、帽子なんぞも色あせたのをつづくっていて、おかみさん連中は平気でかぶっています。

近日、いよいよ倫敦を引きあげるつもりでおります。倫敦を浅い日で論じる事は厚かましいことですけれど、要するに、芝居も、文学も、儀礼も英国はもう田舎っぺの感じでした。芝居に行くにも着物を着替えて行くんですから、なかなかちょっとやそっとのカンタンさではありません。文学だって、現代の英文壇なんぞいったい何でしょう?、日本の方がよっぽど華々しいものだと思います。バアナアド・ショウがいるって? 私はあのひとのものはきらいだな。少しねじくれていますよ。この頃は盛んに露西亜《ロシア》の悪口を言っているようですね。なかなかきまぐれな良い爺さんです。

芝居も、私はこのままの服装で御免こうむって観て来ました。アデルピイと云う一流の芝居小屋で、歴史劇へレンと云うのをやっていましたが、何だか活人画のように美しくて、巴里のシャリヤピンのドンキショットとは雲泥の違いです。——声が小さくて唄がカサカサに乾いているのです。倫敦は戸外よりも家庭に落着けるところでしょう。——ところで炉の火と云うものは、欧洲の思い出の中で私の一番なつかしいものになりました。

ここで一番面白く見たものに、均一百貨店が沢山ある事でした。日本にもあるでしょうか？　きっとまだ出来ていないと思います。一ツの街々にはかならず一軒はその百貨店があるのですけれど、プロレタリヤ階級にとってはなかなか便利です。この百貨店にはいると、六ペンス（約二十四銭）以上のものは絶対にないのです。六ペンス以下の商品ばかり。——石けん。お白粉、首飾、指輪、糸類、雑誌、子供レコード、レース、布地、花の種、食器、金物、電気の傘、鍋、籠、文房具、菓子、立食堂のコーヒーやパン、サンドウィッチ、野菜や、乾物、食料品、造花、玩具、ピクニック道具、単行本、肌着、パンツ、安全剃刀《かみそり》、硝子《ガラス》類、全く豊富な六ペンスの店で、一ペンスの散紙《ちりがみ》まであるのですからチョウホウです。ここだけは芋を洗うように繁昌していました。

それに昼の立食堂は、六ペンスで腹がふとるのですから大変な人です。

日本には、こんな安物百貨店が一軒位出来ても面白いと思いますね。レースだって、一ヤール一ペンスからあるのですし、ここへは朝々二ペンスの紅茶を呑《の》みに通いました。実に気が利いていて、売子も綺麗です。店の飾窓には、その月の売れそうな人気物を沢山飾ってありますが、ひとつ誰かに此様な店を薦めませんか？　五十銭以下の均一店のマガザンなら流行する事受けあい、但し店がまえは、なかなか大きいものでした。

物価は何と云っても高いと思います。為替相場は日本と同じ位でも、こっちの拾円は日本の五円位の価値なのですよ。日本は食物が新鮮で、とても外国の比ではありません。

＊

今は夜の十時半です。私はニューハアベンの港から仏国のディエップ行きの船に乗ったところです。ドーバア海峡を越えるならば、たった五、六時間で行けるのですけれど、急ぐ旅でもない故、私は遠廻りしてこのコースを選びました。倫敦巴里間には、色々なコースがあって、値段もまた色々違うのです。私の買った切符は、ニューハアベン、ディエップ経由の、一番長くて一番安いコースなのですよ。

夜分の八時五十分の汽車でロンドンのビクトリヤ停車場を出ますと、翌《あく》る朝の六時には巴里の北停車場です。賃銀は拾七円ばかり、ドーバー越えですと、その四倍か五倍はかかるでしょう。

ニューハアベンの港はとてもいい所です。中国の尾ノ道のような夜景をしていました。

昼間はどんな風景なのでしょう？　波も風もたいへん静かで霙が海面に触れあう音まで聞えるようなのです。この船は魚も人間も同居で荷物船なのです。巴里から倫敦へ行く時は、税関がとてもやかましかったのですけれど、帰りのディエップの仏蘭西税関では、婦人税関吏もいて、とても女客は気楽でした。

夜更けの船旅は味気ないものです。まして一人の旅です。私は氷の下でずりさがっている魚の匂いを肌に感じると、このまま何でもなく海へ飛びこんでしまうのではないかと思ったりしました。私の頭の中では、絶対に死にたくない気持ちが力んでいるのですけれども……こんな時に、ウィスキイでも持っていたら楽でしょう。――私は唇をあけて霙を舌に受けてみました。霙は私の眼も鼻も、唇も肩もサラサラと叩いて消えて行きます。――この船はスチームも何も通ってはいません。七、八人の船客は、皆むっつりとしてデッキを歩いています。歩いているより外にこの寒さのしのぎようがないのです。私は毛布を出して膝に巻きベンチに横になってみましたが、体中が木片のように痛くなるのです。かえってベンチの上に寝ているよりも、便所の中が温かでした。部屋がせまいせいなのでしょう。私はスーツケースの中から、大きな菓子パンを出して噛ったりしました。それでも寒い。ディエップの港へ着いたのが夜明けの五時頃。おぼろげにディエップの波止場が見えます。何だか、釜山の港のようでした。この船は人間よりも魚がお得意様らしく、私たちが降りた時にはもう起重機から魚の樽が降ろされていました。全く、汽車へ乗った時は吻《ほっ》としましたよ。汚ないながらも温かです。でも日本の汽車で云うならばここは弐等位でしょう。四人組の部屋で、同室者はニースの小学教師夫妻と私です。蓄音機を鳴らせて聞かせてくれたのですけれど、大変にぎやかな曲で、頭が破れそうでした。寒いのを我慢していて、急に温かになったせいでもあったでしょう。

体が溶けてしまいそうにいい気持で、スーツケースの上に足を乗せたまま私はうつらうつらしてしまったのです。

「マドマゼル！　お前は巴里で降りるのだろう？」

私の肩をゆすって、切符切りの男が起してくれました。駅の大時計の下には、「サン・ラザール」と出ています。おやおやマドレーヌのお寺に近い駅じゃないか、私は北の停車場に行くのだと云いますと、この汽車は北の停車場には廻らないでリオンの駅へ行くと云うのです。周章《あわ》てた私はスーツケースを赤帽に頼むと、森閑とした淋しいサン・ラザールの駅に降りました。昼間ですと、ここはまるで新宿駅のように賑やかな停車場です。何しろ汽車と地下鉄があるのですし、ちょっと出ると、マドレーヌの寺やオペラに近いのですから。——何にしてもへとへとに眠りたい。いっとき私は夜明近い駅のストーヴにあたりながら、宿屋の事について思案していました。

巴里は毎日雨です。やっぱり、前の古巣へ帰りました。ただし街は同じでも宿は違います。このホテル・フロリドルは前のホテルの約二倍ですが、どうしたのかこの気持ちは自分では判らないのです。今、非常に私は畳が恋いしくなっています。倫敦の宿で花か動物かもアイマイな古ぼけたタッピイのある部屋にいたせいか、坐りたくて仕様がないものですから、敷物のある部屋に落ちついてしまいました。私は毎日膝を組んで坐っています。坐る事が一番楽です。

ねえ、昔、都の花石けんと云うのがあったでしょう、あの箱の表のように桃色じみた部屋です。

巴里のホテルの壁紙は、あまり派手すぎます。いつもレヴューの幕裏にいる感じで、私は眼が覚めると、何時《いつ》幕があくのだろうかと飛んでもない考えをおこす事がありました。

円はこちらではガタ落ちです。去年は日本の百円は、なかなか威張ったもので千二百法《フラン》あまりになったものですが、いまでは私がこっちで換えた金は、三百円が二千四百法そこそこで、もう千二百法の差がついています。――だけど、円がさがったところで、要するにいい仕事が出来ればいいのです。こうなっては、こっちへ来ている留学生諸君も大変だろうと思います。巴里は毎日のように雨が降っています。五階の窓から見降ろすと、ダンフェル公園の芝生が一日一日、緑深くなっています。

もう、マロニエの芽もやがて吹きますでしょう。日本だって桐の芽も桜の花も咲く。日本の田舎で、梨の白い花の咲く家で少しばかり住んだ事がありましたけれど、マロニエの芽が出たらどんなでしょう、私は日本へ帰りたくなって何も手につかなくなってしまうでしょう。

貴女のポピーは元気でしょうか？ 犬の鳴声なんてものは、日本だって巴里だって同じ事ですね。ただ犬の姿は巴里の方が珍種が多い。俎板《まないた》のような犬だの、毛糸玉みたいだの、婦人連がよく散歩路を連れて歩いていますけれど、何だかおかしい気持なのです。

*

こっちの映画館には、実写ばかりかけている小屋があります。この頃日支戦争の実写があるので、良く出掛けて行きます。戦争の中で、日本軍が鉄砲を打ったりすると、厭だと云って巴里人はとても口笛を吹いています。おかしなものですね。また、巴里のソシャリストの大写しが出ても大変な口笛ですし、面白いと思いました。私はまた、ダンフェルの近所のシネマにも行きますが、時々ひろいもの的に面白いものにぶっつかります。タゴールが詩を読んだり、ガンヂーが糸を紡ぎながら笑っていたり、その他印度《インド》の寺の写真や、南アフリカ探険などユカイでした。

三月三日は、日本では雛祭りで、桃の花の見られる日ですが、巴里でもミカレームと云って子供の祭があります。荒物屋では、シラノドベルジュラクだの、道化たチャプリンなどのお面を売り出したり、縮緬紙で出来た帽子や小鳥や、大根のような赤唐辛子や、風車などを売り出しています。親たちは自慢もので、子供たちに化装《かそう》させて街を練り歩いています。シャンゼリゼーのブルジュワ街では、シルクハットの子供紳士や、デコルテの子供淑女が多かったそうですが、この辺の街ではオランダの田舎娘や、馬乗り姿や、ピエロや、様々の衣装で貧しいながら、街は子供と風船で賑やかでした。

私はこの頃アリヤンセの夜学にはいりました。私のクラスは十人足らずですがとても呑気《のんき》ですよ。一ケ月百法の月謝で、大変安いと思います。初めからちょっとした短篇もので、今は婦人が手袋を買いに行く物語りまでやっています。恥を云いますと、私が一番下手で一番発音がまずい。私の隣席のポロネエの紳士は、私のノートに皆写してくれて、チョコレートまでくれるのですが大変深切です。ずっと前、早稲田大学に少しばかり通った事がありましたが、教室の感じがよくあそこに似ていました。私はこの学校へ来て二人のエストニヤ婦人と仲よくなりました。エストニヤと云う国を貴女は知っていますか。地図で云うならば、露西亜の上の方にあります。小さいところです。大変寒い処だそうですけれど、ここの切手だけは、美しい部では随一でしょう。三匹のライオンだかが三の字に描いてあって、朱だの、青だの、緑だの、あります。若い女の家へ遊びに行ったのですが、とても古めかしいパンションにいて、何だか、私は倫敦の下宿を思い出しました。クッションなども崩れかけたままで、何年かその位置におきっぱなしのような部屋でした。

ここの女主人の亡《な》くなった夫と云うのが小説家だと云って“NEDJMA-RAOUL-DERIVASSO”と云う、此様な単行本をくれました。女の名前だそうです。この、エストニヤの女の古里はまた素的です。急にエストニヤに行きたくなりました。麦の刈り入れ頃の姉妹の写真を見ましたけれど、手も足もむき出して、全くハツラツとしています。私は靴下をはく事がとても嫌い。こうして、手も足もむき出しで麦束の上を転んでみたいと思いました。

　エストニヤ婦人はヒルダァと云って、仏蘭西語は私の大先輩です。玄関に、サロンに、寝室に、台所に、押入れなどついて四百法、御飯が二食で四百五十法だそうです。部屋は広いばかりで、全く古びた歴史陳列部屋と云った体《てい》で、私なんか一週間で気が狂ってしまって女王様になった気になるでしょう。

　ここにも毛糸玉のような白犬がいました。今頃は風が強い。風邪を引いて寝込んでおります。窓は五階です。ただ青い空と雲だけ、あの雲は日本から来たのでしょうね。私は当分ベッドに休息して、四角い青い窓でも見ながら、巴里の街の音を聞いていましょう。

　——本当は悲しくなってしまって、何か考える事でいっぱいなんですよ。

（昭和七年四月）

春の日記

四月一日

雨あがりのいい天気。だが寒い朝だ。今日はフランシス・カルコの家に行くので、朝O君誘いに来てくれる。モンマルトル近くの汚いアパルトマンに訪ねてゆくと、中庭の水道で洗い物をしていたコンセルヂェのおかみさんが、カルコは出世してしまって、もうこんな所にはいないよと云った。新居は、ケエ・ドルセイ街七番地の由、またそれより乗合自動車にのって訪ねてゆく。ケエ・ドルセイ街は、とても豪奢な町並。家の前をセイヌの河が流れている。河沿いには黒い木の並木、静かな町だ。昇降機で上ってゆくと、フランシス・カルコの借りている部屋は、とてもしゃれたものなり。紅とブルウの棒縞の部屋着を着て、カルコは両手をひろげて出て来た。歌麿の知識、北斎の知識、なかなか深し。信州の田舎で求めた歌麿の遊女の絵を贈物にするとカルコはびっくりして喜んでいた。

歓談二時間。著作四冊もらう、ラ・ルーという本には、扉に自分の自画像を描いてくれた。かえりに、支那料理をたべて、それよりO君と別れて帰る。

夜、モデル女のミッシェルとH女史をつれて支那飯をたべに行く。それより帰りスフレエーに寄り、ここでまたO君にあう。O君、S君を紹介してくれる。S君建築をする人の由。クウ・ボックで暫く歓談。それより皆で近くのダンス場に行く。帰り二時。H女史泊るという。

四月二日

実に気持がよれよれだ。枕許《まくらもと》にある蓄音機にセゴビアのギターをかけて楽しむ。人は、なるべく泊めないがよろし。ずいぶんよく遊んだものだ。仕事が出来なくて困る――夕方O君、Iという美学をやっている人をつれて来る。三人で支那飯屋にゆく。ここでS君にあう。四人でクウ・ボックに行き歓談数刻。ここでは各人のイデエについて論議噴出、皆若き人たち。終夜歩く。サン・ミッシェルの夜明しの酒場で女の酔ぱらいを見た。何だか、とてもいやな気持だった。

ああ、今日もまためちゃくちゃ、南無阿弥陀仏だ。

四月三日

よく眠った。ぼんやりとよく寝た。寝ている事は、実に快い。昼間ルクサンブールの公園を歩き、近くの画商にあるラプラードの絵を見にゆく。この家でディフィのすぐれた風景画を見せてもらった。暗いブルウの空、黒い疎林、とてもよい印象なり。夕方O君、S君を伴い来る。三人で支那飯屋で夕食後クウ・ボックに行き、歓談数刻。それより三文オペラを見に行く。非常にいいものだ。シネマを出て、サン・ミッシェルのそばの燕街《つばめ》にある牢屋の酒場に行く。壁にはボードレールだの、ランボオだの、サインがしてあって、昔ここは囚人を入れる牢屋だったそうだ。即興でうたう女の歌うたいや、男のうたう詩なんぞ聞いて楽しかった。三人で、元気に夜更けの町を歩いた。もうパリーも春だ。実にたのしい夜更けなり。かえり十二時。

四月四日

雨の日なり。一日ぼんやり眠りつづける。日本へ手紙を書く。夕方、サン・ジャックの通りまで散歩して、小さい古本屋でドミエの画集を買う、七十五法《フラン》。

なるべく元気でいましょう。誰もこの不完全な気持はわかってくれもせずだ。ところで、わかってもらったところで、仕方もあるまい。夜更け、往来を走ってゆく撒水車の音にびっくりして目をさます。あしたは花でも買って来て飾りましょう。

四月五日

たのんでおいたいい部屋が見つかる。いよいよ明日お引越にきめる。今日は日本人の荷造り屋をよんで、部屋の始末をさせる。H女史、M君を伴い来る。夕方、薔薇の花を一枝買ってコップにさした。いつまでも寝られなかった——引越をして歩くこともさりながら、もうそろそろ日本へ帰りたい。日本へ帰って、友達や肉身の元気な顔が見たい。

四月六日

今日は引越の日だ。朝からK君やM君、H女史、運送屋なんかに手伝ってもらって、ダンフェル街の裏のダゲエル二十二番地に引越をする。階下が酒屋さん、左隣が毛皮屋、右隣がパン屋、お向うが馬肉屋、わたしの部屋の窓から金色の馬の首の看板が馬肉屋の軒に出ているのがよく見える。馬肉屋の角隣りは古本屋、ここには千九百三十年版のボナールのいい画集があった。

わたしの室は、暗いけれどもいい部屋だ。一ケ月四百法、お湯も水も出る。

夜、J君S氏たちと支那飯をたべに行き、三人でカフェ・リラでお茶を飲む。わたしは菩提樹のお茶を飲んだ。二人の間にまたまた議論噴出、二人とも熱心な学生なり。帰途、雨の中を三人でモンパルナスの墓の道を歩く。帰り一時、小雨、途中たまたまポーの怪談話しが出て、いやな気持なり。

四月七日

泥のように眠って、十一時頃目ざめる。枕許にはナポレオンの絵がかかっていて、何だか気持が悪い。洋服簞笥のそばの古い大きな鏡やナポレオンの絵を宿のおかみさんに頼んでとってもらう。気持ちわるければなり。夜、K女史宅へH女史と晩御飯をよばれてゆく。K女史なかなか料理うまし。三人で食後スフレェに行き、絵の話、文学の話、旅の話など、ここで石川夫妻にあう。雨もよいで淋しい晩なり。帰途一人で雨の中を歩く。

四月八日

朝八時に起きた。今日はパンテオンへ行き、パンテオンよりソルボンヌ大学まで歩き、W氏に校舎を見せてもらう。大学の近くの本屋で、コクトオの詩集を一冊買う。マチスの安い画集一冊買う。

夜、S君来訪、レコードをかけて話した。よき人なり。日本へ帰りたい話などをすると、それもいいでしょうという。二十四、五日にはS氏ベルリンへ帰る由。S氏より、ハイデルベルヒの話を聞く。余裕があったら行って見たいものだ。

四月九日

やっとこの室にも落ちついた。朝、絵具を買って近くの町を描きにゆく。絵をかくことは面白い。四号の小さい絵。夕方、I君S氏両君来る。すき焼を御馳走して三人雑談。大変いい話をきき、刺戟がある。小雨の中を二人を町角まで送ってゆき、帰って長い間ボンナアルの生涯を読む。

四月十日

朝早く町を早起会の楽隊が通っている。鎧戸《よろいど》をあけて窓からのぞくと、コバルトの服を着た青年たちが笛や太鼓をならして通っている。日本を、ふと思い出した。昼よりH女史来る。夕方S氏I氏N氏たちと支那料理をたべ、夜のセイヌ河畔を歩く。河沿いの割栗石の上をこつこつ歩いていると、パリーの町は、どこか遠くへいった感じ。風寒く、水の音騒がし。やがて大雨となる。皆濡れながら、長いこと歩いていた——パンテオン裏のカフェで茶を飲み、十一時まで歓談。部屋じゅう鏡で明るい。燈火感じわるし。帰り十二時。安東県のY氏より二百円送って来た、うれしくて飛び上ってしまった。

四月十一日

朝、モデル女ミッシェル手製の仏蘭西《フランス》人形持参、三百法で買ってくれという。買えないので断る。偶然H女史来訪にて、H女史に買わせる。

霰もよい。大きな霰がぱらぱらと窓をたたいている。霰の音をきいていると、どっか田舎へでも行きたくなる。四時頃S氏来訪。霰さかんなり。

四月十二日

この頃人の来訪多く、仕事出来ず。朝、ルクサンブールの近くの画商にコローの絵を見にゆく。公園の中を歩いていると健康でのびのびして来る。マロニエは薄あおい芽を出して、あたりは見事な春景気。賃貸しの椅子を借りて陽なたで「茶の本」を読む。本を読みながら考えることは、みんな切れ切れ。常になく空も晴れ、盛んに飛行機が飛んでいる。

夜O氏S氏来訪。玉子とイィクラにて御飯をたいて三人で食べる。

仕事をすること山のようにのしかかっているが仕方もない。これだけの心、これだけの力。みんな一杯。

パリの夜更けはいろんな口笛がきこえて来る。コンマンタレブウ！

四月十三日

夜明け頃撒水自動車の音をきく。下水掃除の音もきく。雨少しあり。ばらばらと風にふかれる雨の音するなり。

昼過ぎ近所の画商に行き、またラプラードに溺れて来る。白と黒と緑、透明な色彩、見ていて楽しかった。ディフィの絵と比べるとラプラードは一段も二段も上の人なり。

何もかも考えることなし、今日この頃だけは別な少女のようなわたしでありたい。どんな鞭でも受けましょう。

四月十四日

夕飯を東方飯店ですませてO氏S氏三人で町を歩く。マロニエの葉はだいぶ茂っている。並木のマロニエの葉を捗《むし》り捗り歩く。来月はいよいよ日本へ帰らなければならない。日本より、桜が咲いたというたよりがあった。尾道のI氏より来信、あなたのお国の方にお金送っておきました、感謝の返事を出しておく。夜は早く眠る。

四月十五日

「屋根裏の椅子」という小説にかかる。何度読み返して見ても手応えなく思わしくなし。早く日本の机の前に坐って、自分の仕事をしたい。日本では、共産党の人たち沢山捕えられたというニュースだ。夜、チェホフを読む。浮腰の読書のせいか、興ののらざること夥しい。手紙数通書く。

仕事の意図挫折す。自信なし。暗澹たるものなり。

夜、H女史K氏三人と支那料理上海にて夕食。それよりクウ・ボックに行き、コワントロウ少量、心たのしみて飲む。

四月十六日

O氏とS氏と三人で夕方ソルボンヌ大学の横のクウ・ボックに行く。歓談数刻。それよりめちゃくちゃに町を歩く。ロシヤ料理店で遅い夜食。

素敵にいいものが書きたい。いいものを書くには、巌のようなかたいものにつきあたらなければ駄目だ。つきあたって、びっくりするように目が覚めたい。

夜、読書、トルストイの「復活」を読む。カチューシャは藪睨みの女だそうだ。リラの花の咲いた窓べの描写おもしろし。

四月十七日

蚤《のみ》の市に行くといってO氏のアミ、それにI氏誘いに来てくれるが、風邪気味でやめる。昼よりS氏来訪、夜、モンパルナス際《ぎわ》の小さなホテルのサロンでラヂオをききながらお茶を飲んだ。「ボンソアール メダム、マドモアゼル・ムッシュウ、」の終りのさよならがすむと、すぐマルセーズの音楽、心しずかになってとてもいい気持だった。

星美しく、お茶うまし。

四月十八日

曇天、終日無為なり。

四月十九日

今日も終日無為、顔そむけたし。

四月二十日

ざんざ降りの雨の日。夜、近所のホテルのサロンでコニャックを飲む。住み心地のよさそうなホテルナリ。

四月二十一日

O氏につれられてプロ作家のプゥライユの家に行く。十四区のごみごみした靴屋の裏。

ちょっと本郷時代の萩原恭次郎の家を思い出した。

夕やけのしたようなとてもいい天気。来客三人ばかりあって、みな立ったなりで議論をしている。ここで徳永直《とくながすなお》の「太陽のない街」のドイツ版を見せてもらう。ここで、プウライユに写真や著書をもらい夕方帰る。

妙に日本へ帰りたくなった。心冷たし、心空し、心痛し。

四月二十二日

夕食を中華飯店にてS氏と二人。鯛を食べる。――食後シャンゼリゼエよりコンコルドに出て日本の宮様がお泊りになったという大きなホテルのサロンでお茶を飲む。コンコルドの、紫色の瓦斯《ガス》燈、紫色の噴水、小雨の中にきれいに見える。

四月二十三日

S氏O氏と三人で支那料理店まで歩いて行く、毎日支那料理ばかりだ。金が無いので仕方がない。――食後、S氏とわかれ、O氏とカフェに行き雑談数刻、帰宅九時、今夜は、さかんに飛行機が飛び、サーチライトが光っている。帯のように、川のように、銀河のように、美しい空だ。一人でサン・ジャックの方へ行き、空を見ながら散歩、夜更けの花屋に肉あつき桃色の紫陽花《あじさい》、けし、チューリップなどかざってあった。いかにも夏近い溝《どぶ》の匂いをかぐ。ホンダシオンにて帰りS氏にあう。

四月二十四日

朝K君来訪、写真を写してあげる。よい天気なり。――夕食にH女史と近所より蟹の鑵詰を買って来て食べるが、九時頃より腹痛激し。まるで軀をこなごなにされるような痛みかたなり。

今日にかぎって来訪者なく医者を呼ぶことも出来ない。塩水を飲んでは一生懸命に吐く。疲れて綿の如し。夜更け四時頃まで眠れず。蟹中毒のおそろしさを知る。以後蟹をたつことにきめる。

四月二十五日

終日軀《からだ》痛し。

昼よりS氏薔薇《ばら》の花を沢山白い箱に入れてお見舞に来てくれる。高価なものだろうと心配する。ふくいくたる匂いなり。寝床の中よりフクイクたる匂いを嗅ぐ。

H女史、O氏、ミッシェルなど見舞に来てくれる。躰痛し。——夕食はO氏とS氏三人にて東方飯店に行く。気分なおらないせいかあまりうまくなし。

少しばかり散歩して帰宅。つかれる。

四月二十六日

朝、ルーブルに行く。コローの絵を暫く眺める。遠くから見ると淡々と描いてあって、そばへ寄ると七宝《しっぽう》のように積みかさねたテクニック。これは王様にささげるような絵だと思った。

ヴァンドンゲンの絵はあまり好かない。サロン画家の感じ。日本の藤田に似ている。

夕方、サン・ミッシェルぎわのカフェーにS氏を待ち、夕食を近所のグリルで食べる。鶏だの野菜だの沢山食べた。かえり街を歩く。

セーヌの夜の景色美し。それより、モンパルナス裏の芝居小舎へ行き、埃っぽい芝居を観て帰える。

今日は愉しかった。

四月二十七日

十一時起床。――サン・ラザールまで汽車で行き、森を歩いて帰える。一人で汽車にも乗れるようになった。仏蘭西人はみんな親切だ。

夜、O氏、S氏三人で東方飯店に行く。帰えりフイルムを二ツ三ツ買って、帰えりS氏と別れ、O氏とサン・ミッシェルのカフェーに行く。

帰えり九時。プウシュキンを散読。

四月二十八日

夕方より仕度してトランク一つの身軽さで北の停車場へ行く、モンモランシイ行きの二等車に乗る。途中の風景まるで浮世絵のようだ。ゴッホの描いた浮世絵のようだ。桃や梨花のさかり。六時になっても明るい黄昏だ。

モンモランシイに着いたのが七時頃、丘の上のバビョン・ド・フロールと云う小宿に泊る。洋燈《ランプ》のある宿屋なり。ここには古城の跡ありて、実にのんびりした処なり。夜鶯とでも云うのか鳥の声美しい。

ポタージュ、トマト、ことのほか美味なり。私の部屋には台ランプを置いてくれる。蛾が多いのには困ってしまう。窓外は杉のような立木ばかりの疎林。夜更《よふけ》より小雨なり。

四月二十九日

十二時に起床。バビョン・ド・フロールの肥えたお神さんはせいいっぱいにもてなしてくれる。私の着物姿が珍らしいのだと云う。

昼頃、巴里に帰えり、牡丹屋の暗い食堂でうなぎを食べる。

夜、再びリヨンの停車場より、フォンテンブロー行きの列車に乗る。夕陽のセーヌを南へ下る。白暮とでも云うのか、夜が何時《いつ》までも明るい。サボイ・ホテルに泊る。ここでもうぐいすの鳴く音を耳にする。何かあわただしく、旅づかれのした一日だった。

四月三十日

今日は全く晴天だ。

日本のような山林のなかを歩いた。昔はこの辺を鹿が歩いていたのだそうだ。フォンテンブロー派の絵描きのあつまった処なり。昼は大きな硝子《ガラス》張《ば》りの食堂で御飯を食べる。

庭は奈良の景色に似ている。暖い陽を浴びながらの食事愉《たの》し。

夕方六時頃、ここを去ってバルビゾーンに向う。緑の海のなかをシャルメッテと云う宿に着く。シャルメッテは古風な宿、すぐ向うにミレーのアトリエがある。夕方、夕焼を追って散歩。村道狭し。ミレーもこの道を歩いたのかとなつかしかった、画室はありふれた田舎家、玄関の入口にベットがあって、ここでミレーは最後の息を引きとったのだと云う。

明日は早々に見物を済ませて巴里へ帰える予定なり。

五月一日

今日は五月一日だ。

今日は非常に綺麗な晴天。昼よりバルビゾーンの村落に行く。実に田舎らしくいいところなり。おそい昼飯をすませて、ミレーやルソーのアトリエを見に行く。ミレーのアトリエは東洋風な落ちつきあってよろし。田舎道を歩き、白い花さく樹間にて写真数枚、時々時雨ありき。よき村なり。夕方、七時頃宿を引払って自動車にて四里の道をボアルロア停車場に到る。停車場のみどり鬱蒼たり。それよりパリーに帰る。——夜、中華飯店にて支那飯をたべて帰宅。辻々に紫の菫《すみれ》売る少女あり。ああ、日本に帰りたし。夜更けも雨。

五月二日

仕事をしないので、何よりいらいらするけれども、仕方がない。別に、恥しい生活でもないけれど、だが、時々誰にともなくすまないと思う気持は、何としたことだろう。日本より、電報の返事未だ来らず。もう本当に帰れなくなるのではないだろうか――夜食は菠薐草《ほうれんそう》に焼魚にてすます。前も後も振りかえる余裕もない。わたしは、かたい岸を素直に流れるきれいな水の心でいたい。九時頃、モンパルナスまで、レコードを聴きにゆく。

五月三日

朝、石黒道場へ破約の速達を出しにゆく。昼からH女史にあう。どうも困った娘さんだ。ぼんやりとしている。全く茫然たるわたしだ。今日も電報の返事が来ない。疲れながら、へとへとに疲れながら、私の虚をさらけ出してぼんやりとしている。夜、

O氏とS氏と三人で、支那飯をたべに行く。町はすっかりと青葉だ。空の色は大変なつかしい。マロニエの若葉をむしって押葉をつくる。

五月四日

呆然とまた朝なり。母の夢を見た。ただ空しくたのしい一瞬だ。日本へ帰りたい――電報も金も来らず、心寒し。夕方、H嬢と二人でI氏夫妻をさそって石黒道場にゆく。牛原虚彦氏にあう、よき人なり。十二時半、一人帰る。さてもうたてや。

五月五日

昼頃、画学生のK君来訪。S氏と角のスフレェで歓談数刻。頭重し。歩道のみどりは素敵な眺めだ。バルビゾンの、あの美しい青葉の森を思い出す。パリーもこれからが素敵なシーズンだ。H嬢のアトリエで、風呂をよばれてさっぱりする。とにかく、岩のように働きたいものだ。働いて働いて、土に沁みたい。

今日はわたしの誕生日だ。S氏よりささやかな贈物をもらう。夜は、サラベルナール座に音楽を聴きにゆく。

五月六日

朝十一時頃起床。誕生日の残りのお菓子をたべる。菓子は実にうまい。何だか、むちゃくちゃに食べたい。

日本より返事来らず。終日無為なり。健康で働きたいものだ。

五月七日

マドレーヌ寺院裏にて菓子と昆布と醬油をイタリー店で買う。一日ゆっくり眠りたいのだが、なかなかねむれない。ぐっすりとのびのびと、ねむりたいものだ、日本より朝電報来る。涙あふれる。

早く日本へ帰って、わたしはわたしの本当の声で話をしたい。

五月八日

ドイツの女学生シュミット・ハンナとリラであう約束なので、朝十一時に出掛けるけれど、来なかった。花を買って家へ持ってゆくが留守。やけになって、ぽこぽこ歩いてかえる道、O氏に出あう。ハンナ女史、わたしの留守に来たる由。近所のカフェに行って待っていた。それよりハンナ女史と少し歩き、ドイツの田舎のさまざまの話を聞く、ハンナ女史、ソルボンヌ大学の東洋科に籍をおいていて、今は「方丈記」をならっている由。ハンナさんは宿屋の娘さんなり。

終日、瞼《まぶた》重く鬱々たり。夜は何もたべず。

いろいろな仕事をしたいのだけれど出来ない。もう一度田舎へゆきたい。夜、O氏フランス人の女の人を二人つれて来る。日本字のかける人だった。派手な羽織を一枚あげる。

人間は、捨身《すてみ》になって仕事に溺《おぼ》れるべきだ。

五月九日

今日は近所のお祭。お祭は何という名なのか知らないけれど、辻々に玉ころがし、的《まと》当《あ》て、軽業師《かるわざし》など出ていて大変賑やか。S氏、夕飯を御馳走したいといわれる。二人でダゲエルの町を買物して歩く。夜更けに、窓の下でしばらくアコーデオンが鳴っていた。

五月十日

終日無為。二法《フラン》出して、紫の菫を買って来てたのしむ。

五月十一日

朝から小雨。しみじみしたりパリーの五月雨、身に心に沁むかな。正金銀行に行ってお金をとって来る。かえりに日本までの切符を買う。三等切符、これで日本の神戸の港まで行けるのなり。三十磅《ポンド》なり。マデレーヌにて茶を飲み、赤い箱のポールモール買って吸う。あかい箱かわゆし。夜十一時。クウ・ボックにて送別会をしてもらう。帰り、夜更け二時。

夜更けて、久しぶりに町の音をきく――明日はいよいよ出発、夜あけ五時までねむられず。

五月十二日

朝、二十法の紙製の青いトランクを買う。それに荷物を詰める。化粧品店で香水や化粧品を買う。――昼は残ったお米で御飯をたいてたべる。あついご飯にイィクラをそえて酢豚をそえてたのしくたべた。御飯をたべながらハイフェッツのレコードをかける。パリーよさようなら。

夜、リラでI氏O氏両君にあい、東方飯店にゆき最後の会食。S氏おくれて来る。ガール・ド・リオンにてみんなわたしを送ってくれる。涙せきあえず。同室はスイス行きの老人夫婦と同室。クッションにはレースがかかっている。きれいな汽車、パリーよさよなら。

五月十三日

マルセーユ午前十時十五分着。

七宝のように磨きこんだ青い空。駅より、カンネビール八番街の郵船まで自動車でゆく。ここにて四十五法の出国税を払い、波止場へ到る、自動車賃三十法とられる、船にのり、船室に案内されて荷物を整理し、それより再び上陸、わたしの船は榛名丸、好きな名前なり。マルセーユの賑やかな町を歩く。絵はがきを買い、白いサンダルを買い、スカートを買い、木靴を買う。海の見える魚料理を商う家で牡蠣《かき》をたべる。牡蠣にレモンをしたたらせてたべる。実にうまい。バンルージュをそえて七法。さびしき酔心地なり。

マルセーユの波止場は、いろさまざま。全くレビューのような港だ。騒然としている。料理店を出て、丘の上にあるノートルダムにゆく。学校帰りの子供たちを写真にとる。五月の海は実にきれいだ。しかもここはマルセーユ。

出港五時。パリーよさよなら、みんなさよなら。涙あふれる。船室にてレコードをかけてたのしむ。ああ一体どうすればいいのでしょう。ふとまたパリーへ逆戻りのことなど考えてみる。

五月十四日

同室者はAという生花を教えているお婆さんとハープをパリーで四年も勉強していたというお嬢さんと、西倫《セイロン》の娘四人なり。

航海はおだやか。波静かにして風景よろし。

夜は隣りの室の人たちとお酒盛り。セロをやっているという人、なかなか江戸っ子で食通だ。海は青い。あすはあこがれのナポリ。

五月十五日

午前七時半ナポリ着。わたしたちはすぐ上陸。AさんSさん、それに私。港より車をたのんでサマリテーヌという丘にのぼる。日本人がお染久松といいなれているバンカロ風なテラスでオレンジエードを飲む、菓子もうまし。ここより眺めるベスビオの火の山は、眺めるも苦しい位だ。ポンペイには寄らず、丘の中腹にて洗濯をしているお婆さんからガラスのジョッキを借りて水をのむ。ナポリの水なり、イタリヤの水なり。ナポリの町は、段々になっていて、支那の町のように賑やか。所々街上にはオーケストラあり、私はしばしば立ち止って音楽に耳を傾ける。

花屋、魚屋、野菜屋なんかの物売り、どれもこれも個性があって面白い。何階かの高い窓から、籠をつるして買物をしている情趣おもしろし。全く、ヨーロッパの支那といった感じなり。町裏は狭く、貧民窟のような所には、アベマリアの小さな堂があり、蠟燭に火がついていた。

ナポリの乞食は非常にしつこい。町は汚いけれど好き。ベスビオの山の姿雄大。

ベスビオの山の火煙り苦しかり

青き卓子にわれは目伏せぬ

四時出港。いつまでもデッキに出て山を見ていたら胸があつくなった。即興詩人で有名なカプリの島通いの汽船がとおっている。サンタ・ルチヤの波止場では鰯を荷揚げしていたが、ナポリは実に楽しい港。ナポリよりパリーへ第一信を送る。

五月十六日

そろそろ船の生活退屈となる。

ナポリより旧知なるTさん乗船して来る。その奇遇なるに驚く。ローマに長らく滞在していた由。

毎晩月がいい。月は大きくて円く、実に雄大。船中で考えること複雑。これから日本で生活することなどいろいろ考える。だが、一切はこれからだ、前へ進むことだ。

五月十七日

あと三十日で神戸。今日も晴天、波静かなり。毎日七時に起床。夜は十時に床に這入る。三度の食事平凡。いつも朝早く海水浴をするので体元気になる。マルセーユで買った白い水着、着心地よし。

いい仕事をしたい。実にいい作品を書きたいものだ。

フイルムの現像をたのんだのが出来て来た。六十銭也。

沁みるような空の青さ、海の青さ――夜、月清澄なり。一等のデッキでシネマがあった。

中央公論のH女史の「転落」という小説をよむ。描写うまけれど自然主義で、プロレタリア小説というには少し甘すぎるものあり。だんだん暑くなって来る。

五月十八日

七時起床。朝、パンとコーヒーですます。終日縫物などして暮す。何も出来ず、何もかけず、何も考えず、朝も夜もデッキを歩く。夜は、月ますます大きく美しく。夜中の二時半にポートサイド着。

ふと、パリーにかえりたいと思った。

寝室で信州や岡山や東京へたよりを書く。ああ、みんないい人たちだ。

五月十九日

起床五時。

六時半に同室のAさんSさん二女史と三人でポートサイドの町を歩く。住民はみんなトルコ帽子をかぶっている。パリーのプランタンの支店などあって、フランス語もフランスのお金も通る。

家の作りは停子脚の軒がつづいていて、さながら台湾の風俗なり——野菜、果物、花、豊富なり。蜜柑を五つ求む、四法《フラン》なり。九時ポートサイド出港。海へ銭を投げてやると、土人が海中をくぐって銭をひらう。銭をひらって両手を高くさし上げながら、さよならと高くよびかける。

沿岸は眉ほどに狭まっていて、いよいよスエズの運河に這入る。砂地の長い防波堤に似ていて、これより船足ゆるし。

カイロへ廻れば、百五十円位だという。金がないので、ついに断念す。船底にて午睡す。

あと神戸まで二十八日の航海なり。

夜更け、スエズ運河の夜景まことによろしく月大きく、空気生ぬるし。

五月二十日

七時起床。

朝のパンとコーヒーは体に大変いい。紅海もあと二日ばかり。印度洋に近づきて暑熱甚し。今日も昼寝する。隣室の大学教師連、「一、二、三等合同ですき焼会をいたしましょう」という。いやなことだ。パーサーにかけあったりしていた様子だったけれど、ついに議ならず。不調。快し。

満月なり。夜涼みて十時半就寝。パリーのさまざまを夢に見る。夜中から蒸風呂にいるような暑さになる。全くやりきれない。

摩周湖紀行

――北海道の旅より

　宗谷《そうや》本線の滝川と云う古い駅に降りた。黄昏《たそがれ》で、しかも初めての土地で一人の知人もなかった。随分用意深く、行く先々の様子は、旅行案内で調べておくのだったけれど、途中で気が変ってしまって、根室《ねむろ》本線へ這入《はい》ってみたくなり、乗りかえ駅の滝川に、周章《あわ》てて降りてしまった。ホームを歩きながら、道々私は駅夫をつかまえて、この町ではどのような宿屋がよいかと云うことを聞かなければならない。樺太《からふと》以降東京まで直行のつもりであったので、最早《もはや》私の懐もとぼしい。

町はまだ冷々していた。毛織のスーツが結構間にあった。

　この町では三浦華園と云うのがいいだろうと聞いた。荷物を三浦華園の宿引きに頼んで、私は暮れそめた滝川の町を歩いて宿へ行った。官吏とか商人とかちょっと足だまりに寄って行きそうな小さい町であった。宿へ着くと再び頭の先《さ》きから足元まで出迎えた女たちに見られなければならない。

女で、しかも一人旅は不思議なことなのであろう。風呂に這入り夕食の膳を前にしたが、何としても侘《わび》しく、一合の酒を頼んだ。酒は二杯ばかりを唇《くち》にすると、最早胸につかえて苦しく、床《とこ》をとらして眠ったけれど、床へ這入れば這入ったで急に眼がさえて来てなかなか眠れなかった。

黄昏に降りた不用意な旅人のために、ここは根室へ行く汽車もない。ふかくにも私は滝川で一泊しなければならなくなったのであったが、これもいいと思う。枕元の水差しの盆の上には、この一夜泊りの客の為に小さい列車時間表が置いてあった。裏をめくると、明治三十八年出版運命よりとして国木田独歩の一章が書いてある。

「何処までお出《いで》ですか」突然一人の男が余に声を掛けた。「空知太《そらちぶと》まで行くつもりです」「そうですか、それでは空知太にお出になったら、三浦屋と云う旅人宿に止って御覧なさい」

独歩がこの三浦屋に泊ったのかどうかは判らないけれど、愛なく情なく見るもの荒涼寂寞たると嘆じた独歩の一人旅を偶々面白く思った。私も御同様だ。明治三十八年と云えば私の生れた頃の旅愁だ。まだその頃の空知の国はもっと未開の地であったに違いない。天井の燈火を消して枕元のスタンドをつけた。何か本を読んでこの愛なく情なく荒涼寂寞たる自分の気持ちに応えたかったけれど、何も読む気がしない。夜更けて嬌声を聞いたが、女中が迎えに来て云うには、「うちではカフェーもやっているんでございますが、お厭《いや》でなかったらいらっしゃいませんか」その嬌声は女給たちの声であった。妙に疲れていたので、そのままカフェーにも行かないで枕元の燈火をつけたまま私は深く眠ってしまった。

翌朝は不幸なことに曇っていた。九時十五分の汽車で根室線に這入る。

空知の風景は私には苦しすぎる位広かった。北海道の地図は少しばかりコチョウして小さくしてありはせぬかと思うほど宏大で、空よりも野が広い。途中空知のぽんもじりより沛然たる雨にて、沢梨《さんなし》の白い花が虹のように美しく見えた。馬と一緒に黒くなって畑を耕して行く人たちの汗だらけの努力を、深として感謝せずにはいられない。朝から汽車へ乗りづめ、しかもこの根室線には急行がないので、一駅一駅私は野原の中の駅々にお目にかかれる。——釧路《くしろ》へ着いたのが八時頃で、駅を出ると、外国の港へでも降りたように潮霧《ガス》がいっぱいだ。雨と潮霧で私のメガネはたちまちくもってしまう。帯広から乗り合わせた、転任の鉄道員の家族が、ここでも町は歩いて行った方が面白いと云って、雨の中をこまめに私を案内してくれた。

山形屋と云うのに宿を取る。古くて汐くさいはたご屋であったが部屋には熊の毛皮が敷いてあった。——町を歩いていても、宿へ着いても、三分おきに鳴っている霧笛の音は、夜着いた土地であるだけに何となく淋しい。遠くで聴くと夕焼けの中で牛が鳴いているような気がする。ここでは朝日新聞の伊藤氏に紹介状を貰って来ていたけれど、黙ってそのまま宿屋へ着いてしまった。宿では無職と書いて怪しまれた。女中は老《ふ》けた女で何となく固い。判で押したような宿屋の遅い夕飯を食べて、熊の毛皮の上に体を伸ばしてしてみるけれど、まるで熊の背中に馬乗りになっているようでおかしい。手紙を書いていると今日の食堂車に働いていた十六ばかりの二人の少女が、同じ宿に泊りあわせたからと遊びに来た。給仕服をぬぐと二人とも美しいので愕《おどろ》く。明日はまた十時の汽車で函館へ帰えるのだと云っていた。茶を淹《い》れたり菓子を拡ろげたりして、何とない行きずりの語らいを愉《たの》しむ。月給が三拾円で両親がそろっているとも云っていた。

風呂からあがると寝床が敷いてあったが熊の毛皮がこわくて、私は次の間へ寝床を引っぱって行く。寝ていると霧笛の音で眼がさえる。家が古いので妙におくびょうになる。夜更けて梅雨のような静かな雨が降っていた。

六月十六日。

北海道へ渡って久しぶりに青い伸々とした空を見た。伊藤氏に電話をして朝食をとる。土地へ行けばその土地の事を少しばかりくわしく聞いておかなければならないので、私は根室への列車の中で作った私の旅のコースと地図を拡げて用意しておく。

伊藤周吉氏はなかなかいいひとであった。

お遇《あ》いするが早いか、とにかくこの宿屋を出ようではありませんか、ここへ来たら角大と云う啄木の唄に出て来る女のひとの営んでいる宿屋がありますと云って、自動車を頼んでこられた。旅先きで貰った紹介状ではあったが、旅の情と云うものはなかなか身に沁みるものがある。

山形屋の払いを済ませて道路へ出ると、宿の前が、はからずもさいはての駅であった。山形屋へ泊ったこともなかなかいいではありませんかと、いまは肥料倉庫のような旧駅を眼前にして、私は啄木の唄をまるで自らの唄のようにくちずさむのであった。「さいはての駅に降り立ち雪あかり、淋しき町に歩ゆみ入りにき」さいはての駅の前は道が泥々していて、雪の頃のすがれたような風景を眼の裏に思い出す事もできた。

啄木の唄った女のひとは昔小奴と云ったが、いまは近江じんさんと云って、角大と云う宿屋を営んでいた。新らしくて大きい旅館で、旧市街と新市街の間のようなところにあった。おじんさんは四十五歳だと云っていた。小奴と云う女のひとを現在眼の前にすると、啄木もそう老けてはいない年頃だと思う。たしか五十歳位ででもあろう。誰でもひととおりは聞くであろう啄木との情話よりも、啄木が優しい人であったと云う何でもない挿話を、私は大事にきいた。おじんさんは大柄で骨ばった人であったが、世の常の宿屋の主のようにぎすぎすしたところがなかった。美しい娘さんの写真を持って来て、亡くなってしまったのだと、嘆いていたが、誰でもが聞くだろう啄木の思い出話よりも、娘の話をするおじんさんは、何となく私に好ましかった。

私はこの宿屋で、釧路の町の色々な人たちに遇った。先住民族遺跡を研究している吉田仁麿と云うひとや、野尻と云う歌よみの人や、その他にも藤井と云う婦人記者の人など。そうして様々な町の歴史をこの熱心な人たちから聞いたのであったが、雑記帳を持って筆記して歩くような気持ちになる事を怖《おそ》れ、私は一人でこの地方の湖めぐりをしようと思いたった。

昼飯をおじんさんに馳走になり早々旅館を辞して、阿寒地帯の中の一番気むずかしい湖へコースをとった。

釧路の町は快晴で、天気がいいのか霧笛も鳴っていない。

途中、啄木が勤めていたと云う釧路新聞社の前をとおった。赤いレンガ建で、明治四十年頃の建物としては、相当新しかったのであろうが、いまは古色蒼然としてしまって、何となくおさなびていてよかった。霧笛を鳴している知人《しると》岬と云う所にも行ってみた。岬の丘に登ると、太平洋炭鉱埋立地が南の防波堤に続き、まるで海を二ツに切ったように見える。樺太でオホーツクの灰色の海ばかり見て来た私には、釧路の海はるり色に光っていて、天気のいいせいか一望にして港の中が眼にはいって来る。

朱《あか》い煙突を持った浚渫船《しゅんせつせん》が起重機から泥を吐きながら、まるで大雨のような音をたてて動いていた。内地の風景と違ってどこか青くて冷たかった。港には船が沢山はいっていた。厚岸《あつけし》の海では海軍の演習があると云うのでこの釧路の海も賑あうだろうと人々が話しあっていた。

釧路の駅へ行くと、午後三時半の網走《あばしり》行きがあったので、その汽車へ乗る。ここではさっき角大旅館で遇った藤井と云う若い婦人記者のひとが私と旅を共にすると云って合財袋を持って一緒の列車に乗ったが、いい人たちの親切は断りようもなかった。

窓外は茫寞たる谷地で柏の木が多い。標茶《しべちゃ》の駅あたりより驟雨になった。車内では川湯温泉の駅長さんが乗り合わしていて、色々な旅の話に興じた。

「摩周の湖は、すぐ霧がかかってしまうので、運がよくないとなかなか見られませんよ」

今日はとても見られまいとの話で、弟子屈《てしかが》温泉に泊ることにする。

弟子屈の山小屋のような小さい駅へ着くと、起伏のある部落の家々に早や灯がはいり、土を掘るようなすさまじい雨であった。泥まみれなハイヤアに荷物も何もいっしょくたで伊藤氏に紹介された近水ホテルに行く。田上義也と云うひとの建築になるとかでライト式だと云うことである。だが山の温泉宿としては少々薄々とした建物でアパートのような気がしないでもなかった。私は洋室がきらいなので、日本の部屋へ案内して貰う。いい部屋のつくりであった。温泉へ着いて日本の部屋位有難いものはない。女中たちは物静かで優しかった。

何よりも沛然と降る雨を眺めて、雷のすさまじい音をきくのは、ぴしぴししたきびしいものを感じて爽《さわや》かであった。眼の下を小さい釧路川の上流がゆるく走っている。雨の霽《は》れ間を縫って蜩《ひぐらし》がよく鳴いた。

私はだが不幸な旅人であるらしい。此様な風景を見ても、私の心は先《さ》きへ先きへと走っていて、同行の女性にも気の毒なほど黙りこくっている。

二人で温泉へはいる。

湯舟は川へ突き出ていて、赤いレンガを畳んだ円い浴槽であった。河の流れが黄昏《たそが》れた大きい硝子窓《ガラスまど》に写っている。これで四囲《あたり》に鬱蒼とした深い樹林があったら素的《すてき》だろうと思った。ホテルの戸外は土地が若いせいか荒地にある感じで、この河だけがよかった。ホテルの経営者遠藤清一氏は、やがて庭にも野菜や花を植えると云っていられたが、むしろあの庭には白樺や楢《なら》の木の亭々としている方が似合いはしませんか。

湯から上ると、窓をあけて明日登ると云う摩周の山々を見た。ピラオ山や雄阿寒岳、雌阿寒岳が、薄墨のようにそれらの峰が遠く見える。その山の上に星も月もさえていた。月はまだ細かった。東京を出て何日になるだろうと、ふと、そんなことも考える。手紙の外は何も書かず読まずのありさま、その手紙もまるで日記がわりで、その日その日の心を書きおくるだけで、不思議な位に空虚だった。

床につくと、婦人記者のひとは色々静かな話を始めたけれど、私は遠く外の事ばかりに心が走っていた。雨は何時《いつ》までも止まなかった。

翌朝眼が覚めた時は、河も向う岸も滴《したた》るような新緑で、山の木立の影さえはっきり見えるかのように晴れていた。障子をあけてこの美しい空に茫然とする。すぐ山へ行く仕度にかかると、ホテルの遠藤氏が御案内しましょうと云って来られた。かえって恐縮な気持ちであったが、快《こころ》よく、三人で宿を出る。便利なことに摩周の峰までハイヤが通ると云うことで、私たちは自動車《くるま》で山へ向った。この地帯は、山うるしや、どろの木、白樺、柏、沢梨《さんなし》、えんじゅの樹木が多くて、緑の色は内地よりも浅い。

摩周山は海抜三百五十米《メートル》位で、湖の深さは二百米ばかりあるとか聞いた。摩周山の中腹から見える湖の姿はまるでぽつんと鏡を置いたようであった。この鏡のような湖心にはカムイシュと云う黒子《ほくろ》のような島があり、まるで浮いているようであった。去来する雲の姿が露西亜《ロシア》の映画のように明るく見えて、波一ツない静けさである。湖の向うには摩周の剣のような頂上が雲の中へ隠れているように見えた。湖岸は降りてゆくにむずかしい絶壁で、遠くはるか地底に眺める湖だけに暗く秀でている。紅鱒やザリガニを放ってあると云うことだったが、あんまり波がないので、死んだ湖のようにも見える。足元は熊笹と白樺の若木で、風が下から吹きあげて来た。

この辺いったいを阿寒地帯と云って、私の立っている熊笹の丘から雌雄の阿寒岳の峰や、斜里岳漂津《しべつ》の重なった山の姿がパノラマのように眼に這入って来る。

雲のよ
雲の海かよ渦巻く霧に
煙る摩周湖七彩八変化
かわる姿のとなこ、、
おもしろや

これは摩周湖小唄とでも云うのであろうが、これでは摩周の湖も気の毒すぎる。私は北海道へ来て、興味を持っている湖はこの摩周と、帯広の奥の然別湖《しかりべつ》であった。摩周湖は自分の空想した湖よりも神々しかった。渚《なぎさ》に人を寄せつけない孤立した湖だけに、地味で雄大であった。晴れ間に姿を現わしている間はまことに束の間《つかま》で、何時も霧か雲で姿を隠していると云うことである。

摩周の湖へ出るには、釧路から舌辛駅《したから》へ出て、阿寒湖めぐりをして、摩周湖へ着くのが風景がいいらしい。——私たちは、それより山を降りて、北見の国境近い屈斜路湖《くっしゃろ》畔へ向った。

山を降りると、もう天候が気むずかしくなっていて、雨気をふくんだ風が沿道の森林の梢《こずえ》を気味悪く円く吹きあげて行く。

屈斜路湖は周囲四十七粁《キロ》で、まるで海のようにも見える。まず南岸の方から這入って行った。この辺の御料地にはポントウ、オサッペ、エントコマップ、サッテキナイなどの部落があって、途中の和琴小学校では運動会があった。運動場の木柵には馬もつないであった。校舎をめぐらした紅白の鯨幕が風をはらんで獅子舞いのように見えた。白い運動着の先生はメガホンを眼にあてたりしていた。校舎はぽつんと荒地の中にあって、その小さい校舎の横には運動会相手の菓子屋や団子屋が小さい店を張っていた。

私たちは、この小部落を通って和琴半島へ這入って行った。渚には茹《ゆ》で玉子やせんべいを商う茶店が一軒あった。茶店の前には野天の自然風呂があって、岩と岩との割目に出来た浴槽につかって、部落のお神《かみ》さんや子供たちが茹でられたように紅《あか》い皮膚をして声高く世間話をしていた。自然で何の工作もしてないだけに私は夜のこの天然温泉の風景も思い描く。月の明るい夜などどんなにいいだろうかと思った。岩の上には黄色の湯花がたまり、まるで菖蒲池に水浴しているようにも見える。私は子供のように手をつっこんで見た。私のそばで背中を洗っていた若いお神さんは「今日は天気のせいか、えらい熱い湯で、じっとはいっておられん」と云っていた。湯の湧口に掘立小屋があって、そこには型ばかりの脱衣場もあった。

この湖は、摩周湖のように孤独気ではない。派手な湖で、渚の平地には、ところどころ小さい温泉旅館があった。南はチセヌプリ、イワタヌシの山岳に囲まれ、その後方に、コトニプリ、オサッペヌプリ、サマツケヌプリの山々が流れている。

湖が広いので一望に眺めることが出来ない。渚はまるで海のようで砂地はどこを掘っても湯があふれた。水ぎわの波の色は糸を引いたような黄色な湯花の波で私には不思議な景色だ。

和琴半島と云っても小さな半島で、大町桂月氏のメイメイだと聞いた。

帰途は屈斜路湖の沿岸をめぐって、川湯の部落へ向かった。途中、私たちは硫黄山《いおうざん》へも登った。這い松や、白い花を万朶《ばんだ》と咲かせたいそつつじのお花畑へ出た。いそつつじの花は、頬をよせると、ふくいくとした匂いをはなって、姿に似ず何時までも匂いが浸みて来る。このお花畑は硫黄山麓十五、六万アールに亙っている。

硫黄山には樹木が一本もなかった。それなのに、中腹の柵の中には保安林と書いてあった。どっとんどっとんとまるで何台か動いているモーターの上を歩いている様なすさまじい活火山で、登りながら、硫気を噴出している気孔の上へ石を投げると、面白いほどその石がミジンに砕け散ってゆく。銀製の指輪が真黒になった。山肌は白と黄とエメラルドグリンの苔で、まるで菓子でつくった山へ登るようである。山裾《やますそ》には硫黄の工場があった。明治十九年頃、安田一家がここに硫黄採取事業を経営して、標茶《しべちゃ》の駅まで運搬したものだと云うことだ。

川湯温泉は、弟子屈温泉より一つ向うの駅で、網走へ向った方である。部落中にふくいくとしたいそつつじの花が咲いていて、浅い枯れたような河床から湯が吹きこぼれていた。弟子屈への車中で、この川湯の駅長さんに遇ったのを思いだしたけれど、ここではあいにくと雨が降り始めた。土産物を売る店と自動車屋が二、三軒ある。黄いろいジャケツを着た若い運転手は「これは大雨になりそうですぜ」と、急いでハンドルをきり川湯から弟子屈への森の中の沿道を四十哩《マイル》も出して走らせた。

昨日よりもひどい雷で、雷光が走るとすぐ頭の上にすさまじい雷鳴がした。烏《からす》が幾十羽となく吃驚したように森の中へ逃げこんでいる。雨に滴を払って逃げまどう烏の姿を私は何時までもふりかえって見ていた。

「人の子にとっては、生れないこと、烈しい日の光を見ないことが、万事にまさってよいことである。しかしもし生れれば、出来るだけ早くハイデースの門を過ぎ、厚い大地の衣の下に横《よこた》わるに若《し》くはない」

どう云う聯想か、私は北の果《はて》の森林の中で、しかも耳の破れるような雷鳴の中に、ブチァーの中のデスペラアトな一章を思い出した。とにかく私は元気だ。私は常に雑談をして自分を考えない。旅空で瞑想してみたところで、所詮は底ぬけに小心者で、粕《かす》ばかりで何もない空々な軀をもてあましているにしかすぎないもの。

宿へ落ちつくと、婦人記者氏は人生について話しかけて来たけれど、私はこの女性よりも本当ははるかにおとっているのだ。お菓子を頬ばっているか眠るか雑談しているか。

温泉は一番愉しい。私は黄昏までに三度も軀を洗った。

音楽が聴きたかったが何もなかった。

ついに二泊。

早朝四時半に起きて、釧路へ帰る仕度だ。窓をあけると、もう蜩がなきたてている。

――五時半の汽車で釧路へ向う。三等切符を二枚買った。切符を切ってくれた駅長さんは、この二人の女連れに、「もうお帰りですか」と云った。

釧路へは八時頃着いた。駅に荷物をあずけて、駅の前の飲食店に這入る。私の横には陸軍の将校が一人弁当をたべていた。私も弁当がほしくなって、うどんだの弁当だのを註文した。旅なれないと見えて婦人記者氏も疲れている様だ。

弁当をすませて伊藤氏宅へ行った。美しいおくさんや、小ちゃい坊ちゃんや嬢ちゃんに遇う。伊藤氏へあいさつして私は釧路をたって帯広へ行こうと思った。昼間の汽車にはまだ間があるので、支庁へ行き、先住民族の古跡を歩いて釧路の郊外にある春採湖《はるとりこ》に行ってみる。

春採湖は、摩周湖や屈斜路湖と違って、ひどくアイヌ的で、ひなびて賑やかな湖であった。

私はこの一月あまりの北への旅で、何だか、湖と平野と沼地と森林ばかりを見て暮しているようだ。陽気になりつつある。知らない土地で遇う人たちは案外肥った方ですねと云ってくれる。十一貫の小さい私が、一貫目もふえたのだから、どっかへ肉がついたのだろう。平野と湖を眺め暮らし、宿屋では牛乳と鮭と蕗《ふき》ばかりの一ケ月は、なかなか楽天家にしてくれたのかも知れない。生きていることは愉しいことだ。

釧路は午後一時半の汽車でたった。また例の遅い列車で、来た時の駅々に一ツ一ツお目にかかる事になる。狩勝峠《かりかちとうげ》は雨であった。――帯広には五時頃着いた。平原の町らしく晴々としていて、アカシアの並木が深い葉を垂れていた。釧路から伊藤氏が電話をかけておいて下すったのか、ここでは朝日の奥原と云う人の出迎えを受けた。

駅前の北海館と云うのに這入る。

旅館へはいると、ぽつんと一人になった気持ちで伸々とする。宿の前はすぐ駅への通りで、果物屋や、十銭スタンドがあった。夕飯前に、私は一人で帯広の町を歩いてみる。がらんとした淋しい町であった。

私は如何《いか》にも古くからこの町には住んでいるかのような容子《ようす》で、町を歩いた。案外古本屋が多い。宿ではまた眠られないだろうと、一軒の古本屋にはいり、色々な本を手にしてみた。大正七年出来の白樺の森と云うのを三拾銭でもとめた。装幀はリーチ氏のもので、口絵にはロダンの作品の写真が二、三はいっている。「或る小さき影」「巴里のゴロツキの顔」「ロダン夫人の塑像」など、その外、ジオーンやラムの素描の絵がはいり何とも愉しかった。

私は夕飯をぽそぽそ食べながら、その本を展《ひろ》げて読んだ。有島武郎氏の小さき者へが載っている。志賀直哉氏の小品網走までなど、みんな実に面白く読んだ。

夜はまた雨だ。その雨の中を奥原氏が、町でも歩いてみませんかとたずねて来られた。

「お迎えに出て帰ってみたら、留守に、小樽へ転任の通知が来ていて愕《おど》ろきました」

「まァ、それはよかったですね。では町にでも出てお祝いでもしましょう」

長雨になりそうな、しとしとした雨の町を歩いて、転任でコオフンしていられるらしい奥原氏の為に、ささやかな料理店を探したけれど、結局二人とも雨で困じ果てて、アイスクリームを飲みにはいる。ここでは北大の校歌のレコードをかけていたが、それは何かいい気持ちだった。根室線へ這入ってから、満足に天気の日がない。明日は早朝然別湖《しかりべつこ》へ行かなければならないのだが、雨では途《みち》が絶えると云うことであった。

奥原氏に別れて、宿へ帰ったのが九時前。雨だったら、砂糖大根《ビート》工場に行ってみよう。私は平野も湖も見飽きましたと友達に書きおくりながら、何故か湖を追って歩いているようだ。元気でいなくてはいけない。

枕元には、明日行く然別湖のあらゆる姿態をした絵葉書が私を慰《なぐ》さめてくれている。夜更けに女中が、よく水のあがった鈴蘭の花を持って来てくれた。この女中は札幌にさえも行った事がないと云っていた。

然別湖はまだ洋燈《ランプ》ですよと、女中がいいところだと云っていた。宿屋は一軒しかないそうだ。私はとぼしくなった財布をひらいて、その宿屋はそんなに高くはないでしょうとたずねた。安かったら二、三日はゆっくり泊りたいと思った。

（昭和十年六月）

樺太《からふと》への旅

1

稚内《わっかない》へ着きました。寒い町です。

心の中に、陽蔭で白くなったような蔓草が、ぐんぐん雲蔽して来るような淋しい町です。五月の二十四日に、津軽の海を渡って、私は桜や林檎の花の盛りを北海道の町や村で何度か見ましたが、稚内へ来ると、急に冷えた景色で、春どころか、今日は六月初めだと云うのに、氷雨《ひさめ》もよいでまるで冬の景色です。

もう、あと一時間あまりで稚内の港へ這入《はい》ると云う汽車の窓から、野や山を見ますと、それがみんな熊笹の叢《くさむら》で、近くの山野はみんな坊主山です。繁ったものがなにもない景色なんて考えられますか。稚内は煤《すす》けた小さい町でした。午前の七時頃着きましたけれど、船に乗るまでには二時間近くも待たなければなりません。野天の汽車のホームへ降りて、荷物置場のようながらんとした改札口へ出ますと、赤い襷《たすき》をかけた少女が、船の出帆の時間を節をつけて呼んでくれるのですが少しも判らない。

改札口の前の踏切を渡ると、平ぺったい駅がありました。待合室の中は鰊臭《にしん》い。着ぶくれした神《かみ》さんたちや、長靴をはいた男たちが、一様に鰊の匂いを持っている。まるで露西亜《ロシア》の農奴のような姿です。構内ではうどんや蕎麦《そば》を売っています。鰊臭い神さんや男たちが、熱いうどんや蕎麦をふうふう吹きながらうまそうに食べているし、板のベンチでは露西亜人の太ったきたないお婆さんが、熱い牛乳を飲んでいました。漁場行きの数組の家族たちが、板のベンチに坐って弁当をひろげていたり、鰯粕の臭いのを背負っているもの、ゲートルを巻いた材木商人、袖丈《そでたけ》の長い白抜きの紋付を着た色の黒い芸者、宿引き、こんな人たちが、各々思案あり気に、一、二時間すれば一緒の船で皆海峡を越えて行くのです。

港町としては、私が今までに見たどの港よりも侘《わび》しく、それに第一暗くって、町の屋根の上に鳥の多いのさえ陰気に思われます。駅の前の宿屋の軒下には、信州の山の中で食わせる、太さが小指程の竹の子を薪のように束ねて百姓風な女が売っていました。椎《しい》茸《たけ》も売っているようでしたが、ここの椎茸は蛙のように大きくってぶわぶわしています。

荷物を船へ頼んで、私はこの冷えたようにひっそりした町を歩いてみました。町は色々な匂いを持っています。昆布臭かったり。魚臭かったり。石炭臭かったり。私はそこで、これらの色々な匂いから、色々な聯想を愉《たの》しみながら戸を開き始めた商店や、まだ灯のあかあかとついている沢山の宿屋の軒をひろって、石炭殻と砂でしめっているような道をぽくぽく歩きました。街路樹もあるにはありましたがまだ枝ばかりなので、私には何の木だかよく判らない。道路の正面には寺がありました。鉄力《ブリキ》屋根なので、ちょっと寺のようには思えませんでした。

だが如何《いか》にも北海道の北のはずれの港らしく、私は、町に漂う匂いのなかから雪深い冬のこの町の姿も考えてみるのです。吹雪で船が出なくなると、宿屋と云う宿屋は海峡を渡るお客でいっぱいになるそうですが、この稚内ではこんな挿話もあると聞いた事があります。

まだ高等学校の学生であった私の知人が、冬の樺太《からふと》へ気まぐれな旅行をこころみた折、この、稚内で何日も吹雪に遇《あ》って、陰気な宿屋でごろごろして船を待っていた時の事だそうです。二週間も船が停ってしまうと、泊っている旅芸人たちは、その一座の小さな女優たちを一晩遊んでくれないかと云って来るそうです。知人は別に富裕でもなかったが、故郷へ電報を打てば何とでもなる人なので、まだ十五歳にもならない小さい女優さんに、別に遊びもしなかったがいくらかの金を与えてやったとか云っておりました。私は雪の頃の絵葉書を駅の売店で二、三種買いました。その中で、一番素的《すてき》な風景をお送りしましょう。活動小屋に立てかけてある絵看板が、雪で半分も埋もれている稚内町の写真も見ましたが、その半分顔を出している活動の立看板の絵が大昔の椿姫なのです。

小さい町をひとまわりして、駅へ来ますと、私たちの乗る亜庭丸が眼のさきにありました。昨夜は霧が深くて、海上で漁船と衝突してしまって入港が遅れたのだと云っていました。漁船の方が浸水してしまって、生死不明が二、三人もあったと聞きましたが、夜の宗谷《そうや》海峡は霧が深いので時々こんな事があるそうです。

私たちは切符を切って貰う為に長い行列をつくりました、何だか出稼ぎに行く気持がしないでもありませんでしたけれど、それよりも、津軽の海を越え、いままた寒い宗谷海峡を渡ろうとしている私の気持は索寞としています。

行列の中には、札幌で同じ宿へ泊りあわせた、ウテナクリームのマネキンの女たちが、戦線へ乗り出して行くような元気な姿で這入って来ました。どっちからともなく、「また御一緒になりましたねェ」と話合う。皆綺麗で、遠い旅地にあるせいか、女たちが子供のようになっていて、暫くは私もこのひとたちの為に旅情を慰さめる事が出来ました。

「何人でいらっしたのですか?」

「八人で来たンですけど、函館で四人ずつに別れて仕事しているのです」

可愛い女たちでした。久し振りに都会のフンソウをした女たちを見ると、何とない煙草のようなシゲキも感じるのです。切符を切って貰って小蒸汽船へ乗ると、案外波が静かでした。はしけになっているこの渡船は、まるで英国のディエップの港の船のように誰も皆立ったままなのです。

本船の亜庭丸は小綺麗な船でありました——これから八時間あまり船の上です。

甲板の上を歩いていると、何度となく雨に遇いました。風は冷たく強く吹いて帽子も何も飛びそうでした。天気のせいか海は灰色で、水平線がまるで見えない。

私はマネキンの人たちと二等へ乗りましたが、この船の二等は、台湾通いの朝日丸や大和丸よりずっと乱暴で、ホールのような広い一部屋に、座蒲団を二枚敷いて陸へ上った鮪《まぐろ》のように私たちは横になるのです。私は三等室の方へも降りてみました。

ここは満員で、二等の中途半端な私たちと違って、唄をうたう人や、泣いている子供、初めて働きに行く漁場について心配そうに親方に相談している家族たち、暗い三等室でしたが、なかなか活気があってよろしい。私は三等室の円窓から海をのぞいている小さい女学生を見ました。樺太の両親のもとへでも帰って行くところなのでしょう。三等室の持つあの温い匂いは何となく懐しいものです。二、三時間は夢も見ないで私は寝ました。

船では遅い昼食をとりましたが、食卓もマネキンたちと一緒でなかなかに愉しく、喫煙室では樺太新聞の記者と、軍人と、私で、三日も遅れた東京の新聞を読むのです。東郷大将のお亡くなりになったこともこの旅で知り、また船の中では、三日も遅れた新聞の上から、お葬式の模様や、東郷大将の青年の頃の美しい写真もしげしげと見るのです。氷雨でも来そうな暗い海。大泊港へ着いたのが午後四時頃。稚内よりも少し派手で波止場は小ビルディングのようでした。

大泊よりこれをポストに托します。

2

お元気でいらっしゃいますか、豊原には夕刻六時頃着きました、道が悪くて、ぬかるみの多い町です。駅の前にはパン屋の馬車のような箱型の青色の馬車が一台、広場にぼんやりたむろしていました。駅の前はなかなか広いので、四方から寒さが来るようです。私のずうっと頭の上の方にでも空気があるのでしょう、ここには低いところに空気なんぞまるでないように深とした黄昏で、町の雑音がキレイに聴えます。寒くて、海辺から遠いせいなのか何だか清潔に思えました。ここも北海道と同じく、高い建物がないので空ばかり大きく見えます。

この豊原に来るまでに、一時間あまりの車窓を見て驚いた事は、樺太には野山という野山に樹木がないことでした。――朝鮮には樹木がないと云うことを昔からよく聞き、自分もそう思い込んで、シベリヤ通過の折、わざわざ朝鮮経由で行ったのでありましたが、その折の記憶は、大した禿山《はげやま》でもなかったことでした。ポプラアもよく繁っていて、灌木の葉の色も見事であったのを覚えております。――旅前、樺太の地理を調べて、樺太に樹がないと云うことは、現在ここへ来るまでは少しも知らなかったのです。どのように樺太の山野を話していいか、まるで樹の切株だらけで、墓地の中へレールを敷いたようなものです。

私は大泊までお迎えに来て下すった友人たちに、「いったい、これはどうしたのですか！」と驚き呆れて訊いたものです。

行けども行けども墓場の中を行くような、所々その墓場のような切株の間から、若い白樺の木がひょうひょう立っているのを見ます。名刺一枚で広大な土地を貰って、切りたいだけの樹木を切りたおして売ってしまった不在地主が、何拾年となく、樺太の山野を墓場にしておくのではないでしょうか。盗伐の跡をくらます為の山火や、その日暮しの流れ者が野火を放って、自ら雇われて行くものや、樺太の自然の中に、山野の樹木だけはムザンと云うよりも、荒寥とした跡を見ては、気の毒だと思います。樹が可哀想です。

私は植物がたいへん好きです。花や雑草や、樹のない土地を考えてみて下さい。幸いなことに、一望千里の切株だらけの樺太の山野に、いま草だけは六月らしく萌え出していました。中には焼けた株の根から、小さい芽を出しているのさえあります。

汽車の中は私には様子の知れない洋服の紳士諸君が多い。どのひとの顔も樹を切りに行く人の顔に見えて仕方がありません。私は左翼でも右翼でもありませんが、此様な樹のない荒寥とした山野を眼にしますと、誰にともなく腹が立ってならない。樺太の知識階級の夫人たちは、ストーブのそばで景色も見ないで編物ばかりしているのでしょうか。

女が、平気でこの切株だらけな朽ちた山野を看過しているとするならば、それはもはや、植民地ずれがしているとしか云えません。

内地におれば春になると一坪の庭に沈丁花《じんちょうげ》をめで、夏は朝顔を植え、秋は菊の手入れなんかをするではありませんか。せめて、女の人たちからでも樹をいたわる運動をおこしてほしいものです。実際、樺太の樹木は、いまお化けのようです。この茫漠たる山野の冬景色を想像してみますと、後から後からこの土地に転じて行く人たちを気の毒にさえ思います。

豊原の町では多くの新聞人に遇いました。二、三人の中学校の先生にも遇いました。皆、素朴でした。豊原の町では花屋ホテルに泊る。東京を出て二週間あまり、妙に音楽が聴きたくてなりません。この宿は明治風なコンクリートのガランとした建物で艶がない。北の果てへ来て、宿屋のゼイタクは云えませんが、肩の張らないところがみつけもの。階音が半音ずつ狂ったピアノが夜通し聴えます。それさえも聴けば有難くて、今の私は涙があふれそうなのです。私は、どの旅ででも不思議に思うのですが、小説の真似事を書いて旅がすくいとなっている現在の私を、こうして孤独になってみて初めて自分をそっと視まわしてみるかたちなのです。

私は北方の旅の宿屋々々で、古いものから自分の作品を丁寧に読みかえしてみました。丁寧に読んだと云う気持ちは自惚《うぬぼ》れて読んだ意にとらないで下さい。外国の作家のものや、日本の先輩の方たちのものはたびたび機会をつくって読むのですが、自分の古くなった作品を読むと云うことはなかなか困難です。私はいま、再出発をするほのぼのとした気持ちを感じております。今度こそ自分のものを旅空で読んでみて思い知ったかたちです。そんなことはおかしいことでしょうか。

ピアノをまだ階下の方で弾いています。ぽつんぽつんとした流行唄だけに、なかなかこの三文音楽も風趣がある。とうとう雨になりました。ここは日の暮れるのが内地より一時間位遅いように思われます。春へ逆もどりしたような風景と季節を見ますと、私はまるで家族なんぞ遠くになってしまったような気がしてなりません。

鉄火鉢に山と積まれた炭火や、古い畳の汚点《しみ》を視ていますと、もう、その部屋に何年といるようなうら淋しさも感じます。

お元気でいて下さい。

ピアノの音がまだ聴えている。どうもあんまり雨だれ式の音を聴きますと、自分の考えが乱杭歯《らんぐいば》のように思えて舌も出したくなる。この旅が終ったら、健康な仕事を始めたいと思っております。まァ、一字も書かないせいで、こんなに仕事々々と云えるのかも知れません。

夜は、小雨の中を、数人の人たちと共に、豊原の町のカフェーに連れて行って貰いました。プリンスと云う酒房ですが、改築なかばのせいか大変きたない。もう、此様なところで建物のことなど云えませんけれど、どうしてこんなに味も艶もない建物が多いのでしょうか、女給さんは威勢のいいのがいます。非常に疲れている。午前一時です。

植民地の官員に、大変馬鹿にされた話を書きましょう。明治風なガランとした宿屋に泊って、朝早く電話で私を呼びおこした人は誰だとお思いになりますか。文学の好きな青年でもなければ、新聞人からでもなかったのです。

「警察からお電話でございます」

「ああそう、どなたですか?」

「何時《いつ》来たのかね」

「昨夜参りました。何か御用事ですか？」

「ちょっと来いよ」

「貴方はどなたですか？」

「もと中野×にいたものだよ」

「はあ、そうですか、何の用事でしょう？」

「まァやって来いよ。見物位させてやるよ。アーン」

「そんなところはこわいからまっぴらですよ」

「何かこわいことをしているのかね。こわいことをしていると……ハッハッ……」

「貴方は何と云う方ですか？」

「××と云ってたずねて来いよ」

朝八時、寝覚めに、こんな無礼な電話を聞いて快《こころ》よく警察へ御アイサツに行けるでしょうか、まず樺太の第一印象はめちゃめちゃです。

「まさか芸人じァあるまいし、人を馬鹿にしている」そうは思ったのですけれど、また考えてみると、こっちの神経などおかまいなしで一流の好意をヒレキしてくれたのであろうと、そのままアイサツに行く気などさらになく、雨なので、宿の空地に見える青草など眺めて、そのまま「厭なところだ」とおもっていました。

外はさらさらした小雨なのですが、合《あい》の洋服だけでは寒い位です。

昼前、朝日新聞支局の横田氏の御案内で、樺太庁へ樺太についての概要を書いたパンフレットを貰いに行ったのですが、ここでは警察部のえらい役人で黒石と云う方に遇いました。広い部屋の大きな事務机にぽつんと本を読んでいた黒石氏は、なかなか温厚な人で、六月にはいってもストーヴのいる樺太のお役人らしい地味でひっそりした方でした。私たちはまず旅行の愉しさについて語りあいました。帝大の何科を出られた方か判りませんでしたが、ちっとも高ぶらない話ぶりは、さっきの電話を思い出して、同じ植民地でも人々で違うものだと、旅の話、文学の話、故郷の話などをしている折でした。一人の巡査が這入って来て「やァ、こんなところにいたのか」と私を視るのです。顔が青くて細髭がピンとしていて、肩に金筋がある。

「君は杉並だねえ」

「私は杉並ではありません。淀橋に七、八年現在まで住っていますけど……」

「中野に何日位いたかね？」

「十日です」

「誰が調べた?」

「警視庁…××と云う方です」

「××?　ふんきいたことがないねえ」

さっきの電話の主らしいのです。私は歪《ゆが》みそうな自分の表情を一生懸命こらえていました。黒石氏も横田氏も呆《あ》っけにとられて黙っていられる。

「私は貴方の顔に少しも記憶がないのですが、人まちがいではないでしょうか?」

「俺はよく知っているよ。君はシンパで這入って来たじゃないか」

私は、ついに不甲斐なく泣き出してしまいました。旅空に来てまるで被告あつかいにされた此様な暴言にはたえられなかったのです。黒石氏も初めて気がつかれて、まァまァと、その巡査を部屋から去らしたのですが、私は旅先であっただけに、ほんとうに侘《わび》しい気持でした。

横田氏と黒石氏の間に、今の巡査のたいどについて、「あなたの部下にあのような人がいるのですか、実に憤慨にたえない」「いや、あんまり馴々しいンで林さんをよく知っているのかと思ったのです」と、随分長い間論じあっていられました。私が根からのその方面の闘士ででもあったら平気でいたかも知れませんが、妙にガマンが出来ないほど、穴の中へ落ちこみそうなのです。二人の紳士が問題にするしないで論じていられる間、私は宿へ帰ったら北海道へ逆もどりしようなんか考えていました。雨で陰気なせいか、神経が焦々してなりません。どんな理由であんな人間に私は侮蔑されなければならない理由があるのだろうか、何も云いかえし一ツ出来なかったのでよけいに自分に腹がたって仕方がないのです。第一、こんなところにいたくない心でいっぱいです。何割かの植民地手当で、これだけ威張って……土地ですから、サツバツで山野の樹木のなくなるのも当然のことでしょう。

横田氏や、ここで敷香《しすか》まで道づれになって戴いた朝日の佐藤氏たちに慰められて、昨夜のプリンスと云うカフェに行きましたが、心の中が重くて仕方がない。とにかく、こんなところは早く引きあげるに限ると思っております。随分くだらないことを書きおくりましたが今日はこんなことで樺太の第一日が暮れました。仕事さえ元気で出来れば、まア平気になれましょう。ホテルでは相変らず洋琴《ピアノ》が鳴っています。空気が澄んでいるせいか旅愁さらなりです。

3

東京も梅雨でしょう。こちらは今日も雨です。寒くて我慢しているつもりでも唇がガチガチする時があります。

今日は小雨の中を朝早く小沼の養狐場へ行ってみました。朝日の横田氏、佐藤氏、淀川氏たちと、小沼まで汽車が一緒で、佐藤氏だけ落合まで直行。私たち三人は小沼の駅に降りました。まるで山岳列車でも停りそうな小さい駅です。

実に寒い。鉄道の官舎の間を抜けて広い街道へ出ると、茫々たる寒地です。街道の両側には、茎の太い蕗が繁っていて、水芭蕉という海芋《かいう》のような白い花が点々と咲いています。鼠色の幕を垂れたような暗さです。肌を刺すような冷たさに逢うと、私の顔は血色がよくなって鼻の頭まで紅くなります。街道が広くて寒いせいか、農業試験所まで行くのに一里ばかりも歩いたような気がしました。木造りの農業試験所の事務室ではまだ大きなストーヴに火を焚いて、洗面器の中から湯気が立っていました。六月だと云うのに実に寒い。雨のせいでしょうか。

この小沼と云うところは、豊原から北へ北豊原、草野と二ツの駅を越した所にあるのです。この町は近来とみに狐を飼うことが盛んで、個人で二、三匹飼っている家はざらにあります。農業試験所ではこころよく案内して下すって、遠い路を私たちは養狐場までついて行きました。どなたか宮様がお見えになったとか云う事で道は大変キレイでした。それに途中の風景は試験所へ行くまでと違って大変いい。どろの樹や白樺や楡《にれ》トド松などの樹林があって、雑草の原にはるり色の忘れな草が盛りでした。なかなか遠い道でしたが、養狐場へ来て見ると、四囲がひっそりしていて、広い金網の一劃々々に住居を持った狐が、屋根の上にあがっていて、ちぐちぐとうずくまっています。何を見ているのか、瞳は常に空の方へ動いている。

いまは毛の抜けかわる時だとかで、どの狐もやつれてみえましたが、林に囲まれた広大な金網の中の狐は、やつれているだけに野性的で美しい。金網の中の住居の下は雑草のままで、その中にまで忘れな草が青色の花をつけています。金網の前の養狐場番人の家では、乳から離した小狐を茶箱のような大きな木箱で飼っていました。どれを見てもまるで猫のようです。鳴声は猿のようだし、大人になった狐の鳴き声の方が何となく淋し気で、赤ん坊は鳴声にまで個性がない。この小狐たちは牛肉と玉子と牛乳《ちち》でそだてられるのだそうですが、台所を見るとなかなかゼイタクなものでした。養狐は有望なので、手弁当で手助けに来る男たちがあるとかで、飼育場の土間には、火を囲んで手助けの男たちが集って茶を飲んでいました。

帰りはこの氷雨の中を強行して駅へ走ったのですけれど、汽車が出てしまったあとなので、豊原まで乗合自動車に乗りました。酸性土壌とでも云うのですか、窓外は、何か荒寞としていて、地味豊かには思えません。こけら葺《ぶ》きの住宅続きの中に、時々露西亜《ロシア》造りの丸太小屋があって、桃色の肌をした露西亜人の少女が、着物を着て学校から帰って来るのに逢います。

パンを商うか、靴屋でもやるか、おおかたそんな風なことでたつきをなしているのでしょう。牛酪工場の小さいのなども沿道にチラホラしていました。この辺は、土がぼくぼくしていて、まるでシベリアの小村落のようです。

夜は、私のために小さなカンゲイ会がありました。

豊原の中学校の英語の先生が二人、土地の新聞記者のひとが三、四人、肥後と云う官吏のひと、司会者は朝日の横田氏。誰も文学の事については話しあわなかった。料理の話や、鰊を追って移住する女の生活や、またここでも各々故郷について名乗りあうのです。故郷の話をすることは、此様な遠い地に来ている人たちにとって一番懐しいことに違いありません。

私はひどく物覚えが悪いので名刺を戴いてもすぐ肩書の方を忘れてしまうのですが、私の隣席に何とかと云う肩書のついた肥後氏は、鹿児島県の出身で、「何か一つ唄でもうたって下さい、まず先輩の肥後さんからどうです」と所望すると、素直に石の地蔵さんよと唄われるのでありました。――豊原では最早えらい人の部に属する方なのでしょうが、如何にも苦労人らしく、ちっとも高ぶらない人です。

宿屋へ帰るとまたあの洋琴《ピアノ》がなっている。淋しいので西鶴の諸国咄《しょこくばなし》を少しばかり読みました。

4

早朝七時いよいよ敷香《しすか》へ向う車中です。

窓外は蕭々たる山火の跡ばかりで、この陰惨な木の墓場は写生するにも困難です。戦場の跡のような木の根株ばかりの林の上を烏が餌をあさって低く飛んでいます。

樺太概要の林業と云うところを展《ひら》いてみますと、――本島の森林は斧鉞《ふえつ》の入らない自然林で老壮の緑樹群生しかつ天然の稚樹林内に密生して後継森林の素地を造っている。その面積実に二百余万ヘクタールで総面積の三分の二を占めている。林種としては針葉樹林が多く、闊葉樹林や針闊混樹林はこれに亜《つ》いでいる。而して樹種は約百二十二種でその内喬木は四十九種、灌木は七十三種に分類されているが、実際利用価値のある材木はエゾマツ、トドマツ、グイマツ、イチキ、シラカバ、ドロヤナギ、ハンノキ、タモ、等でこれらは殆んど一定して。(中略)――大正八年より大正十二年に亙り松蛅蟖発生してその虫害木は急速処分する必要上、大正十一年臨時森林作業官制を発布し、官営に依る虫害木の斫伐事業を計画し、大正十一年より事業を開始し、昭和元年度に於て大体完了を見るに至った。然るに昭和二年には森林作業所を改称し、生木の官行斫伐事業に着手した。昭和五年一月官制改革の結果、森林作業所を廃し、事業の実行は各林務署に於てし、その企画並に監督は林業課に於てなすことになった。――これだけ読んで来て、どのような現在の山野の姿が目に浮びますか。「老壮の緑樹群生し」と云う一文をもう一度私は読みかえしたのですが、樺太のどの辺に、この老壮の緑樹が繁っているのでしょうか？　私の眼に写った、大泊から豊原に至る間、豊原から、北豊原、草野、小沼、富岡、深雪、大谷、小谿、落合の沿線に見える一望の山野に、私は樹らしい木を見ませんでした。文字通り焼野原であったり、伐材した生々しいままだったり、これがもし人間であったならば、夜になって鬼火でも燃えあがる事でしょう。

私は車中で、一王子製紙の社員に、何故植林をしないのですかとたずねると、「まァ無尽蔵ですからねえ。」と云う応えでした。植林もしているのでしょうが、伐る方も忙しいのでしょう。樺太はこの樹木のお蔭で、王子製紙工場が、殆ど全島に勢力を持っています。列車の中も、鉄道員と王子製紙の役員でにぎわっています。

或人は、樺太島ではなくて、王子島だと云った方が早いと云っていました。どの駅へ着いても、木材が山のようです。

車中は朝日の佐藤氏と道連れで退屈しませんでした。――落合には二時間で着きました。食堂がないのでこの駅で弁当を買って、発車までには二、三十分も間がありますので、ホームの外へ出てみたり出来ます。ここで経営が変って、樺太鉄道になるのですが、いまはまだ、この鉄道は新問までしか行きません。元、この落合町は、ガルキノウラスコエと云って小さな寒村だったそうです。現在では王子製紙株式会社落合工場があり、なかなか大きい町です。

ここで私は、まるで女優さんのように、樺太鉄道の女事務員の人たちに、サインと云うものを頼まれました。何とこっけいな派手な旅でしょう。サルファイトパルプや、クラフト紙の製造を、ここの落合工場ではやっているとか聞きました。隣席にいた黒羽織の婦人は、十才位の子供を連れて、よく食べよく話をします。私は眠くて仕方がない。落合を出て六ツ目の白浦と云う町へ着くと、露西亜人のパン屋が、「パンにぐうぬう。パンにぐうぬう」とホームを呼売りしている。このパン屋は、なかなか金持ちだそうです。美味しいパンだと聞いておりましたが、あまり美味しいパンとは思いませんでした。味は子供の好きそうな甘さで、内地で日本人の焼いたパンの方がよっぽど美味しい。野天のホームには電話室のような蕎麦屋も出ています。樺太の土地は馬鈴薯や蕎麦を植えるに大変いいらしい。だからでしょう、時々ホームで蕎麦を売っているのを見かけます。——女の人たちは着ぶくれしているように着込んで、ここでは季節が何時《いつ》も冬らしい。そろそろオホーツクの海が見えます。雨もよいのせいか、髪洗粉を流したような灰色の海です。

高山らしい山と云えば、知取《しるとり》の町近くになって、樫保三つ富士と云う七、八百米《メートル》位の三ツに盛りあがった峰が見えました。品のいい姿です。線路に添った野原には、森林愛護と云う立札を所々見ます。

知取に着いたのが午後三時頃。いいかげん体が痛くなりましたけれど、窓外のオホーツクの海は、荒れていて、それに暗いので、何だか心に徹して来るものがあります。こんなに、暗くて孤独な海の色を見たら、誰だって手紙が書きたくなるに違いありません。地図を見て下さい。線路が海へおっこちそうにすれすれですけれど、長雨が続いたので、本当にここでは汽車が滑り落ちそうに道が悪い。この地方には石がないので、材木で杭がしてあります。

知取の町は豊原よりにぎやかかも知れません。それに第一活気があって、まるでヴォルガ河口の工場地帯のようでした。灰色の工場の建物はやや立派です。煙が林立した煙突から墨を吐き出しているようなのです。ここでは新聞紙やマニラボール、模造紙、乾燥パルプをつくっています。

同じ列車に乗りあわせた、四、五人の東京から来た紳士がありましたが、××堂と云う本屋の重役だとかで、王子製紙の役員のお出迎えが大変なものでした。面白いことに、列車の間中この人たちは金の勘定で忙《いそ》がしく、窓外の景色もないほど、自動車賃だの弁当代だのメモへつけてばかりいて大変のようでした。

山野にししうどの武骨な花や小さいくろゆりの花などが点在していて、知取の町を出はずれると、この花々がひどく眼につきます。長い雨で崖くずれがあったのですが、今日は幸なことに徒歩連絡もしないで済みました。だが、知取と新問の間は、一寸刻みの徐行です。北へ北へと行くほどオホーツクの海は黄灰色で暗く、何の魚か時々すさまじく海上を飛びはねているのを見ました。

内地の海辺を走る汽車とは全然違って、海の景色はひどく大陸的です。——新問には四時頃着きました。

この辺からまた二月頃の季節に逆もどりしたような寒さです。私はトランクから袖なしジャケツを出して着込みました。新問の駅はバラック建で、台所のように小さい改札口を出ると、乗合自動車やハイヤが四、五台並んでいて、もう蟻のような人だかりです。「荷物！　わしの荷物誰持って行ったァ」と叫んでいる漁師の神《かみ》さんや、「姐《ねえ》さんハイヤにしべよ」と、水色の鹿の子をひらひらさせた酌婦《しゃくふ》連れが、三味線袋をかかえて自分たちの乗って行く自動車を探していたり、私たちは、早々と鰊臭い乗合自動車に乗りました。寿司づめの満員です。リュックサックにしょうちゅうを買いこんで来たと自慢している土木工夫や、林務署の役人、漁師、こう云った人たちが、肩と肩をつきあわせて乗っているのですけれど、豊原のあの不快な思い出から、私は早や段々愉《たの》しくなり始めています。この乗合自動車はまるで荷物船で、私の脚の横には野菜籠が同居しているし、魚臭い爺さんが一寸ほど私のひざに腰をかけていて、内路と云うところまで身動きが出来ませんでした。――この自動車の沿道は、いままでの山野に輪をかけたような凄い山林地帯で、これがまた全部森林のお化けときているのですから。緑の芽をふいている雑草の中に、歩けないほどジクザクの巨木の根ばかりなのです。枝だけおとして燻《すす》けたまま立っている木が山の起伏一望なのです。私が樺太の樹々について、一人で悲しんでいるようですが、このむごたらしい山野の景色を、うまくお伝えすることは困難です。

この先にはいったいどのような町があるのだろうかと思いました。逞《たく》ましい鳥が何羽となく、自動車の近くを飛んでいて、ちっとも驚かないのです。焼棒杭《やけぼっくい》の森林の中に、無数の鳥が胡麻《ごま》のように散っている。

段々夕陽が赤くなりましたが、まだ、陽《ひ》は高く、内路の町へ這入ると、アイヌ造りの燻製とでも云うのでしょう、広場に火を焚《た》いて、朝鮮の女が鰊をすだれのように下げていぶしていました。南新問からこの荒野を走って三時間で敷香《しすか》へ着きます。敷香の町の入口へ這入るには一哩ばかりの砂地の渚の中を自動車が走ります。オホーツクの海水を浴びて走るところは寒いながらなかなか壮快でした。

敷香の町へは、やっと日暮れてはいりましたが、空は黄昏《たそがれ》の色なのに、私の時計は九時を指しています。薄暮の長いのは巴里《パリー》と同じ。豊原よりもまだ空気が澄んでいて、物売りの鈴の音が非常に美しい。町幅が広いのでまるで練兵場へ灯がついたような淋しさでした。新興都市だけに町も若く、宿へ着くまでの家並は、どの家の木口も新らしく、また建築中の囲いのあるのもめだちます。

道路は砂地で、歩いている人たちの肩がふわふわして見える。秋田屋と云うのに宿を取りました。幌内《ほろない》河畔の宿なので河岸には色々な倉庫が並んでいました。六月の中旬だと云うのに、部屋へ這入ると、炭火が来るまで脚から冷えて来るような寒さなのです。旅以来、初めて酒でも飲みたいような夕暮れでした。佐藤氏を誘って夕飯を共にしました。

淋しやな北の果《はて》につきたりの感じです。佐藤氏は社用なので国境まで行けないのが残念だと云っていられた。明日私は国境へ行ってみるつもりです。食後風呂にはいり早々に眠る。――明日早く起きて、幌内の河口へちょっと行って鱒漁《ますりよう》をみたいとも思っております。

5

予定の時間よりずっと遅く眼が覚め、周章《あわ》てて飛びおきると、早や佐藤氏は宿の番頭と河口の方へ散歩に出られるところでした。仕度もそこそこに走って行く。幌内の河口は、倉庫の横を曲ればつい眼のさきで、土人が鱒をとっているところでした。眼の下二尺近い鱒が銀色に弾けてつれるのです。霞網《かすみあみ》の様な長い網を一尺ずつたぐって行くのですが、私が見ている時は、その大きな奴が三尾もとれました。土人は勿論《もちろん》和船とも丸木船ともつかない軽《か》るそうな黒い船へ乗っているのです。

いまは内地人に漁を禁じてある時季なのですが、それでも密漁で大変なのだそうです。敷香は人絹パルプ工場と、密漁と流木税でもっている町だとも云います。一尾分けてほしいと云うと、渚へ寄って来て生きているのを売ってくれます。一尾五拾銭で、大きな奴を買いました。

朝食にはさっそくこれを料理して貰って食べましたが、紅身が一枚々々刺身のようにほぐれて薄塩で美味です。敷香へ来て初めて晴天に出あいました。肌に吹く風は北国の春風らしく、ツンドラ地帯を吹いて来る風だけに、何か烈しいものを感じます。

私は国境行きを変更して、オタスの森の土人部落へ行く事にしました。国境行きはまだ交通が不便なので、ハイヤで七拾円位だそうです。安くても六拾円位だとの事で、五、六人の同行の士をもとめるにはなかなかめんどうです。

宿のじき近くの渡し場から、幌内の河を渡って行く敷香川が幌内川に注ぐ三角州のような島なのですが、岸と云う岸は石崖と云うものがありません。山から伐り出したばかりの木材の杭がうってあり、オタスの島の船着場は、自然木のつないである筏《いかだ》の上へ上るようになっています。

砂、砂、実に宏大なる砂地の丘で、船着場を上ると、向うに小学校がある。部落の小学校で授業があるのか森閑としていました。

珍奇な風景を描かないで下さい。九十九里あたりの砂浜を遠々しくして、ポツンと平屋の小学校を置いてみて下さい。こんなに孤独気な小学校が他にあるでしょうか。私は山の中の峡にある小さい小学校も知っていますが、こんな孤独そうではなかった。

足の埋まりそうな砂地の広場を越して、この学校の玄関へ這入ると、二十人ばかりの子供の履物がチャント下駄箱へはいっていました。長靴だのヅックの短靴、ぽくり、それが小さいだけに何となく可憐で胸熱くなります。

やがて子供の歌声がきこえました。私は無礼な侵入者として、授業中の教室を廊下の方からのぞいて見ました。教室は一部屋で、生徒は、一年生から六年生までいっしょで、大きい子供も小さい子供も大きく唇を開けて歌っています。金属型の声なので、何を歌っているのか判りませんが、音楽的でさわやかです。台所から出て来たような、太った女の先生が素足でオルガンを弾いていました。

私は、この土人学校の校長先生に遇いたいと思いました。再び玄関へ出て、「御免下さい？」と云いますと、台所から呆《ぼ》んやり出て来た詰襟《つめえり》の男がありました。

「校長先生にお会いしたいのですが……」

「はァ、私が校長でございます」

校長先生は兼小使いさんでもあったわけで、さっきオルガンを弾いていられた女の先生と御夫婦きりで、この学校をやっていられる由。校長先生は、見るからに素朴で、何だか喜劇の中に出て来る田舎の先生型と云ったところ。校長室に這入ると、土人の手芸品や、土人のもちいていた色々の着物が壁へさげてある。――熊追いと云う鳥の姿を御ぞんじですか。南国の鳥類も見事ですが、北国の鳥もいい。この熊追いと云うのは、烏《からす》位の大きさで、鳥のように大きくって、姿は鳩のようです。ただくちばしが少し鋭い。頭の頂は火がついたような紅色で、熊の出る頃部落へ出て来るのでしょう。また白梟と云う真白くてむくむくした鳥も見ました。雷鳥みたいでしたが、これらの美しい鳥が、校長室の壁にかけてあり、私は暫くその鳥の美しさに見惚れるのでありました。

やがて校長先生は子供たちの図画を取り出して来て見せてくれましたが、皆、子供の名前が面白い。「オロッコ女十一才、花子」「ギリヤーク女八才、モモ子」などと書いてあるのです。描かれているものは、馴鹿《トナカイ》だとか熊の絵が多いのですが、風景を描かないのはこの地方が茫漠としたツンドラ地帯で、子供の眼にも、風景を描く気にならないのだと思います。

女の先生もいい方です。子供へ対する話ぶりはなかなか乱暴ですが、愛情のある教授ぶりでした。砂でざらざらした廊下の上には鶯《うぐいす》の籠がぶらさげてありました。「淋しいでしょうねえ」と云うと、「大変いいところで、かえって外へ出るのが不安だ」と云っていましたけれど、この老教師夫妻は実に自然人です。学校を出て部落の中を少時《しばら》く歩いてみました。板倉式家屋とか云うのだそうですが、低い丸太小屋造りが多くて、河に面した小屋の前には、艶のいい樺太犬が何匹もいます。河岸には、キスのような色をしたキウリと云う魚がすだれのように干してありました。

人家の裏は草原で、高山植物のある地帯です。馴鹿王ウイノクローフ氏の住居は、部落のはずれにありましたが、白レースのカーテンが下りていて、家族は馴鹿を追って行ったので皆留守だと云うことでした。

ウイノクローフ氏の住居だけはなかなかハイカラでヒュッテのようです。裏へまわると二階建の物視《ものみ》のような物置きがあり、白樺の若木がゆさゆさ繁っている。四囲《あたり》は高山で見るあの澄んだ緑です。草原には二つ三つテントが張ってあり、蒲団がわりの毛皮が干してありました。梢《こずえ》からもれる陽の光りは、まるで水のように涼しく、沁《し》みるような緑でした。ここでは白樺の梢に閑古鳥のとまっているのを見ました。カンコカンコ舌を叩くようにして、私の頭の上を人おじもしないで閑古鳥が行き交っているのです。私は眼を閉じると、長くいた豊原の町の姿を忘れそうになりました。心に沁みるものがなかったせいでしょう。このオタスの草原の風景は、妙に哀切で愉しい。私はここまで来て、一切何も彼も忘れ果てる気持ちでした。

私はこんどの北方への旅立ちは、仕事のゆきづまりとか云った、そんな生やさしいものではなく、妙に眼にみえない色々のわずらわしさから放れたい為の旅なのでした。私は無価値な才能もない女なのに、妙にいじけてしまっています。

私は何か恐怖性にかかっているのかも知れません。

この島には、オロッコ族、ギリヤーク族、ヤクート族、キーリン族、サンダー族、などの人種があって、何だかどの部落民の顔を見ても蒙古人のように見えます。三角型に葺いたオロッコの家へ「御免なさい」と這入って行くと、暗い片隅で化粧をしていたオロッコ娘が、周章《あわ》てて鏡を隠《か》くします。敷香の町の風評では、ウイノクローフ氏の長女に花埍がほしいと云うことでした。大学を出て血統のいい日本人でなければ駄目だそうです。――ウイノクローフ氏は、名前は物々しいけれど、純然たる蒙古人のような顔です。馴鹿を四千頭も持っているとも聞きました。この娘さんはガンジョウな容姿です。

オタスと云う島の名は砂の多い所と云う意味だそうです。部落々々で丸太の檻《おり》にいれて熊を飼っているのも見ました。熊祭の夜には、部落の土人もカヌーを漕いで敷香の町のカフェーへ飲みに来るそうですが、更衣と云うことをしないので、寄りつけぬほど臭いと云うことです。

夜は町の小さい新聞社の人たちに遇いました。ここの新聞は雑誌型のように小さい。

――砂地の町には、それでも新開地らしい夜店が出て、カアバイトの光の下に、高山植物の植木屋も出ています。白い花で匂のいいいそつつじと云うのが盛りらしく、実にみごとです。道幅が十間《けん》位もあるので町が暗い。それに夜分は冷えるので、夏着で行った私は、少々この寒さにはこたえました。ここは如何《いか》にも新興の町らしく、まずカフェーや料理屋が多い。シスカ会館と云う家では、二十人ばかりの女給が、メリンスのセーラアを着ていて、何とも珍妙な姿でした。どうも、此様なところは私にはまぶしい。私は新聞の人たちと、射的場へ行って遊びました。こんなところだからこそ、鉄砲も持てるのでしょうが、一発もあたりませんでした。

6

敷香《しすか》では夜更けと云うものがないような気がします。夏のせいですか、夜中の二時にはほのぼのと明けて行きます。――私はついに国境行きを思いとまらなければなりません。

せめて気屯《けとん》まで行きたかったのですが、国境石のあるエハガキをお送りいたしました。ここの国境看視人は、年始状を四月頃受取るのだそうです。月に一度ソヴェートの郵便交換もこの国境であるのだとか聞きましたが、昨日はソヴェートの飛行機らしいものが、敷香の町の上に来たと云って人たちは大変さわいでいました。

幌内の河を上《の》ぼれば、ソヴェートのカザールスコエに達し、モスコイ川となるのですが、水は黄河の河のようです。何時《いつ》も雨水のように濁っています。

今日は、町の町会議員乳井氏のモオタアボートで幌内の河口を上り、多来加《たらいか》湖へ行きました。七月が近いと云うのにここは随分寒い処です。河畔の木は背の低い白樺やどろやなぎなどが多く、七月にはいると高山植物に花が咲いて美しいと云うことでした。

広い河幅で、岸は両岸ともひたひたに低いので、オロッコの屋根などが所々見えます。船の持主の乳井氏は、この風景をストリンドベルヒの小説のようだと云っていられましたが、この多来加湖畔の風景だけは変に内地的でもなく、また露西亜的でもないのです。船は遊覧船のようで、汽車のような窓がありましたけれど、誰も部屋の中へはいっているものがありません。飛沫が肩までかかるような速度の中に、私たちは、まるで子供のように、モータアの下へ水を汲みいれたり、生兵法にハンドルを握ってみたり、ちっともじっとしていないのです。

景色がどこへ行っても広いので、身のおきばのなさをも感じますが、つくったような内地の湖と違って、暗く大まかで壮大です。一切の賭博的な気持ちがなくなってしまって、しゃがんでしまいたいような愉しい気持ちでした。

この多来加湖を最後として、私は早々に樺太を引きあげましょう。

私の日記に、豊原の町は按摩のメガネ。

官吏はいねむり。

女学生は雪やけでまっくろ。

帰りは西海岸真岡の方も廻りたいのですけれど、さて、どうなりますことか。おそらく、敷香ぐらい樺太中で、いいところは外にないと思います。私はシスカと云う町を背景にして何か小さいものを書いてみたいとさえ思っております。近日敷香から鱒の塩びきをお送りしましょう。またあとからおたよりいたします。

（昭和十年六月）

江《え》差《さし》追《おい》分《わけ》

去年の夏、私は北海道で二ケ月ばかり暮らしました。別に目的のある旅でもなかったけれど、山や湖を見て暮したいと思っていましたし、小さな避暑地でなまけて暮すのも厭《いや》だったので、まだ見たことのない北海道へ行ってみようと思いたったのです。――津軽の海を越え函館へ著きますと、私は札幌行きの汽車へ乗ったのだけれども、途中気が変って倶知安《くっちゃん》という小駅へ降りた。駅の前の南河という商人宿へ宿をとり、ここを根城にして岩内とか堀株《ほりかっぷ》とかの漁村に行ってみましたが、この海沿いの村々では鰊《にしん》を目的にした漁場が沢山あって、一シーズンを鰊のために働く漁師たちのために各漁場に大きな宿泊所がありました。ちょうどその海岸では鰊が不漁であったためか、漁師たちは鰊の流れを追って遠くの海へちりぢりに散っていて、宿泊所は寺のようにがらんとしていました。私はその漁師たちのいない村で二日ばかり暮らしましたが、鰊のかわりに大羽鰯《おおばいわし》の大漁で、村の青年や娘たちがポッポ船で帰って来たのを見に行ったりしました。娘たちは網に木の葉のようにもぶれついている大羽鰯を陸へ投げあげていました。陸ではそれを煮固めて肥料に造ると見えて、大きなへっついで鰯を煮るのです。黄昏《たそがれ》で大陸的な雲の去来が何とも云えない私の旅愁をそそってくれましたが、私は漁場の男たちの口から江差追分《えさしおいわけ》というものをここで初めて聴きました。はじめ、外国の船唄かと思えるほど、中音の間のびた声が遠く低くひびいて来たので「あれは何という唄?」と、鰯を煮ている娘たちに聞きますと、「江差追分です」と教えてくれました。

＊

ラヂオなどで時々追分なるものを聴く時があるけれども、この堀株の海村で聞く追分は八風吹けども動かずと云った大きな飄々たるものがありました。――江差追分と云うのはわれわれ素人にはなかなか覚えにくい節だそうです。悠々としてせまらず、北海の空のように唄わなければなりません。

忍路《おしょろ》高島およびもないが、せめて歌棄《うたすつ》磯谷まで。

の一章を唄うにしても、風景《けしき》のさ、た、なのかまるで歌劇の唄でも聴いているようでした。ナポリのサンタルチアのきたない波止場の漁師たちもいい声で船唄をうたっていたけれど、北海道の忍路湾近くのこの堀株の海辺でも、江差追分を唄う男たちはいい声をしていました。

私は、倶知安の町で郵便局長の河合と云う方の好意で、町の料亭で江差追分を聴かして貰ったけれども、それは、堀株の村で聴いたように飄々としたものと違っていました。三味線や、女の上声と云うものは、海や山を相手につくられた唄には不向きであるらしく、いくら眼をつぶって聴いていても、黄昏の海できいた江差追分には及びもつきませんでした。

＊

江差追分の唄い方を聞くに、発声はなるべく中音にして、仮に声量十ありとせば、中音五位より出してゆくものであると云うことでした。初めより「おしょ……」と高声に唄い出すと「ろ……」は力が抜けてしまうので、初めは息を吸うように「おしょ……ろオ……」と出してゆくのだそうです。

この地一帯のひとたちの江差追分はなかなかうまい。郵便局長河合氏もいい声でした。

国をはなれて蝦夷地が島へ
いくよ寝ざめの波枕
朝な夕なに聞ゆるものは
友よぶ鷗と波の音

あなた行くなら私も共に
遠く蝦夷地のはてまでも
私しゃうら浜船頭が娘
船のろも押すかいもかく

倶知安の町の芸者にこれだけ鉛筆で書いて貰ったのでしたけれど、一人になるとすぐ節を忘れてしまいます。それにしても、江差から岩内あたりの海辺にかけて、この江差追分をきいたならば、どのような朴念人《ぼくねんじん》でも断腸哀切の思いをするに違いないでしょう。岩内の宿屋では宿の女中さんに夕食の給仕をして貰いながら、江差追分をうたって貰いました。夏は黄昏が長いので障子を開けると七時頃でも海の色が眼に沁みるような青色だし、鳥が群をなして鰊干場に群れていました。ここはいい町です。岩内という町は倶知安から軽便に乗って小一時間位の処で、ここには漱石の原籍がかつて置いてあったと町の物識りが云っていました。肥料臭い古色のある本当にいい町。この岩内の郊外ではアスパラガスの畑があります。夜の明けぬうちにアスパラガスを掘るのだといって、ここでは夜明けの露を踏んでアスパラガス畑で農夫たちが働いていました。私はこの町で朝も晩も、青々としたアスパラガスを食べました。ぷんと苦味《にが》くて意気な味がします。だから、私の思い出のなかには、緑色のアスパラガスと江差追分は忘れられないもの。

——岩内を去る時、漁師のいない煤《すす》けたがらん堂の宿泊所をたずねると、片手の老人が網の目を足先でつっぱっては破れをつくろっていました、北の海辺にこのようなつつましい生活もあるのかと何か胸に沁みる気持ちでした。

鰯は大漁で、どの家の軒先にも鰯が干魚にされて銀色に光っていましたが、干魚にしてもこの鰯はあまりうまくないと云うことです。村にはアイヌの富有な家にもラヂオが通じていました。私は夏の海に向って江差追分をうたって見ましたが、南風が強くて素人ではなかなか息が続きません。長年海にさらされて大きな肺臓を持った男がうたってこそ、江差追分は私たちの耳に飄々と響くのだろうと思います。

（昭和十年十一月）

上州の湯の沢

こんな辺ぴなところへ仕事をしに来ております。それも気まぐれに、軽井沢の一ツてまえの横川と云うところで降りたのですけれども、宿がありませんので、仕方なしに中仙道を歩いて坂本の昔の宿場へ降りてみました。軽井沢へ行く途中、汽車の窓から見える、小さな碓氷《うすい》の町です。この町は、ほとんど鉄道へ出ている人が多くて、中仙道をはさんで、点々と紅がら格子の軒が並んでいるのなど、とてもなつかしいものでした。暴風雨のあとだったので、街道が洗ったようにしめっていて、地肌から石塊が歯のように出ていました。

古風な山あいの町と云うきりで、汽車の窓からあこがれていた事ほどもなく、ここもやっぱり宿屋らしいものは一軒もありませんでした。駄菓子屋でトランクを降ろしまして、埃っぽいサイダーを一本呑《の》みながら、この辺に温泉はありませんかと聞いてみますと、「三里ばかりはいったところに、霧積《きりづみ》温泉と云うのがありますが……どうも空模様を見ますと、この分では雨が来そうですし、もう夕方ですから女子さんでは駄目でしょう」と云ってくれました。私はがっかりしてしまって、いつもの事ながら、自分の無鉄砲さが厭《いや》になりました。「近くで十日ばかり泊めてくれるところはないでしょうか、静かでさえあれば温泉なんていらないんですけれども……」自分の荷物を見ると、悲鳴をあげたくなりました。「ここではもう百姓屋同然ですが、湯の沢温泉と云うところがありますが、これは二十町ばかり行けばいいのですよ」思いあまったような私の姿を見て、駄菓子屋のお婆さんは道案内の人夫を雇ってくれました。

暮れそめた中仙道を、私は人夫の後にくっついて、その湯の沢へ向ったのです。「私は保線の方へ三十五年も勤めやしたが、たったこの間くびになりやしたばかりで……」その人夫は、人の好さそうな五十四、五の男で、駄菓子屋の婆さんの持ち家にいるんだと云っていました。「じゃア随分恩給がさがったでしょう?」「恩給なんてものはあれは鉛のクンショウと同じでさぁ」どうも繭《まゆ》では食えないので、この頃は、この坂本の百姓は桑を引き抜いて、流行の玉菜《たまな》を植えたのだと云います。ところが、誰も彼も玉菜を植えたものですから、誰も買い手がなくなってしまい、結局大損をしてしまって竹でも植えてみようかと云っていました。「何しろ茄子《なす》が一束五銭ばかりじゃ肥料も手間代もありませんからね、若い衆が東京さ行きたがるのも無理はねえでがすよ」私は人夫の後から、あるかなきかの路をたどって、右側にそうそうと流れている霧積川の濁流を眺めながら靴も裾《すそ》も水だらけになって、やっと、灯《ひ》ともし頃《ごろ》湯の沢へ着きました。湯の沢と云うのは、百姓家のような一軒屋で、庭には、犬と鶏と猫がむつまじく遊んでいました。お風呂は鉱泉です。人夫には賃金をやって煙草を一ツ買ってやりました。天井の低い部屋には、雨もりの跡があって、ここはランプなのですよ。だから夜は一切仕事をあきらめなければいけないと思いました。湯殿は石でかためてあって、留置場のような感じの、暗い風呂場です。

夕食の膳の上には、山魚《やまめ》が二尾と、鶏のおつゆがついていました。みんな塗りのはげた感じです。宿料はとても安そうです。まだ聞いてみませんけれど、人夫の話では壱円も出せば大尽だって云っていました。七時にはもう寝《やす》みました。――嵐になったのか、谷あいに、ズシンズシン石の落下する音が響いていて、まるでモーターのそばに枕をつけたようなすさまじい川の音です。でもその音より弱ったのは、とてものみが多くて困りました。仕舞にはカンシャクをおこしてしまってランプをつけ本を読み始めましたけれど、こんなにのみが多くってはチェホフのかもめも味気ないものです。いままで、あまり客がなかったもので、蒲団がしまいッぱなしだったのかも知れません。ピンピンとシーツの上をはねているのが分るのです。夜明までカンネンする積りで、灯を消して、お行儀が悪いけれど裸になってやすみました。でも裸になると、夜気が冷たくて、胸やお腹が石のように冷えるのです。裸の上に蒲団をかけてみましたが、肥料臭くて困りました。昔の私はのみ位平気だったのですけれども、どうも目がさえてますます眠られないのです。「お客様朝早いですかね」若いお神さんが私にこう聞いたりしました。「ええ早い方です。六時には起きます」「はア、そんなら早い方でもありませんね。私の方では三時頃起きます」

だから、私は暗やみで煙草を吸いながら、早く三時になるのを祈っていました。時計を見ると二時です。犬が甘い声でクンクン吠えています。汽車に乗れない者が、よく前の路を通るとか人夫が云っていましたけれど、この夜更けに細い峠みちを何かかご屋らしいもののズシンズシンと降りて来る音が枕にひびいて来ます。外はたいへんな嵐なのに、この夜更けに山をおりる人の事を考えますと人間位むてっぽうなものはないと思いました。明日から、仕事をしようと思いますが、こんなにのみにせめられては、案外早く帰るかも知れません。またあとから——。

（昭和五年八月）

下田港まで

四月二十二日。私は下田の黒船祭を見に行きました。

修善寺から下田の港まで十二、三里もあるそうですが、やっと天城越《あまぎご》えをして、乗合自動車で下田の町へ這入《はい》りますと、町の中はまるで芋を洗うような賑ぎやかさで、女たちが組をつくって歩いていました。乗合自動車では、修善寺から、一組の美しい若夫婦と一緒なのでしたが、下田の町へ着きますとその妻君の方が弱ってしまって、「終点でございます」と車掌が云っても、立てなくっていっときじっとしていました。下田までは大変登りが多いいし、それに天城の難所がありますので、私もかなり腰が痛くなりました。三時間位も乗っていたように思います。

自動車を降りると、別に荷物もないのでぶらぶら賑やかな方へ歩いてみましたけれど、さて私ははずかしい話ですが、どこか「はばかり」を貸してくれる家はないだろうかと、飲食店のようなところをぐるぐる探《さ》がして歩きました。

掘割のような細い町の川添いには桜が満開で、並木が痩《や》せて小さいだけに、ちょいと簪《かんざし》を突きたてたように鄙《ひな》びて見えます。川添いの家は、すべて小料理屋風なものであるらしく、こばやしやだの、下田屋などと染めてある水色ののれんの下から、揃いの衣裳の私娼たちが、まるで小鳥のように並《な》らんで客を呼びあっていました。私は小料理屋でない飲食店を二、三軒も覗いて見ましたが、連日の祭で、「御めんなさい」と云っても、どの家も草臥《くたび》れているのか、誰も出て来ないのです。で、私は橋のそばにある古風な荒物屋で、サイダー一本を抜いて貰って「はばかり」を借りたのでありましたが、下田の商家の構えは、すべてゆったりと気持のいい建て方でした。「はばかり」へ案内して貰うのに、鰻の寝床のように、暗くて長い土間を通って行きましたが、その土間の途中には庭があったり、井戸があったり、子供部屋のようなものがあったりして、奥深い床《ゆか》しい商家でありました。「はばかり」も大変広々としていて、まるで宿屋のように、どっしりした机のような台などが造りつけてありました。「はばかり」から出て来ますと、四囲《あたり》に人かげもないのに、私の靴がちゃんとそろえてあり、これには大へん赤面したものです。

土間の途中の小さい泉水で色のいい金魚を見ていますと、真昼の空に暗雲に威勢のいい花火が揚っていました。泉水の横はすぐ通りになっていて、その境に鉄格子がしてありましたがその鉄格子に凭《もた》れて、艾《もぐさ》を売っている商人が、盛んに人を呼び集め「二度とは云わぬぞ」と妙な事を云って商いをしています。

店では塩箱の大きな木の蓋の上に凭れてサイダーを飲みましたけれど、私は何だか至るところ吾家《わがや》といった気持ちで、心に浸みるほど、サイダーの味がおいしかったのです。

「くらげみたいだぞ！」町の子供たちが、路上で空を見上げアドバルウンを指して珍《めず》らし気《げ》に見ています。花火も随分ひっきりなしに揚っていて、黒船祭がいっそうハイカラな祭らしく思えました。

見やれ見やんしたか
下田の沖の
霧の夜明けの
鯨浮くよな黒船を

向う岸の橋の袂《たもと》の小料理屋の二階で、何と云う琴なのか、針金のようにザリンザリンと音のする琴で、大工のような頭をした男が、大きな声で此様な黒船小唄をうたっていました。その琴を弾く手ぶりや、声を聴こうとしてか、道も、白い橋の上もいっぱいな人だかりで、道路の商人までが自分の店を空けて聴いているのです。

開港八十年で、町は二週間もお祭りだそうです。子供たちに「小さい宿屋を知らないですか」とたずねますと、何だか長いお祭で、子供たちも変に呆《ぼ》けてしまっているのか、「この町には小さい宿屋はないよ」と云います。

町を歩くと、白いセーラアの仮装の水夫たちが並んでいたり、黒船を型どった自動車や花車が、狭い道を練って行きます。どこかで、昼御飯を食べなければと思っていますと、小学校の式場から米国大使がお帰りなのか、日米の旗を持った小学生たちが小さい町に溢れて来ました。米国大使がおみえになったので、町は余計にさわいでいるのでしょう。――朝、グルー大使は駆逐艦《くちくかん》で下田へお出でになり、午後三時には、またその駆逐艦島風で横浜へお帰りになると云うので、私はせめて船だけでも見なければと、港へ行って見ましたが、「島風」は最早《もはや》船尾を曲げて港の外へ出ていました。私も一度位駆逐艦へ乗ってみたいものだと、子供のようにうらやましくなりました。船脚《ふなあし》が速くて鮮かで、遠くからはまるで銀灰色の銛《もり》のように見えました。

下田の町へ来るのはこれで二度目なのですけれど、去年のいま頃来ました時は、このようにお祭ではなかったので、町の中がひっそりしていて、静かな波の音といっしょに、実に愉《たの》しい印象でしたが、お祭の下田の町は、大変焦々《いらいら》した町に見えました。だけど、如何にも新店のお祭気分が出ていて掘割《ほりわり》の意気な通りは、近在の若い衆が、赧い顔をして、たむろしています。煙草おとしの鉄砲屋もなかなか繁昌で、道が狭いので、鉄砲を打つ若い衆の肩や背中に、並木の桜の花が散りかかっていたり、まるで芝居のようでした。

町の子供たちが下田には小さい宿屋がないと云うので、山を越した大浦海岸の保養館と云うのに歩いて行きました。去年も大島の帰り、この宿で中食をした事がありましたので、静かな海辺もよいものだと、山を越して行きますと、どの家にも菜の花が盛りで、梨も桜もまるで洗濯物のように乱れてヒラヒラしていました。陽《ひ》も温くのんびりしていました。小さい崖の下の小径などは、普断はしいんとしているのでしょうけれど、人通りが多くて、その人たちが皆笑ったり唄をうたったりしています。

大浦の海岸も、祭へ行く弥次川町あたりの人たちが、後から後から列をなして通っていました。この浜辺にも、セルロイドの装飾電気がついていて、日米の小旗が賑やかに飾ってありました。大浦はとこぶしや海老がうまいのですが、しゅんでなかったのか、魚もお祭で草臥れていたのでしょう、大変大味《おおあじ》でヒカンしました。海辺に来れば海のもの、山に行けば山のものと、旅をしますとなかなか馬鹿にならぬほどそんなものが愉しみです。

　ひややけき風をよろしみ窓あけて
　見てをれば桜しじに散りまふ

中食の後、縁側に出ると、庭の古木の桜の花が、砂地の庭一面に散り敷いていて、私は牧水《ぼくすい》の歌を憶い出しました。

町の中は私にはまぶしいほど賑やかなので、大浦から下田の港へ出る循環道路と云うのをぽくぽく歩いてみました。循環道路と云っても、岩に添ってやっと一人が通れるほどな小道で、海の展《ひら》けた向うに、大島らしい島影が、雲のように見えます。その三和土で固めた細い道は、なるほど、行けども行けども循環道路で、吉田松陰の幽閉されていたと云う岩屋などもうかがえるのです。

「さア、いらっしゃい！　それそれいま大亀が怒っているところッ！」

道の下の方には、大亀を観せる小見世物屋が出来ていたり、遊覧船の発着所があったりして、紅白の汚れた鯨幕《くじらまく》の間から、紋付高帽子の町の有志が、胸に桃色のマークをつけて唄っていたりしました。私はふと大人の運動会のような気がしました。道は何時《いつ》までも尽きるということもなく、近在の人たちがぞろぞろ往《い》ったり来たりしていました。近在の若い衆らしいのが、四、五人の娘連れを見ると、「俺は一番はじがええ。お吉《きち》みたようじゃ」と、娘たちをからかったりして行きます。お吉が、その娘のようなのならば、色が黒くて、肉づきがよくて、目鼻立ちはエチオピア風にもりもりしていたのかも知れません。何しろ、朝五時に東京を発ったのですから、一里ばかりの循環道路を下田の港へ出た時は、酔ったように草臥れてしまって、やっと、桜並木のある掘割のところへ出ますと、私も町の人たちのように、石の手摺《てす》りにいっとき凭《もた》れてしゃがんでしまいました。

どんなに疲れても、旅のつかれはちょっと休むと、なかなか爽やかになるもので、眼が涼しくなって来ますと、私の横にしゃがんでいた揃いの衣装の女の人に、「写真を撮らして下さい」と、写真機の蛇腹《じゃばら》を拡げました。「あら、私酔っぱらってンですよ。それでもいいですか」と、女たちは三人づれで、早石の大燈籠を囲んで、笑って見せるのでありましたが、なるほど、下田の女を見ては縞《しま》の財布がからになるはずだと、私も記念に、この優しい女たちと、一緒に写して貰いました。床屋の若い衆に、シャッタアを切って貰って、記念の写真を撮ったのでありますが、姿よく酔っぱらったはたちばかりの女が「ちょいと、出来たら送って頂戴よォ」と鼻を鳴して云うのです。

「貴女の家はどこなの？」とたずねますと、七軒町新小林と云うのです。「あの家ですよ」と指差されたのは、郊外の借家のような構えで、老《ふ》けた女が煙草《たばこ》を吸って、花火ばっかり見ていました。

私は大分疲れもなおったので、掘割の突きあたりにある了仙寺と云うのに行って見ました。最早陽《ひ》も暮れそめて、川添いの花街の家々は、二階も階下も灯が霰のようです。了仙寺の門前には土産物屋の、わさびや椎茸《しいたけ》を売る店がやはり紅白の幕をかこっていて、声高く客を引いています。私は、門前で、紫のうわっぱりを着た娘さんに拝観料を払って、まず寺内に這入りましたが、了仙寺と云うのは、小さいながらよい寺だと思いました。この地方は木材が豊富なせいか、本堂の棟木もなかなかどっしりしていて、寺の姿形が、歴史のあるくすぶり方をしていました。左手の宝物館へ上って行きますと、竹の皮草履《ぞうり》にはきかえ中へ這入るのですが、這入るとすぐ右手に、かごから降りかけている、明治風の、大きな女の絵が立てかけてありました。それがお吉の若い時の姿だと云うのですけれど、私の心に浮べていたお吉とは、少々ばかり違っているようでありました。肉づきが薄《う》すくて、女形の頃の衣笠貞之助張りのきゃしゃなお吉が、私には何となく哀感をさえそそります。ハリスの締めていた、馬糞色の丈夫な皮帯も見ましたが、なかなか背が高くて、太っていた人なのでしょう、大変しっかりした皮帯でした。ハリス愛用の硝子のコップも見ましたが、これとても大変質のよいもので、いまの世では、此様にどっしりしたデザインと、質のいいコップは見当らないだろうと思いました。陳列の中のコップは、さっきまで水を張っていたように肌が曇っていて、紫色なのが涼しく見えます。背の低いコップは、私も子供の頃、飴湯を飲みに行ってよく見かけたあのデザインで、ちょっと立ち去りがたい気持ちでありました。この了仙寺は下田条約の結ばれたところで、林大学頭《はやしだいがくのかみ》とか、井戸対馬守が、ここでペルリと会見したと云う由緒のあるところだそうです。日本の商人が、米国へ渡るに着て行ったと云う白い手術着のような洋服や、ハリスが持って来たらしいギヤマンの皿とかが、かなり豊富に飾ってありました。また面白いことに、下田街道の要所々々に立てたのでありましょう。キリシタン宗についてのきついはっとの高札《こうさつ》は、風雨にさらされていて、薄くなった字のままが並べてありました。憂国の青年であった吉田松陰や、渋木松太郎も、この了仙寺には杖をひいたことだろうと思います。——私たちの眼にさえもハイカラだと思える品のいいハリスの好みが、大変いい気持ちで眺められました。また、ここには、廊下と云わず、陳列の中と云わず二階も階下も、仏像が沢山置いてありました。下田の歴史は、随分そやなものだろうと思っていた私に、この、沢山の仏像は、私にとって少々愕《おどろ》きでもありました。鈴木と云う人の所蔵になるものだそうでありますが、名高くないだけに、私は飽きることもなく見ることが出来ました。

閻魔《えんま》様の大きいのや、小指ほどの千体地蔵尊なんかがいまでも心に残っております。いったい下田の近辺は、大変地蔵様の多い土地で、自動車の道々ずいぶん寺の入口に可愛らしい石の地蔵様を見かけました。

了仙寺を出ますと、かなり疲れてしまいました。さて、どこへ泊ったものかと、賑やかな町へ出ましたが、いっそ泊るなら湯ケ島あたりに帰ってしまった方がよいと、乗合自動車の発着所へ行きました。幸い修善寺行きの出るところで、車内は満員でしたが、やっと乗ることが出来ました。町の上から勝太郎や市丸の声が、ライオンのように聞えて来ます。下田は小唄で埋っているようなお祭気分です。

「あんた、きぉうでゃアもにゃアのよ。とこのまもにゃアのねえ……」

面白い国訛《くになま》りだと振り返ると、来る時修善寺から一緒だった若夫婦でした。その美しい妻君は、きっと鏡台も床の間もない宿屋へ辿りついて、良人《おっと》に不平を云っていたのでしょう。妻君は何時《いつ》までもこぼしていましたが、この人たちは名古屋辺の人でもあるのだろうと思いました。


夕明りで、緑に染まっている橋の手前の川っぷちにさしかかりますと、隣席の老人が、

「お吉は浮世が厭になってしもうてここへ入水しただねえ」と大きい声で一緒に乗っている宿の番頭と話しあっておりました。その老人の意見では、ハリスに帰られてからのお吉は、何かにつけて、町の者たちから白眼視《はくがんし》されていて、今ほど世が進んでいないだけに、勝気なお吉には淋しい事であったに違いないと云うのでありました。

「私だって死にたくなるわさ」

椎茸の籠《かご》をさげた下田帰りのお神《かみ》さんが、「ここが入水した所かねえ」と、深く澄ん

でいる水の面を、振り返えるようにして眺めていました。いまでも淋しいところですが、その頃は余計淋しくって、ここまで辿りつくにもお吉は何となく味気なかった事と思います。老人はまた「お吉も、そうべっぴんではなかったろうと思うよ。肉づきでもようて、大きな女子であったんだろ」と言うのでありますが、私は先日、何かの新聞に出ていたお吉の写真を憶い出して、お吉の最後の人生観に、何とも云えぬ哀愁を覚えるのでありました。その写真のお吉は、少し股を拡げて、胸も腰もゆるい着つけで、写真館の床の上に素足のままで腰を掛けているのですが、私にはそれが大変好もしい姿でした。

下田の町は、まだこれから五月の二、三日頃までお祭だそうですけれど、漁夫の利を占めるのは、船会社とか自動車会社なのでしょう。町がへとへとになって、祭が済んでも呆《ぼ》んやりしているのではないかと思うほど、下田は賑やかでした。——湯ケ野を越えて天城へかかる頃は、自動車の中は皆々眠りこけてしまっていて、私なども、夢現《ゆめうつつ》に峡の流れの音を聴いておりました。星も月もないので、ただ山々が、土塀のように黒く見える中を、自動車の燈火一つで走って行くのです。夜の天城越えは初めてであるだけに、私にはちょっと愉しみな事でありました。

湯ケ島の宿場で降りると、峡を降りて、落合楼へ泊りました。この宿は、馬鹿々々しいほどのんびりした広い部屋をくれるので好きです。窓を開けると河鹿《かじか》の涼しく啼《な》く音が聴けて、窓にせまった樹の枝が、さわさわ風にゆすぶられています。部屋の真下は流れなので、水の音が頭の中へまで流れこみそうに新鮮です。

山かけで遅い夕飯を食べ、横になっていると、もう何もかも有難くって仕方のないほど、私は呆んやりしてしまいます。河鹿の啼く音を、こんなにぜいたくに聴けることもまれなことでありますのに、この山峡の宿では、窓を開けておくと、水や土や草や木の匂いまで風が運んでくれます。私は随分旅をしましたが、まず此様に柔らかく美しい山峡を他に知りません。ここへ泊るたび憶い出すのは、川端康成氏の春景色と云う短篇です。――昼間の湯ケ島の町は、竹藪の上に架かる虹のようによい村落で、何となく、その文章の点綴《てんてい》が頭へはいって来るのであります。ここではお慶さんと云う美しい女中がいました。「苦労しているものですから老けてしまって……」そう云ってニッと笑うと、何とも云えないいよい眼元になります。

あくる日は、まるで体中に釘を打ち込まれたように、へとへとに疲れが出て起きられませんでした。寝ながら障子をあけると、楓《かえで》かと思ったのは山桜で、二階の私の部屋から、仇《あだ》な桜の花を眺めることが出きました。草萌えの盛りで、狩野川をはさんだ上流の山々は、まるで火がついたように見事です。

昼から、旧宿の街道を少し歩いて見ました。白い椿の花の下で洗濯している若い神さんに、下田の町を見に行った話をすると、「はァ私も一遍行って来なければ……」とうらやましそうにしていました。――昔は、下田の祭も、修善寺の祭も、この下田街道がなかなか賑ぎわったものであったが、今では乗合が出来たので日帰り客ばかりで素通りされてしまうとこぼしていました。

昔、ハリスも江戸へ出る時は、かならず、この湯ケ島で一泊したものだと云うことです。ハリスはお寺が好きと見えて、湯ケ島の、弘道寺と云う寺によく泊ったと云うことであります。神社や寺と云うものは、泊めてくれさえすれば、私もほんとうに好きです。信州の戸隠山では、房のような宿屋がありますが、泊っていて安心して落ちつけるところでした。

天城からは、立派な榎《えのき》なども伐《き》られるらしく、旧宿の街道を、山から降りて来るトラックは美事な榎を沢山載せていました。宿はずれの百姓家では、神さんが庭で芋《いも》を切って餅のように並べていました。まだ花の咲かない菖蒲《しょうぶ》畑があって、庭の真中には噴井戸《ふきいど》のようなものがあります。私は水を一杯のまして貰いました。もう動くのも厭だと云ったような老けた牡犬と、子供を入れて、その伊豆らしい藁屋根《わらやね》の写真を一、二枚撮りましたが、この地方の藁屋根の棟には、どの家にも菖蒲のような葉っぱが青々と吹き出ていて、私は珍らしく思いましたが、この草は屋根のもちがよいのだと、お神さんが教えてくれました。

道々、桜の若木の植《うわ》った一劃が眼の下に見えましたが、桜も埃《ほこり》をかぶらないで咲いていると、大変気品のあるものだと思います。何と云う竹なのか、直径四、五寸もあるような大きな青竹が、空にすくすく伸びていて、まるで山の中の杉の木のようでした。宿へ帰ると、梅と云う女中が、嫁に行くのだと云って、白い角隠《つのかく》しに、瓔珞《ようらく》をびらびらさせて、宿の前の吊橋《つりばし》を渡って峠を越し、山向うの村へ行くところでありました。

私とお慶さんは、いっとき二階の障子に凭《もた》れて、花嫁さんが峡《あいだ》の道を上って行くゆっくりした姿を眺めていました。山の途中で、私たちに気がついたのか、大変丁寧なおじぎをするのです、私は何となく瞼《まぶた》の熱くなるようなうれしさを感じました。花嫁が、衣裳のままで、嫁入り先《さ》きへ歩いて行く風習を、なつかしいものだと思いました。うらやましいとさえ思いました。眼の上に見える下田街道は、相変らず、ハイヤーだの乗合自動車だのが引っきりなしに通っています。

ついに二泊。

二十四日は、朝から霧のような小雨《こさめ》でした。温泉にはいっていると、河鹿が近々と啼いているのが聞えます。

昼前、雨の中を乗合自動車に乗り、修善寺へ出ましたけれど、二日の間に、緑の色がすっかり変って、菜の花などは最早花をおとしてしまって、ツンツンと種をはらんでいました。

駅の前では、沼津市のカフェーの女給さんたちの下田行きの団体が、濡れながらハイヤーに乗っていました。雨の下田はかえっていいのかも知れません。

お吉の写真によく似た、衿元《えりもと》も腰もだるげな、下田の花街の女たちの姿が眼に残っていますが、あのような、何となく漂うている美しさは、スケッチもして参りましたけれど、なかなか及びもつかない美しさで、絵にも筆にもつくせるものではありません。また、秋あたりは静かな下田へ行ってみたいものと思っております。柿崎の玉泉寺とか、ハリスの碑なども、この前の旅で歩いているので、ついに見にも行きませんでしたが、一日の行程ではなかなか疲れると思います。祭ででもなければ、ゆっくりして小さい宿屋も探したのでしょうが、祭のにぎわいで、私は落ちつかなかったのだと思います。

二、三日前の新聞を見ますと、お吉は、たった三日しか、ハリスに添っていなかったと云うことでありますが、ハリスの遺していった調度品の趣味から押して、あるいは、お吉の物ごしはハリスにとってそやであったのかも知れないとおくそくもしてみるのです。だがお吉の入水してゆく気持ちが私には何としても痛ましくてなりません。お吉の住んでいた家も、この前の旅では、空家になっていたようでありましたが、こんどの旅で、お吉の家の前を通ってみますと、最早空屋ではなくなり寿司屋になっておりました。

東京には夕方着。伊豆よりもひどい吹き降りでありました。

（昭和九年五月三日）

私の好きな奈良

奈良は、夏も秋も知りませんけれど、早春の頃の、まだきびしい風の吹くあの野山の景色をまたなくいいものに思います。

黄木綿の手拭《てぬぐ》いを肩にした田舎の人たちが、どこへ行っても、ちらほらしていて、私は、それ等の人たちの行列の中へ、一緒にまぎれこんでみる時があります。奈良の景色を見るのに、私はパラソルなんかさしたくない気持ちです。羽織の裾《すそ》を吹く風の中に、早春らしい季節を感じることは、如何《いか》にも古都を歩いている感じです。奈良では大文字屋と云うのに泊りました。離れのような部屋で幾枚かエハガキにたよりを書いていると、美しい琴の音がしました。どんな娘さんだったのか逢いませんでしたけれど、奈良の宿らしく思います。

また、奈良ホテルにも泊ったことがあります。終日池に面した部屋から、笹藪のゆさゆさするのを眺めていた事があります。奈良ホテルに泊るような、心おごった豊かな気持ちも捨てがたく有難いのに私はホテルを出ると、友人と二人で町のうどん屋に這入《はい》って狐うどんをたべたりもしました。駅近《ち》かい大きいうどん屋で、汁のおいしかったことを忘れません。奈良では古道具屋を見て歩くのが好きです。油壺の愛らしいのを見たり、古書の虫の食ったのをめくってみたりしたものです。奈良は空が綺麗だと思いました。空が綺麗だから、古道具なんかの並んだ軒が深くて、陳列の品々が、澄んで見えるような気がします。

春日神社の裏の、土塀の中の墓のある寺も好きです。何時《いつ》も二月頃出かけて行くものですから、奈良の記憶は寒々としていて、まるで支那の寒山寺あたりを歩いているようです。大仏様は母と二人だけで見に行きましたがもうこの頃では、奈良へ行っても大仏様は御無沙汰がちです。ひまと金があったら大和路《やまとじ》の方を歩いてみたいと思います。なるべくペンキ塗りの薬の広告や宿やの広告の出ていない田舎道を考えます。仏蘭西《フランス》でバルビゾンと云うミレーの生れた村に行って見ましたが、各国のお上《のぼ》りさんが行くところなのに、その村は、ごみごみしたかざりで荒れていると云うところがなくて、大変いい感じでした。

奈良は静かで心温い町ですけれど、方々にペンキの地図や宿屋の広告が出ていて、ちょっと不快です。

奈良の夜は素的《すてき》だと思います。動物園があったのか、夜、寒いなかを森の方へ歩いていますと、つるなんかの鳴く声を耳にしました。鹿も鳴いているようでした。至るところ鹿の群にあうのは、如何にも奈良らしくて好きです。

奈良は大昔から鹿がいたのでしょうか。

巴里の近くのフォンヌテンブロウと云うところは、ちょうど奈良に似ていて、ここにはサボイと云う夏のホテルがありました。大変立派なホテルです。そのホテルの硝子張《ガラスば》りのルームで御飯をたべていた時、裏庭の芝生が、奈良の野山の感じだったことを思い出します。景色の調《ととの》った美しさよりも、小さな芝生の面、一ツの木や、一ツの石にも、何とない古さのある景色は、まるで噴水の上の虹を見ているように、心静かになるものです。奈良の、笹藪や、土塀の家々は、仏蘭西の片田舎にも似ていて、一時出来の名所の真似の出来ない床《ゆか》しいところがあります。

そのうち暑い頃の奈良にも行ってみたいと思っております。

（昭和六年三月）

京都

雪が降るかとおもえばすぐ陽のあたって来る京都の町は、心温められて何となく居心地がよい。私は大徳寺に知人があって、そこへ二、三日泊めて貰ったが、寺にいるうちにおなみさんと云う女友達が出来た。紫竹桃の本町に住んでいて、浄瑠璃《じょうるり》を教えたりお針をしたりして暮しているひとで、年齢は三十ぐらいであろう。肉づきのいい声の太いひとだった。浄瑠璃の弟子と云えば玄琢《げんたく》村あたりから来る小地主たちである。

わたしはこのおなみさんを連れて大阪へ行った。おなみさんが文楽《ぶんらく》へ出入りしているので人形を観せて貰いかたがた。おなみさんはよく気のつくひとであった。大阪では錦屋町の栄屋と云う宿へ泊った。あんまさんを頼むと「あほらし、わたしに揉《も》ましておくれやす」と、云って、おなみさんはなかなか経済を考えてくれた。

大阪では二日泊った。愉しかった。十合《そごう》や大丸の屋上へ上って二人で呆《ぼ》んやり風に吹かれたりした。東京へ帰るのが億劫な気持ちで、旅をつづけていると、家も家族も消えてしまうといいとおもったりもする。十合では写真屋さんの山沢栄子さんに逢う。丸髷《まるまげ》を結った女のひとを連れているので、山沢さんがびっくりした顔をしていた。――二人は神戸まで長駆して二日目の終列車で京都へ帰った。京都へついたのが夜中の二時、暗い路を寺へ帰るのは怖いのでおなみさんの桃の本町の家へ泊る。入口に地蔵様のある小さい家だった。

翌《あく》る朝、おなみさんの家の近くで新しい足袋《たび》を買って寺へ帰った。寺へ帰ると、すぐ風呂へ這入《はい》りたくなって、裏へ風呂を焚《た》きに行った。禅寺《ぜんでら》では一年の落葉を貯めておいて風呂の焚《た》きものに当てると云うことで、焚口に気ながに蹲踞《そんきょ》していなければならぬ。庭には白い玉椿も咲いていた。底冷えがきびしいけれど京都の町は好きだ。時雨《しぐれ》が降るかとおもえば、すぐまた土塀の上の濡れた瓦《かわら》に薄陽《うすび》があたる。室生《むろう》犀星《さいせい》氏は京都は色々な瓦のあつまった都と云われたそうだが流石《さすが》だとおもった。京都の町を歩いていると色々な瓦を見る。寺や人家の何気ない屋根々々にもいい瓦がつかってある。私は京都の土塀も好きだ。

大徳寺では、玄琢村の尼さんにも逢ったし、嵯峨の奥の天龍寺のお坊さんにも逢った。みなりりしくていいひとたちだった。

「疲れたら、何時《いつ》でも寝にいらっしゃい」

といってくれた丹後の馬居寺のお坊さんにも逢った。

またここでは成瀬無極氏にもお逢いした。どんとどんとどんとの鯨《くじら》の唄をうたわれたり、巴里の屋根の下を唄われたりして、まるで学生みたいなひとだった。

大徳寺では百石の庭で呆んやり日向《ひなた》ぼっこもしたし、神仏を人一倍たよる私は、どうやら安心立命の糸口でもみいだしたのか、頃日鬱々《うつうつ》として愉しまなかった気持ちが、京都へ来て晴々としたようである。

「やれやれ、別に悪いこともした覚えないが、辛《つら》いこっちゃ」といえば、和尚はにこにこして「仕事々々、何でも自分の道にはげむより仕様がない、坊主は経を読むより仕様がないさ」

と笑っていた。

＊

私はまた一人で祇王寺《ぎおうじ》と法然院へも行ってみた。銀閣寺へは和尚に連れて行って貰った。銀閣寺では、和尚の世話で薄茶を戴いた。洗月亭という茶室の外では薄い雪が降っていた。

お茶のお手前は何一つ識《し》らないのだけれども、自然でよいといわれたので、両手をかけてのんびりと戴く。雪がやんでしまうと、もう障子越しに薄陽が射して、小鳥の影が畳に走って風色がなかなか愉しかった。

義政公の飯器《はんき》だったというめでたい菓子器から干菓子を戴いたが薄茶に溶けてゆくようなうまい干菓子であった。お手前は葉茶屋の主人とかで、男の紋つき姿もいいものである。

お茶が済むと、苔の深い庭を見てまわったが、庭は法然院とか祇王寺の方が好きだった。白河砂を敷いた小径も美しいには美しいが、苔の温《あたたか》さにはかなわぬ。苔はまるで厚いタッピイのようだった。薄緑、黒緑、黄緑、灰緑、色々な苔の姿だ。来てよかったと思う。了入《りようにゆう》の茶碗とか、義政公の飯器とか云われても猫に小判で、私は庭の苔の美しさの方が心に浸みて来るのであった。義政公の茶室跡だったろうと云う相君泉のある丘へも登ってみた。泉の水は甘くて快い舌ざわりであった。帰りは和尚たちと、疏水《そすい》のほとりを歩いてみた。京都は隠れて住むにいい処だとおもう。

裏千家のお茶では川那辺さんというひとの家へ連れて行って貰った。聖護院《しようごいん》西町のめだたない家造りだけれども、小さい庭のすっきりと利用されたその茶室は、なごやかで居心地がよかった。奥さんは四十年配のひとだったが、着物、帯、足袋に至るまで、立派な趣味のひとで、かつて、こんなにすっきり落ついた好みのひとを私はみたことがない。帯をひくく締めて羽織もないさっぱりした姿だった。なつめを包んだおらんだかんとんという渋い美しいきれ地を見せて貰った。

京都を歩くと入口の狭い奥行きの深い家が多い。商家なども、薄暗い帳場の後にすっきりした庭を持っていて、その庭の樹木が鮮かな色をしているのなど、思わず立ちどまって見惚れてしまう。

瀬戸の藪垣のような処でさえ何となく心がこもっている。すっきりした庭の造りは東京ではなかなか見られぬ。京都の家々では小さい借家でさえ小笹なんぞが植えてあったりする。おなみさんの家も小さい家だけれど、一坪の庭には石を置き、小笹が植え込んであった。

私も、庭などを造るのは、まだまだ先のことでいいけれども、愛らしい借家でおなみさんの家のようなのは世間にはないものかとおもったりする。東京の借家としたら、トタン屋根で、掘りかえしたような赤土の庭ときているのだからみじめだ。

おなみさんは一人暮しで、月々卅五円もあったら貯金も出来るといっていた。京都は住みいい処だ。おなみさんのいる紫竹桃の本町はのんびりしていていい処だ。ここでは水菜もうまいし、かぶらもうどんもうまかった。

（二月十日）

文学・旅・その他

年齢《とし》三十歳の若さで侘味《わび》をもとめる気持はおかしい話だけれども、山川の妙を慕い、段々世事《せじ》を厭《うと》んじる気持ちである。頃日、私は寒山詩を愛唱している。逃避文学にうつつをぬかしているかたちかもしれない。世に多事の人有り。広く諸の知見を学ぶも、本真の性《しょう》を識《し》らず。道と転《うた》た懸遠《けんのん》なり。若《も》し能《よ》く実相を明らかにせば、豈《あ》に用《も》って虚願を陳《の》べんや。一念に自心を了せば、仏の知見を開かん。と云うこの詩が好きで、私は多事多才のひとを見ると、意地悪くこの詩を思い出すのだ。私はこの頃、ひまさえあると一人で旅をしている。日常、家族の者が米みそにことかかねばそれでよいと任じているし、何万円と云う家を建てる意志もないので、生きている間働いたり遊んだり気ままに出来れば事足れりと思っている。たまたま私のようなものにも家を建てて行末の事を考えておいた方がよいと云ってくれる人があるけれども、私は家を建てることや蓄財は大きらいだ。家を建てる気持、家を建てたあとの気持これがわずらわしいし、私のように、走りまわって、やっと柱が一、二本しか買えぬようなやりくり資金でびよびよした文化住宅を建てるのはおかしい事だと思っている。家を建ててほっとしている人はめったにあるまい。一、二年もすれば鼻について来るし、殻を背負っている気持にやりきれなくなってしまうだろう。私は家を建てるつもりで、その金を旅へ散じてしまった。

いまでは、自分がひととおりその日暮しにも困らなくなったから、こんなことも云えるのだけれども、何時《いつ》も考えることは、何を以てか字を識らんことを好むで、好きな道が、私をこんな風にしてしまったのだと考えている。私はいま小説を書いて生きている。自分のような凡才浅学なものの小説が生活の資となることを、私は未だに信じられないけれども、その不安は私にとって何とも云えない愉《たの》しさなのだ。躯《からだ》の丈夫さや、根のよさは人に負けない。昔は、人の家の空家に寝たこともあったし、土の上に寝てもよく眠《ね》むれたので、いまだに薄着屋で、めったに風邪もひいたことがなく、二、三日徹夜をしても平気なのである。仕事を始めると、食事が全然駄目になるし、ただ、躯だのみせっせと紙に向かっているのだけれども、この心境は物を書いたひとでなければ判って貰えないだろう。何か愉しいのだ。小説を書いていると、恋びとが待ってくれているように愉しくなる。娘の頃から書を読むことが好きであったが、こんな愉しさがあったからこそ、自殺もせずに無事に来たのだと思う。私はいったい楽天家でしめっぽい事がきらいだが、そのくせ、孤独を全我としている。私の文学はあこがれ飢えることによって、ここまで来たような気がする。いまでも、私の目標は常に飢え、常にあこがれることだ。人と共に色々なことをやってみることはあまり好きではない。三十五歳位になったら山その間、うんと馬力をかけて働かねばならぬと考えている。野心は満々たるもので、自分ながらえげつないほどだ。

どこへどう持ってゆくあてもない仕事を二通りにかかっている。新聞小説と日記だけれども、日記はもう五年位つづけている。新聞小説は一日一枚主義で、四枚書ける日もあれば三枚の日もある。私は昔の作家のように気分がむくまで休んでいられない。休んでいると馬鹿になってしまう。馬鹿の上に馬鹿になってはつかいみちがない。

どんなに辛くとも、一日のうち一度は机の前にタンザする主義を取って、馴《な》れる気持を養っている。凡才は努力より他に道がない。テニスの選手でムディ夫人と云うのが、二年間軀の休息をはかっていて、完全に体がよくなるとまたテニス競技に出て、非常に結果がよかったそうだけれども、小説を書く者には、この長い休息法はあてはまらないと考える。寸時を利用し、太息《ためいき》ついてせいぜい二、三日旅をする位で、作家は常に眺め常に考えていなければ、いざ競技となった時に呆んやりしてしまうのだ。天才を語られたのは文化の発達しなかった昔のことで、現代では逞《た》くましい常識家が必要である。これは何の道にもあてはまることで、今日、私がうらやましがっているのは天才ではない。豊かな常識の道であり正しい認識へのあこがれである。

私が尊敬しているひとで豊かな常識家と云えば芭蕉位だろう。物欲にテンタンで、清潔にして堂々たる空しさに徹した風格を云いたい。このひとの侘味は本心流露で、日本人の持つ侘味の気持を代表していると云えよう。この旅へ出る時近処のひとが、色々とせんべつをくれたのがありがたくも迷惑であったと云うが、これまでに至るにはなかなか大変な事である。

侘味をもとめるとは云っても、私はまだ物欲にはテンタンとはなれない。家を建てる事や蓄財は厭《いや》だけれども、旅を思うぞんぶんにしたいし、家の者たちに米みその心配だけはさせたくないと考えている。やっと借金も済んだ。いい仕事といい旅と、これは私のあこがれである。インドにも行きたい。支那にも行きたい。仏蘭西《フランス》は勿論《もちろん》のことだ。異郷にあっての郷愁は死ぬほど愉しい。日本の美しさなつかしさに、日々呆んやりするほどである。ことさら日本の言葉はベリグウドだ。否《ノン》とか諾《ウィ》々とか誰にでも使われ、素直に通用する仏蘭西の言葉も日本に来ると、否諾のような言葉さえふくざつに言葉数が多くなっている。「惚れた弱身じゃゆるしゃんせ、主《ぬし》と浮名《うきな》もみょうがじゃと」随分美しい色気の多い言葉だが、日本語だってどこの国にもまけやしないと思う。

私は外国から帰って来て詩や歌をつくることが愉しくなった。先だっても、思いついてひとりで武相国境大垂水《おおだるみ》の峠へ登って行った時、何か、歌わずにはいられない気持であった。与瀬への新らしい甲州街道が、谷間杳《はる》かに続いて、耳の近《ち》かくに川の瀬がきこえて来る。眼の下を見ると、杉は頂をそろえて房々と緑に繁っているし、戸谷山脈足柄連山がうかがえる。

大垂水
峠の雲は木隠れに
岩根の松の裾を這ひたり

我ながらおかしな歌だけれども、正真正銘、山の上でこんな歌が自分の心からとび出したのだから、いびつな歌でも可愛い。大垂水を歌った歌に与謝野晶子氏のをうろ覚えに覚えている。

甲斐がねをかすめて散りぬ大垂水
尾花の台のさくらの紅葉

立派ないい歌で、風格がそなわっている。やはり晶子氏の作品で次の歌と一緒に記憶していたが。

山荘の畳と並《なら》び甲斐の山
足柄の峯秋をつくれる

この歌などは私の最も愛誦する作品だ。山荘の畳と並び甲斐の山は、素敵な表現だと思っている。いまの作家たちはかさかさした表現に馴れているが、すこしは詩や歌に眼をむけてもいいだろう。威張って云うようだけれども、何でも云いたい事を云わして貰いたい。——新宿の駅の裏から甲州街道を眺めると、いかにも砂ぼこりのはげしい道中を考えていたのであったが、川の上流と同じように、道の上流もまた大変面白かった。多摩御陵の前を通り府中の町にはいると、さるすべりの紅色の花が、どの家の軒にも見事であったし、競馬場を越え橋を渡り八王子の町へ出ると、ここは町ではなく街のかんじで、一本筋の市内電車さえこんな処にこんな街がと思うほどであった。高尾山の裾《すそ》を上り、大垂水へ登りつくと、ここは甲州境の標示がしてあり、甲州街道の白い路は坦々と与瀬の町へ下っている。

持参の中食を茶店ですまし、またほつほつ与瀬から小仏峠へ逆もどりしたのであったが、清澄な山川の眺めは心に徹して来るものがあり、眼に浸みついてしまっている。そのうちひまでもあったら、八王子の千人隊邸趾や芭蕉蛙塚のある横山村散田の真覚寺と云うのにも行ってみたいと思っている。

帝室林野局一帯の十々里《とどり》と云う処も好きだ。大垂水では山水をぞんぶんに飲んで、手《て》拭《ぬぐ》いでばさばさ顔をひやした。生きていることを、体の丈夫なことをしみじみとうれしいと思った。水や土や空は、何時《いつ》も何時も気持がいい。私は旅の前にあんまり計画をたてないで、日頃から地図をコクメイに愉しんでいる。お蔭で、街へ出て気が向くと、一人でほつほつ旅立ってしまう。良人《おっと》の財布をあてにしたしめっぽい家庭婦人にならなかったことをもっけの幸《さいわい》だとも思っている。日帰りで帰って来てせっせと台所をしている気持もまた捨てがたい。前世は犬の仔であったのだろうと、家のものたちは笑っている。歩きたい処へ歩いて行くので、団体旅行は大変苦しいし、めったにプランをたてない。私がプランをたてるとみんなさんせいしてしまうのでかえってつまらない。

この夏は、日帰りの大垂水行きだけであったが、秋口になったら、新宿から甲州へ出て、信州の塩尻から多治見、名古屋、四日市に出て柘植《つげ》、木津、京都、綾部、福知山を廻り、鳥取、松江、出雲今市、石見《いわみ》益田、山口、小郡《おごおり》、厚狭《あさ》、下関と云う順に三週間位母《ばば》さんを連れてどんたくして来たいと思っている。こんな散財は愉しい。母さんと旅をすると、けんかばかりしている。母さんは仕末をして木賃宿へ泊ろうと云う。私は享楽家だから、上宿《じようやど》へ泊ろうと、どっちもゆずらないで、二人ともぷりぷりしてめでたく長旅が終るが、母さんとの旅は威張れるし気兼ねがなくていい。旅で大嫌いなのは講演旅行だ。また、めったに頼まれたこともないが、この位いやで気づまりでばかばかしいものはない。旅は一人か二人がいい。長旅は一人にかぎる。去年は北海道樺太へ一箇月一人で行っていたが、これこそ商人宿へ泊ったりして面白かった。こうして書いて来ると、私はのんきそうに仕事をして、呑気《のんき》そうに旅をしているようだけれども、本当は小説を書くことも苦しいのだ。愉しく切ないのだ。死んだ方がましだと思う日もある。やりきれなくなるから旅をするのだ。――私の留守の間に母さんが死んでは困るので、なるべく小旅行には母子二人づれで出ることにしている。良人《おっと》とは七、八年にもなるのに、良人が予備で兵隊からかえる時迎えに行って旅を共にしたきりだ。他人は妙な夫婦だと云うが、もっと年寄りになって杖がわりになりあうつもり。たっしゃなうちはお互い一人で気ままに旅をして、心ひそかに青春を愉しむもまた、作家の境上《たのしみ》であろう。苦しい事は山ほどある。一切合財旅で捨て去ることにきめている。まして文学の苦しみをやだ。二、三日の旅で呆んやりして来るのは体の為にもいいと思っている。愉しく苦しい旅の聚首《おもいで》は地下にかこっておく酒のようなものである。

頃日、去来する秋らしい雲を眺め、山陰をめぐる私の遊心はそぞろなるもので、旅を念《おも》えば猛暑と云えども仕事もはかどるのである。避暑はきらい。暑い東京で仕事のあいまあいまに朝顔をつくって夏をやりすごしたがこれもまた私のもとめる侘味の一つであろう。

（八月十日）

大阪紀行

私は、子供の頃、大阪に、五年ばかり住んでいた。まだ、大阪駅が、梅田駅といったころで、駅の前は、宿屋とか、岩おこしの土産物を売る店が、ごみごみ建てこんでいた。私は、大阪が好きである。故郷ではないけれども、私の両親が商人であったせいか、大阪の住みよさは、両親の話のふしぶしにうかがえた。

徳川時代の大阪は、堺の町人の勢力が大阪に移っていらいというもの、大阪は町人全盛の街と化して、元和五年に、堺の町人が、二百五十石積《こくづみ》の商船を造り、江戸輸送を始めてから、菱垣船《ひしがきぶね》が出来、淀屋橋《よどやばし》の近くに、諸大名の廻漕米をせり売りした市場が出来て、町人に富豪のものが多くなり、大阪は全権を左右するほどの都となった。衣食住の生活状態も、かなりぜいたくになり、西鶴の『織留《おりどめ》』にも、煙草の火に伽羅《きやら》をたきかけ、せんじ茶を台天目《だいてんもく》にて運ばせ、手もとに、源氏物語、いたずらに気を移すことを、年中の仕事にして、花見紅葉見の乗物、芝居の替《かわ》り替りに、桟敷《さじき》をとらせ、とあるくらいである。

谷崎さんの『細雪《ささめゆき》』を読んでも判るように、つまり、この西鶴の織留的な、大阪人の遊山《ゆさん》生活がかなりこまやかに描写されている。だが、東京生れの谷崎さんの『細雪』には、大阪人の書いた匂いは感じられない気がした。なにしろ、西鶴にしても、上田秋成にしても、現代では、宇野浩二さん、亡くなった織田作之助といった人々は、純粋の大阪生れの作家である。私は、遊女を母として生れた上田秋成の作風や、西鶴の庶民もの、宇野さんの大阪風土《ふど》記のようなものを愛読して、大阪には大阪の言葉そのものにあるような風土から生れる、血のつながりがあるような気がしてならない。

去年の暮から、今年にかけて、私は、大阪へ四、五回出掛けて行き、一人で、大阪の街をぶらぶら歩いてみた。そして、私は、なんとなく、巴里生れの作家でなければ書けない巴里の小説というものを感じ、大阪生れでなければ、大阪の土や、人間はよく書けないような、分《わ》け入りがたいむずかしいものを感じたのである。

秒《びょう》として、ただ、住んで、通りすぎただけでは、大阪の人心地はなかなか摑みがたい。現代の大阪には、かなり、生々しい流行のとり入れかたはあるようだけれど、それは、外形だけのもので、大阪人の生活の一つ一つのなかには、相当、がんこな大阪人の生活があるように見えた。

西鶴の大阪評にも、扶桑《ふそう》第一の大湊、人の心も大気にして、それほどの世を渡る難波《なにわ》橋《ばし》より、西見渡しの百景、数千軒の問丸甍《まるいらか》を並べ、繁昌の表蔵《おもてぐら》、旭にうつりて、夏ながらの雪の曙《あけぼの》とあるが、大阪の庶民の大都会が、のびのびと描かれている。

私は、大阪の貧しい街並も歩いてみたが、東京ほどの貧《ひん》のやつれというものをあまり感じなかった。私が、三十年も前に、貧しく暮していた大阪風景と、あまり変っていないようなところもある。一年に、一度、十銭のぬく寿司を食べることが、私たちは、この上ないぜいたくだった。セイロウで、むした、あったかい寿司の上に、あなごや、海老や、玉子焼きの刻んだのがふりかけてあったのを忘れない。

生活のなかに、なんとない愉《たの》しみを持つということが、働くはげみであったし、私は、子供の頃、粟《あわ》おこしの工場に働きに行っていた頃、女衆の話といえば、物見遊山《ものみゆさん》の空想であった。大阪の食いだおれというが、各人の家庭のなかでは、食べものはかなりきびしい。朝々はおかゆであり、おやつに、おいもさんのふかしたのを食べた記憶があるが、現代の大阪の家庭も、家庭内の食事にぜいたくをこらしているとは考えられない。

私は大阪へ着いて、或る日、千日前《せんにちまえ》の寿司屋で、バッテラ(鯖寿司)を買った。一折では食べきれないので、ほんの少しほしいのだといってみたが、そこの店では、気持よく売ってくれた。東京の商人のような、官僚的な気取りは少しもない。

客は、ものを買う度に、「なんぼうや?」と値段をまず聞く。商人の方も、売るものに、はっきり値段をつけておく。心斎橋の雨風《あめかぜ》横丁の硝子の陳列には、カレーライスの値段から、茶碗むしに到るまで、値段がついている。肉屋の陳列には、上等肉から、下等肉に至るまで、ちゃんと皿盛りになって、正札がついている。

大阪言葉は、まわりくどく、もの柔かだが、現実の生活面では、見栄坊《みえぼう》ではない。東京は言葉は、歯切れがよいが、現実の生活面では、かなり、見栄坊で嘘が多い。

私は、巴里で、一年ほど暮したことがあるが、二粒の馬鈴薯を買うにも恥かしくなかったし、一本の葱《ねぎ》でも、気持ちよく売ってくれた。大阪の生活をみていると、なんとなく巴里的で、言葉の音色も、仏蘭西《フランス》語に似ている。人の顔を見るのに機敏で、心づかいもこってりしている。銭勘定というものが、はっきりしているせいか、金で、かたをつけるきらいもあるが、かえって、そうしたことが、さっぱりしていいのかも知れない。

大阪の街を歩いて、吃驚《びっくり》したことは、看板が多いことだ。何も彼《か》も、看板である。その看板の文字も単純で、読み安い文字で書いてある。かや、ふとん、やど、のり、めし、すし、まむし、ひちや、ゆ、このような看板が歩くはじめから眼について来る。非常に、庶民的であり、直接に肌に来る文字である。

風呂屋にしても、阿倍野《あべの》のある町では、開運湯《かいうんゆ》というのがあり、寿司屋も、富貴寿《ふうきず》しと、なかなか慾張ったのがある。

雨風食堂というのがあるそうだが、ここでは、酒とおはぎがあり、つまり、甘いのも辛いのもある店の由である。

商品を売る店も、割合、専門店が寄りあっている。谷町《たにまち》筋の洋服商街とか、松屋町《まっちゃまち》筋の、駄菓子と玩具《おもちゃ》の店並びは、大阪らしい街並みだった。行けども行けども、玩具屋と、菓子屋が続いている。それから瓦の町の瓦屋町とか、寺ばかり軒を並べている寺町、萩の茶屋あたりの皮革商の街とか、長町の傘屋商、河原町の家具屋商の街、下駄屋の並んだ、御蔵跡町といったふうに、すべてが、問屋的な、一つの筋をつくっている。道修町《どしょうまち》の薬種屋街も有名だし、淡路町の香料店の問屋筋もある。淡路町に行くと、町そのものが、ぷうんと香料で匂っている。

毎日、私は、大阪の町を、歩き続けた。

法善寺横丁の、三流旅館に泊って、私は、郊外の市場の中にまで足を運んだ。地方人でミックスされた現代の大阪を見るためであったが、何にしても、大阪の庶民生活は、働く世界で、活気があるように思えた。いわゆる、上流家庭の生活は、私には必要はないのである。働く大阪の生活が、私には必要であった。船場《せんば》の生活も『細雪』には描かれているが、現代の船場は、会社のビル街になり、昼はオフィス街であり、夜は、番人だけになる淋しい船場風景に変っている。

東京の銀座通りである、橋筋《はっすじ》も歩いたが、道行く人たちの姿は、大阪人特有のものではなく、地方人のミックスされた、田舎びた流行の渦であったが、歩いている顔は、少しも暗くはない。

東京が、地方人で変って来たように、大阪の外形も、すっかり変化してしまった。賑やかな街筋に、びっくりぜんざいがあり、食いだおれの店がある。

御堂筋の、並木通りは、外国のようでもあるが、三津寺《みつてら》という、ビルディングのような、大きな寺があったり、大阪は、すべてが、ずかずかと生活的に足を大地にふみつけている。

新橋前を曲って、こじんまりした、文楽座《ぶんらくざ》を私は見たが、昔、まだ、桐竹紋十郎と、文五郎が分裂しない前のことを考えていた。私は、文楽を知ったのは、およそ、二十年位前であったが、その頃の文楽は、いまほど隆盛ではなかった。むしろ、落はく時代であったともいえる。私は、そのころ紋十郎と親しくしていたので、彼が東京へ来ると、家へ遊びに来て、文楽の人形を使う苦心談をよく話して貰ったものだ。川端さんや、宇野千代さんに紋十郎を紹介して、文楽の人形を注文して貰ったものである。紋十郎の弟子に紋雀《もんし》というのがいて、紋十郎の使いで、上京するたび、高下駄をはいて下落合の家に使いに来ていたが、いまは、文五郎方になって残っているようだ。十年位も、紋十郎には会わないけれども、どうして分裂したのかは判らないが、紋十郎の気性を、私は判るような気がして、いまは、文五郎の方に、私は好意を持っている。紋雀は私の好きな人形使いである。アルバイトに、大阪でパン屋さんをしていたようだったが、いまでも、パン屋さんをしているかどうか、私は、紋雀とも久しく逢わない。

京阪浄瑠璃《けいはんじょうるり》というものが、辛《かろ》うじて、文楽によって、命脈をたもっているかたちである。大阪人の生活風習のなかに、近松的なごりがいまだ残っていて、案外、そうした封建性は、時代がどんなにうつりかわっても、根強く糸を引いているのではないかと思えた。

昔、大阪には、貸本屋というものがあったが、いまは、そうした商売がなりたっているかどうか判らない。現在の大阪の街には、案外、書籍を売る家が少い。橋筋《はつすじ》を歩いても、東京のように、美しい店飾りをした書店は一軒もなかったといっていい。しかも、書店のなかに、女性の姿を余りみかけなかったが、大阪は、読書好きの女性は少いのかもしれない。東京のある出版社でも、大阪では、婦人の読者層は少いと云っていたが、大阪の風土習慣が、読書の気をおこさせないのかもしれない。電車に乗っていても、東京ほど、新聞や、本を持ちこんでいるものはいない。

そのくせ、東京で流行した、芝居や音楽会や、絵の展覧会は、大阪へ持ってゆくと、かならず満員だという。

中座《なかざ》の前を歩いていた時、文楽の看板を見たが、好色五人女とか、鳥辺山心中、茶壺、連獅子《れんじし》なぞの演《だ》しものであったが、昔の、江戸の仁俠《にんきょう》、京の文雅と相反するものが、大阪にあるような気がする。こうした、演劇ものにも、濡れごとを好み、派手やかなものが好かれるようである。

宗右衛門町《そうえもんちょう》の芸妓の見番《けんばん》のような事務所の入口の水道で、島田のかつらをかぶった、年増芸者が、首からしたは、汚れたふだん着で馬穴《ばけつ》で洗いものをしていたのを、私は珍しく眺めていたが、世帯臭い現代の大阪芸者をみた気がした。事務所の前には、焼芋屋の屋台が並び、隣りには、花柳病院がある。

靫《うつぼ》や、雑喉場《ざこば》の魚市の名前も大阪らしいと思った。

雑喉場は、生魚の問屋があり、靫は、塩魚や干魚の問屋筋になっている。長堀川の材木問屋、堀江の青物市、京橋の川魚市、みな、大阪らしさの街筋であり、長堀川の堀添いに大きな株になった、夾竹桃《きょうちくとう》の街路樹は、私には珍しかった。

日本では、じめついた庭の隅とか、共同便所の横にあるような夾竹桃も、こうした、水ぎわに、武者立ちの株になっているのは、かえってハイカラな眺めである。北京のペイハイの公園に行くと、この夾竹桃が、ピンクや白い花をふっさりとつけて、暑い陽射しのなかに、みごとに咲いていたものである。

大阪というところは、めったやたらに神仏を飾りたてるところでもあるようだ。商店の神棚を見ると、立派な神棚が多い。シギさんから、エベスさん、オイナリさん、すべて、御同居で、家内安全、商売繁昌を願っているわけである。

相当、油っこい信仰心ではある。街のなかの路地や、辻に、かならず、小さい御堂がある。まじないに利くものが多い。こうした、信仰も、非常に庶民的で、法善寺横丁の水かけ不動とか、スバル横筋の白永明神とか、見るからに、浄瑠璃的である。

朝の大阪駅に立っていると、活々《いきいき》した職業婦人の群が流れているが、こうした、明るい近代的な面と、日陰の、ささやかな、道祖神《どうそじん》的な信仰とが、大阪の生活には混りあっているのであろう。

電車の切符を買うにしても、立売り屋がいるし、大阪の街のすべてが、便利に出来ているのは面白い。駅のまん前には、でんと、有料便所があり、二十円払うと、無料でお茶ものめるし、顔も洗える。荷物もあずかって貰えるし、ここでは、セッケンも剃刀《かみそり》も売っている。私は、二、三度、ここを利用してみた。

大阪では、証券取引所のなかも見せて貰ったが、証券会社の店員が、コバルトのジャンパアを着、事務所のひとが、茶色のジャンパアを着ていたが、この二色の大群集が、ホールのなかで、手を振り、電話の受話器をかかえて叫んでいるのは、海中の魚の游泳を見ているようであった。

Aガラス、船舶、センイ、そんな名柄の株が、とても、人気のあった頃であった。十本の指の開閉で、売り買いの出来る、数字の妙味を、私は、不思議な気持で眺めていた。男ばかりの渦をなした世界を、高いところから眺め、私は、少しも飽きなかった。

或る株式人は、「昨日まで、貧乏していても、今日、うんとお金を持って来たら、ええお客さんですし、昨日まで、金持でも、今日、お金のないひとは、鼻もひっかけまへん」と云ったが、これは、大阪だけではないとしても、私には味わうものがあった。大阪の衣食住は大なり小なりあいまいなところがない。

（昭和二十六年七月）

私の東京地図

東京の風物もこのごろはだいぶ変ってきた。私が上京してきたのは大正十一年の春だったけれど、東京の若い女たちは、どのひとも市松模様の着物を着ていた。メリンスが非常に高価なころで、一反十二、三円もしたように思う。上京してきた当時、私もその市松模様のメリンスが着たくて、呉服屋の陳列を羨《うらや》ましく覗いたものであった。

上野には大正博覧会があって、会場の上を毎日鳩が飛んでいた。私はそのころ職業を探して歩いていた。或日、九段を歩いていると、英国皇太子のコンノート殿下が美しい行列でお通りになるのを拝した。

私はその頃、雑司《ぞうし》ケ谷《がや》の奥に住んでいて、毎日五里位は平気で街を歩いたものである。私の家の近所には目白の女子大学だの、盲啞学校だのがあった。護国寺の赤い門の処へ行く道には水車なんかがあって、日曜日なんかは、水車小舎の横を通って雑司ケ谷の墓地を歩いている若い人たちがあった。墓地には夏目漱石の墓があった。私は墓地が好きで、よく漱石のお墓へ参ったものだ。紫の矢車草の花を少しばかり買ってお参りをしたお天気のいい日を今でもはっきり思い出す事が出来る。

随分古い昔のようだけれど、この景色が、私にはまるで昨日の事のようにも思えて仕方がない。雑司ケ谷にかぎらず、東京の街は旧市街も新市街も震災このかたすっかり面目をかえてしまった。雑司ケ谷の次には小石川の砲兵工廠だかの近くの下富坂と云う処にいた。汚ない河があって、夏になると、河添いの柳町あたりに賑やかな夜店がたったものであるのに、いまはもうその河も白い美しい道になっている。

このごろ、忙《せ》わしい生活に追われていて、私は東京の街をあまり歩かなくなったけれど、一度はゆっくり、気ままに歩いてみたいものだと思っていた。編輯部の小笹さんが、その気ままな一日をつくって歩いてみませんかと、お天気のいい日さそって下すったので、私は小笹さんと写真をうつすひとと一日東京の街をぶらぶら歩いてみたのだ。いまは非常時で、自動車へ乗るのも大変なことなので、私は十何年前の昔にかえって、一日を実によく歩きつづけた。

珍らしくうららかな天気のいい日である。街を歩いていると、若い娘さんが昔のような市松や矢羽根の着物を着ている。私たちは本郷へ出て帝大の中へはいって行った。もう冬の休みが近くて、学生は少ないのだろうと思っていたけれど、ゴシック風な建物の前へ来ると、沢山の大学生が出たりはいったりしていた。有名な銀杏の大樹もすっかり裸木になっている。昔、私は帝大の庭が好きでよく散歩をしたのだけれど、十年ぶりでみる帝大は、ビルディングの谷間を歩いているような感じであった。昭和七年に、私は欧洲に一年ばかり行っていたけれど、ソルボン大学の古色蒼然とした建物や、ベルリン大学の大規模な校舎を眺めて、日本にもこんな立派な大学があるといいと思ったものである。帝大の銀杏の木の下に並んだ、バラックのような古い小さい校舎しか私は知らなかったので、外国の大学を羨ましくおもっていたのであろう。

十何年ぶりでみる帝大のなかの建物は、まるで夢のように変っていて、ゴシック風ながっしりとした品のいい石造りの建物が、銀杏の裸木の並木といい対照をしている。寺院のような門をくぐって文学部の教室の前を通ると、壁に半紙の張紙が出ていた。「文学部秋季旅行の記念写真が出来ました。希望者窓口へ、一枚二十二銭、学友会」と書いてある。私はその文字をみて、ふっと、沢山の大学生の旅行姿をおもい出していた。この学生たちは何処へ秋季旅行をしたのだろうとたのしく考えてみる。——去年の夏のはじめ、私は伊豆の湯ケ島の落合楼と云う宿屋に長く泊っていた。慶応の学生が五、六人で演習からの戻り、この宿へ来て私たちはちかづきになった事があったものだ。――学生の旅行は身軽で、溢れるような希望があってたのしいものだろうと思う。文学部を出て、明るい庭に出ると、医科へ行く広い道へ、大きな建物がいくつか並んでいた。帝大の建物は東洋一かもしれないと思う。北京のいろんな大学も私は見てまわった事があるけれど、これほどではなかった。北京の大学はどの建物も新式な支那建築で、赤や青の豪壮なものではあったけれど、帝大の建物のような奥ゆかしい品と云うものはない。私は、私の知らない間に、何時《いつ》のまにこんな立派な学校が出来たのだろうと不思議な気持ちであった。校庭では、学生たちが日向ぼっこをしていた。この中には、正月を故郷へ帰ってゆく人たちもあるのだろう。この戦時の正月を、若い人たちは、故郷の家でどんなおもいで過《すご》すのだろうか……。――医学部の建物の横を通って、私は茅町の方へ抜けてみようと思った。学生食堂の二階では、食器のかちあう音ががちゃがちゃきこえていた。食堂の硝子窓《ガラスまど》には冬の薄陽《うすび》が柔く射している。

茅町へ出る裏門を出ると、この辺は昔ながらの何の変りもない町なみで、みおぼえのあるお宮なんかもあった。私は大正十四年頃に、この茅町と云う処にしばらく二階がりをして住んでいた事があった。貧しくて二日も食べられない日があったので、そのころを思い出して、私はとてもなつかしい気持ちであった。町の人たちや、店屋の姿はかわっているけれども、家々の建物だけは少しもかわっていない。茅町を出て不忍池《しのばずのいけ》の方へまわって、私たちは池の中の弁天様の方へ歩いて行った。蓮もすっかり凍《し》みてすがれてしまい、青い貸ボートが灯に腹をむけて沢山干してある。橋を渡って弁天様へお参りをして、池のそばの茶店で私たちはしるこを食べた。こうした茶店の姿はうれしいことには昔ながらのおもかげを残している。赤い毛せんを敷いた縁台が出ていて、白いカヴァのかかった座蒲団には薄陽が射していた。私は塩せんべいを買って、池の家鴨《あひる》がちょうに投げてやった。人に馴れているものと見えて長い首をふって何時までもせんべいをさいそくしている。冷い水の中にいてよく寒くないものだと思った。夜は、この水禽たちはどこへ寝るのか、四囲《あたり》には鳥の寝る小舎のようなものもみつからないのだ。

陶淵明のなかに、

人生有道に帰す
衣食は固より其の端なり
孰《たれ》かこれ都《す》べて営まずして

而も以て自ら安きことを求めん。

と云う一句がある。

歳月は実におびただしい急流で私の人生に今日の日まで押し流れて来た。私は茅町時代の苦しかった娘のころをおもい出して、いま再び、昔のままのこうした茶店で豊かに茶を喫しようとは、おもいもよらなかった事を涙ぐましく考えているのだ。生きてさえいれば、とにかくこんな人生も私にはあったのだと思う。営々として、何かにしがみつくようにして生きていた十幾年の自分の歳月の中に、私は、色々な思い出を思い出している。

不忍の池のあたりは少しも変っていなかった。

自動式の貫々《かんかん》の置いてある場所まで同じようなので、私は貫々の上に上って自分の体重を計ってみたりした。十二貫五百、いまはこれを何キロとか云うのだろう。茶店を出て東照宮下から広小路の方へ歩いて行った。私たちはお昼ごはんを何処かで食べなければならないのだけれど、昔、よく食べに行った揚出《あげだ》しの豆腐料理を思い出して、それにしようときめていたのだけれど、ふっとまた気が変って、京成電車の駅から、長い暗い地下道を通って、私たちは浅草行きの地下鉄へ乗ったのだ。

地下鉄はいっぱいの人であったが、女の人たちが割合に多い。私のそばにいた商家のお神《かみ》さん風な二、三人連れの女のひとたちが、炭の話をしていた。私も今日まで生きてきたが、炭や米のない時代は始めてだと云っている。一つかみの米の値すら知らないお役人ばかりがやっていることだから、人民の困る位何とも思っちゃいないってうちのひとが云ってたけど、炭に困るとはよくよくなさけない世の中になったものだと小声で云っていた。背のひくい五十位の肥えたお婆さんが、警察へたのみに行ってみようと思うとも云っている。私のうちでも炭には悩まされているので、私はじっと町の声に耳をかたむけていた。いまでは各戸で出征者を出しているのだし、この戦争には並々ならぬ心配を誰もが云わずかたらず持っているのだ。私は不安な世相を感じた。

浅草へ出ると、私たちは雷門から仲店へはいって行ったけれど、ここは大変な人通りで、何年来と変りのない浅草の人気と云うものを面白いものだと思った。浅草を歩いていると、銀座や新宿のようなきどりのないのびのびしたものを感じるのだ。始めて自分の街へ帰ったようななごやかさである。ちょうど、歳《とし》の市《いち》だったので、世帯道具を売る店や、羽子板の店が沢山並んでいて大変な人出であった。仲店の裏の鐘突堂のそばには都寿司と云う二階建てのうまい寿司屋があったものだけれど、いまもあるだろうか……。

浅草に水族館があり、水族館の二階に、ムーランルウジュと云うレヴィユの小舎のあった時代に、浅草は文士の人たちのモンマルトルのようなものであった。川端康成氏もよくここへ来られたものだったし、この小舎のレヴィユの踊子たちも、いまは方々に立派に巣立っている。エノケンを始めて観たのもこの小舎であった。ヴォルガの船唄をうたいながら、太い縄を重そうに引っぱって舞台に出て来るのを見ると、縄の先に豆粒ほどの大砲をくくりつけていたり、面白い喜劇が沢山あったものだ。市営蕎麦屋と云う喜劇があったけれど、いまだったら結構諷刺劇になって面白いだろうと思う。――観音様をおがんで、私は五銭の大黒様のこばんを買った。

公園の中へはいると、箒を売っている店だの、なまこ餅を売っている店、木臼だの、鍋釜、雑貨類を売っている露店が沢山並んでいた。正月の飾りものを売っている店もある。そうした店々の前には、正月の買物をしている人たちが沢山群れていた。

欧洲にも支那にもこんな風な市が到る処にあったけれど、その土地土地で、こうした市場をみるのは親しみがあって面白いものである。巴里でもノエル近くになると、白い粒々のついたやどり木を売っている大道花屋が沢山出ていたし、果物屋だの野菜屋だのが、大きな荷車に品物を飾って辻々に店を出していたものだ。広い四辻になると、ジプシーの車が止っていて踊りや曲芸をやっていたのも私は見たものだった。

浅草の公園の中には、もう、あのなつかしい水族館も、メリーゴーラウンドの小舎もなくなってしまっていて、いまは寒々とした空地になっているきりである。公園の中では、私はオートバイの曲芸と云うものを観にはいってみた。大人が二十銭、子供が十銭だそうで、黒眼鏡をかけた仕事服の男が木戸口に坐っている。大きな木の札を買って高い見物席へ上ってゆくと、オートバイが大きな桶の中をぶんぶんまわっていた。桶の中の壁間を、激しい勢《いきおい》でオートバイがまわっている。まるで天井を逆に歩いているような不気味なものを感じた。見物は桶のふちから中をのぞいているのである。私は暗い醤油樽の中を、虫が飛んでるように思った。桶の底には燈明があげてあって、オートバイに乗る男は、塩を撒いてからオートバイに乗るのだ。乗ったと思うとすぐオートバイは桶の内側の壁を手放しで登ってずンずン桶の内側の周囲をまわり始める。激しい勢なので、桶の板がガタガタ鳴っていた。

私は世の中には色々な商売があるものだと思い、怪我でもしたらどうするのだろうと冷汗の出る思いだった。もしも途中でオートバイのエンジンがとまってしまいでもしたならばあの車もろとも、壁からほうり出されてしまう事だろう、私は怖わかったので途中でさっさとむしろ敷きの梯子段を階下へ降りてしまった。

やがて、私たちは、寒い風の吹きそめた街を駒形《こまがた》の方へ歩いて行った。

君はいま駒形あたりほととぎすと云う有名な唄があったけれど、私が歩いていた頃の駒形とはすっかりかわってしまっていて、街の姿が新開地の感じになっていた。昔は、何屋の隣りを曲って、ポストがあってと、家々の姿をよく覚える事が出来たものだけれども、いまの下町はまるで寿司の箱のような、コンクリートの家ばかりのようで、昔のような下町の情緒は少しも見られない。このごろは町内の祭のようなものも少なくなり、市《いち》や夜店もだんだんさびれてしまっている。今年は炭や米が不自由なせいか、大切なお正月の祝いの外松すらも廃止しようと云う運動があるそうである。私は古い人間かもしれないけれど、昔からのお祭りやお祝いは祖先をうやまう意味においても、人の気持ちをなごやかにさせる為にもあった方がよいのではないかと思うのだ。もうあと幾日もない師走《しわす》の街に、私は一本の外松も眼にしなかったけれど、いったい、どうした世の中になるのだろうかと四囲をじっとみまわしてみる。

寒い風の吹く駒形の街を歩いて、昔はこの空の上でほととぎすが鳴き、吉原の女郎屋の寮なんかがこの辺にあったものなのかと、すっかり面目を変えている街の姿に、私は妙なものを感じてもいた。君はいま駒形あたりほととぎすと云ったこの街に、珍らしいことには、浅草聖教会と云う建物が眼にとまった。青いペンキ塗りの扉に、青い色硝子の窓のある教会をそっとのぞいてみると、大きな束髪に結ったエプロン姿の女の人が、椅子に腰をかけて足ぶみしながら編物をしていた。左側の耳門《くぐり》のところには、世界宣教禱告団と云ういかめしい看板がさがっている。この教会に幾人位の信徒があるのだろうか。桃割《ももわれ》にでも結った娘さんがお祈りでもしていたらどんなだろうと思った。女給や踊子のような人たちも来るかも知れない。私はこの小さいつつましい教会をみてほほえましい気持ちであった。

時計をみるともう三時近くだったので、私たちは駒形のどじょうやで御飯をたべる事にした。このどじょうやはとても古い家で、昔から駒形のどじょうやと云って有名な家である。私は娘のころからこの家を知っていて、母なんかとも時々食べに行った。上野黒門町の麦とろとか、駒形のどじょうや、上野のポンチと云うカツレツ屋だの、そのほかにも、福神漬屋の酒悦だとか、十三屋と云う櫛屋だの、揚出し、こんな古い有名な家が何時の間にか皆に忘れられがちな、いまの時代を、私は何も彼《か》もがめまぐるしくなったものと思わずにはいられないのだ。

　どじょうやは新しく建てかわっていたが、紺ののれんはなつかしかった。中へはいると、大変な人でなかなか坐るところもない。荷風の小説にでも出て来るような人たちが沢山いる。

　やっと空席をみつけて坐ったけれど、ここの客も依然として同じような人たちだなと私はほほえましい気持ちであった。私の隣りには、大きな風呂敷包をそばへおいた商人風なひとが酒を呑《の》んでいる。包みの上に鳥打帽子がちょこんとおいてあった。ちょうど、裁物板のような長い板が膳がわりで、その上に箱火鉢とどじょう鍋が並ぶのである。薬味《やくみ》の葱《ねぎ》を入れた大きな木箱には唐辛子も沢山はいっていた。どじょうの味噌汁と、どじょう鍋と御飯で一人が五十銭足らずである。米もまだ白くておいしい御飯だった。

　私たちは顔が真紅になるほど熱い汁をすすり、熱い御飯をたべた。小笹さんは始めてらしいので、珍らしそうに四囲を見ている。自転車で乗りつけて来る小僧さん、戦闘帽をかぶった八百屋さん、集金に行くらしい大きい袋をさげたお神さん、そんな人たちがどじょう鍋をつついているのだ。どじょうはとてもおいしかった。柔い骨ごと咽喉《のど》へぐつぐつとはいってゆく。いまどき、五十銭足らずで、火のそばで暖く御飯をたべさしてくれる家はそんなにざらにはないと思う。よく熾《おこ》っている火を眺めて、私はこの火をお土産に持って帰りたいと思った。

ヴェルレエヌの唄に、

都に雨のふるごとく
われの心に涙ふる
かくも心ににじみいる
このかなしみは何ならん

おおやるせなき心のためには
おお雨のうたよ
やさしき雨のひびきは
地上にも屋上にも……。

と云うのがあるけれど、都会の憂愁は、こうして歩いているといたるところに感じられる。いまはもう、東京も巴里もベルリンも倫敦も何の変りもない。すべてが、箱のような建物になり、交通機関もすべてみな同じになってしまった。東京には地下鉄もあれば、セーヌやテームズのようにこの東京にも大きい隅田川がある。都会の河は一様にみんな濁って汚ない。そうして、どの土地の大都会にも雨も降れば四季折々の風も吹くのだ。

私は五月頃の、梅雨の降るころの隅田川が好きだ。濁って汚れていても五月の河水は明るい青い色に変色して、雨に煙っている河の面は乳色の霧のように美しい表情をみせているし、どっしりした鉄桁の橋の上には柔い橋の灯がとぼる。

私は一銭蒸気に乗ってみたかったので、其角堂《きかくどう》の前を通って、花川戸の下駄問屋の多い町を抜けて、吾妻橋から浜町まで一銭蒸気に乗ってみた。

冬の季節に河蒸気に乗るのは始めてである。去年の正月、私は帝大のボート艙庫を探して言問《こととい》まで行った事があった。帝大のボート艙庫はもう引越しをしていて、そこにはなかったけれど、私は隅田川の寒い河風に吹かれて、随分向島を歩いたものであった。

河の水は暗くてインキのような寒々とした色をしている。ガソリンが不自由なせいか、河蒸気も二艘つなぎになっていて、船脚《ふなあし》も遅い。昔は、この蒸気船の中に風船売りなんかいたのだそうだけれど、私は絵本を売っているのを見た事があるきりだ。船に乗っている人たちは、何だかどのひとも考えごとばかりしている人たちのように見えた。

大昔は、春の桜時になると、向岸の桜の花びらが酒もりしている人たちの盃の中へひらひら舞いこんだものだそうで、そんな風流な隅田の河岸も、いまは大きな工場が沢山並んでいて、どの建物の煙突からも煙がうすい色で噴きあがっている。

浜町で船を上がって、新大橋の方へ私たちは歩いて行った。いつもの歳末ならば、こうした師走の黄昏《たそがれ》はどこへ行ってもトラックや乗用車がいっぱいだろうのに、新大橋ものんびりしていて車馬の往来も少なかった。

久しぶりに、こうして、一日をゆっくり歩いてみたのだけれど、新大橋にしたって、昔のおもかげもとどめず、すっかりモダンになってしまっていて、人形町まではまるで芝居の松の廊下のようにだだっぴろいコンクリートの舗道が真直につづいていた。人形町には昔めうが屋と云う有名な足袋屋があったものだ。広い往来に立っていると、写真師のひとが誰も通らないのでのんびりとレンズのピントをあわせて私を撮ってくれた。新大橋のそばに、新聞街と云うカフェがあったので、私たちは熱いコオヒイをのみにはいったのだけれど、ここも石炭がないのか、煉炭ストーヴが置いてある。

私は随分歩いた。

昔のように空元気《から》のある不安な疲れかたではなく、私は私一人をいたわるような気持ちであったろうし、何だか、私も年をとって妙に大人になったと云う感じがしてならなかった。

解説

命の瀬戸際の旅――林芙美子の紀行文

立松和平

こんなにも活動的な女性が昭和のはじめ頃の日本にはいたのかと、驚くばかりである。林芙美子は鞄ひとつ提げて、地の涯てまでいってしまう。西比利亜《シベリア》も巴里《パリー》も、当時は地の涯てだからだ。

西比利亜と書き、巴里と書いてみて、私はなんだか胸躍るような気持ちになる。ここには見果てぬ夢を見ているような、つきせぬ憧憬の気持ちがひそんでいる。そんな多くの人の憧れを嘲笑うわけでもないのだが、林芙美子が帰りの旅費も持たず実際にシベリア鉄道に乗ったことに私は驚いてしまう。女だてらにというほかないが、危険もかえりみずにさっさといってしまう。この頃すでに女性には、こんなにも激しい行動力があったのである。実際、戦時下の中国とロシアの国境を通過する時、まわりは緊張しているのに、林芙美子は自分だけ別世界にいるようにして進んでいく。この人にとって、国境とはまるで形式だとでもいうかのようである。自身の行動によって戦争とはなんなのかと考えさせるところが、林芙美子の文学者たるゆえんだ。

私は戦争の気配を幽《かす》かに耳にしました。——空中に炸裂する鉄砲の音でしょう。初めは枕の下のピストンの音かとも思っていましたけれど、やがてそれが地鳴《じな》りの音のように変り、砧《きぬた》のようにチョウチョウと云った風な音になり、十三日の夜の九時頃から十四日の夜明けにかけて、停車する駅々では物々しく支那兵がドカドカと扉《ドア》をこづいて行きます。

激しく扉《とびら》を叩きに来ますと、私の前に寝ている露西亜《ロシア》の女は、とても大きな声で何か呶鳴《どな》ります。きっと、「女の部屋で怪しくはないよ」とでも云ってくれているのでしょう。私は指でチャンバラの真似をして恐ろしいと云う真似をして見せました。露西亜の女はそれが判るのでしょうか、ダアダアと云って笑い出しました。私はこの女と一緒に夕飯を食堂で食べました。何か御礼をしたい気持がいっぱいなんですけれど、思いつきがなくて、——出発の前夜、銀座で買った紙風船を一つ贈物にしました。

昭和六年に書かれた文章を引き写しながら、私がペンの先に感じるのは、たぐいまれなる楽天性である。昭和六年といえば、柳条湖で日華兵が衝突して満州事変が起こり、日本が軍国主義にひた走りに走りはじめた時代である。軍国的風潮が、林芙美子の自由奔放な気質と相入れるはずもない。そのことでヨーロッパへと向かったということもあるだろうが、しかし彼女は、日本の暗い世相をまったく持ってきていない。ポケットひとつの暗さもなく、どこまでいっても明るい彼女自身である。パリであろうと、ロンドンであろうと、樺太《からふと》であろうと、北海道であろうと、日本中のどこであろうと、林芙美子は林芙美子の世界をこれっぽっちも失うことはない。こんな人を、強い人間というのだ。

二等列車の寝台で同室の女性はお婆さんで、髪の毛は真白だったが、赤いジャケットを着ているので帽子をかぶると三十歳に見えたという。二人はほんの片言のロシア語しか通じないのだが、百万語をついやすよりもっと気持ちが通じている。お互いに厳しい状況にいるということが、共通認識としてあるからだ。哈爾賓《ハルビン》から海拉爾《ハイラル》に向かい、夜の九時頃が「命の背戸《せと》ぎわ」で最も危険なのだが、このロシア婦人が大丈夫だというので林芙美子も少しは落ち着くのである。大丈夫といっても、なんの根拠があるわけではない。この落ち着き方は、いったいなんなのであろうか。

林芙美子の心の底には、人間は言葉や顔つきや食べるものが違っても、所詮みんな同質なのだという大きな楽観主義がある。人を分けへだてしない博愛主義といってもよいかもしれない。主義というより、もっと、彼女には天賦の、自然きわまりない資質である。

私は紀行文を読んでいて、ひとつの感性が満州鉄道からシベリア鉄道に乗り、幾つもの停車場で汽車に乗り換え、パリに向かっていると感じた。外見は大きなトランクを持った二十代の若い女なのだが、この人はいつも感性そのものなのである。この感性は、人を疑うことを知らない、開けっぴろげの楽天に彩られている。

私もずいぶん旅をしてきて、一人旅にも多くの時間をついやしてきたものの、自分を守って、閉鎖して、そのために感じるべきことも感じず、旅をしてきたなと思う。失うものもたいしてないのに、懸命に自分を守りながら旅をする姿は、我ながら滑稽であると、林芙美子の文章を読んで今さらながらに思うのだ。

うら若き女が一人トランクを提げ、帰りの旅費はもとよりたいした金も持たず、日の暮れたところがその日の宿だという無鉄砲な旅をするのである。この姿は元祖バックパッカーといってよいだろう。私は林芙美子を旅の先輩として、ただただ尊敬するばかりだ。また、旅行中の支出——切手代、赤帽代、食事代、切符代、キャラメル代がこと細かに記録されていて、旅の雰囲気が行間からも伝わってくる。

やっとのことでパリに着いても、特に何もするわけではない。着いたとたん疲れがでて、くる日もくる日もホテルの部屋で眠りつづけ、散歩をし、キャフェにはいり、部屋に転がり込んできたうらぶれた売笑婦の面倒を見て、気がむけば原稿を書く。祖国では男女の差別もきつく、軍国主義の空気は重苦しくもうとましい。いっそすべてのものをさらりと捨ててなんの関係もない都にいくのも、文士の生き方としてまっとうではないかと思えてくる。どこにいようと、何をしていようと、林芙美子は文学者なのである。

自由な旅というのは、退屈なものである。見知らぬ宿のベッドで一人目覚め、さて今日一日、何をして時間を潰そうかと考えて暗澹とする。何もしなくてもいいのだと思い直して、強張りを解いていると、いろいろなものが向こうからやってくる。不思議なもので、何もないということはない。起こることがいちいち自分の固定観念をくつがえすものだから、旅はおもしろいのだ。自分が壊れる、もしくは変わっていくのを楽しんで見られない人には、バックパッカーの旅はただ苦痛なだけだろう。旅にはつねに苦しい自己洞察が必要なのである。それがなければ、旅は容易なほうへ快楽のほうへと傾斜していき、旅人本人は高慢になってしまう。

林芙美子はこう言う。

ヨーロッパをめぐって、巴里は一番自由な国であり、お上《のぼ》りさんのよろこびそうな街だ。その自由な街に、私も約八ケ月ほど住んでいたけれど、帰るまで私の仏蘭西語が片言であったように、こうして書いている私の巴里観も、ショセンここでは片言のイキを脱しないのである。

この冷静な自己洞察こそ、文学者のものである。この精神性がなければ、ただのやんちゃな若い女性が、世界情勢を無視して世界旅行をしたというだけの話になる。

花が咲きにおうようなパリであるが、この翌年にはドイツでナチスが第一党に躍進し、満州事変で暴走をはじめた日本軍は、五族共和の美名のもとに満州国を建国する。翌々年一月三十日にアドルフ・ヒットラーがドイツ首相に就任する。そのような風雲急を告げる時代に、脳天気ともいえる旅をした林芙美子の姿勢は、本人がどう思おうと結果として政治的であった。世の主要な流れとは完全に逆行した生き方は、当時の人々にまったく別の方向性をさし示したといえる。林芙美子の生き方は、今日あらためてより深く考察されていかなければならない。

平和でなければ、旅行はできない。第二次世界大戦に流れ込もうとする時代に、林芙美子はそのことを身をもって示したといえる。

林芙美子の社会性は、実感をともなった時に激しくでてくる。「樺太への旅」は、今読んでも衝撃的である。大泊から豊原にいく時、彼女は荒廃しきった森林を見て怒りを露わにする。

行けども行けども墓場の中を行くような、所々その墓場のような切株の間から、若い白樺の木がひょうひょう立っているのを見ます。名刺一枚で広大な土地を貰って、切りたいだけの樹木を切りたおして売ってしまった不在地主が、何拾年となく、樺太の山野を墓場にしておくのではないでしょうか。盗伐の跡をくらます為の山火や、その日暮しの流れ者が野火を放って、自ら雇われて行くものや、樺太の自然の中に、山野の樹木だけはムザンと云うよりも、荒寥とした跡を見ては、気の毒だと思います。

樹が可哀想です。

見るべきものを見て、書くべきものは書く。林芙美子の文学者としての姿勢が最もよく出た文章である。自然破壊などという言葉のなかった時代に、自然破壊を最も早く憂え、世に警告を発したのは、文学者たちである。実際に目の前にあるものに対する直感の正しさというものを、私たちは信じてもよい。

林芙美子はこのように書く。「旅のことを考えると、お金も家も名誉も何もいりません。恋だって私はすてて了いそうです。」『林芙美子選集第七巻 私の旅行』のあとがきの文章である。林芙美子はあだやおろそかで旅をしているのではない。人生を懸けて、一生懸命に旅をしているのだ。目の前にはたえず移ろいゆく森羅万象があり、そこには人間の営みの愚かさも透けて見えてくる。それでいて、力むことはまったくない。どんなことを前にしても平常心でいられるのは、苦しい旅によって鍛えられたからであろう。

この時代に、私は林芙美子の紀行文に出会えることを幸福に思う。

林芙美子略年譜

一九〇三　門司に生まれる。
一九〇四　下関に転居。一九一六年、尾道に落ち着くまで、若松本町、長崎、佐世保、鹿児島、……と転居をくりかえす。
一九二二　尾道高等女学校を卒業ののち、上京。
一九二六　手塚緑敏と結婚。
一九二八　十月「秋が来たんだ――放浪記」を『女人芸術』(長谷川時雨主宰)に発表。このあと同誌に「放浪記」の副題で、「濁り酒」「一人旅」「古創」「赤いスリッパ」「粗忽者の涙」「女の吸殻」「下谷の家」「酒屋の二階」「三白草の花」「秋の唇」「目標を消す」を書く。
一九三〇　八月に改造社から刊行された『放浪記』がベストセラーとなる。上州湯の沢へ行く。中国大陸、満州、上海へ旅行。
一九三一　十一月、シベリア経由でヨーロッパへ行き、おもにパリに滞在する。
一九三二　一月から約一カ月ロンドン行き。六月、帰国。下落合に転居する。
一九三三　春、伊豆湯ケ島、大島、三津《みと》、伊香保などに旅行。関西に講演旅行。五月、大島、下田に行き、天城越えで帰る。九月、中野警察署に留置される。十一月に養父死去のため、母キクをひきとる。

一九三四　四月、下田の黒船祭を見物する。十月、「泣虫小僧」の連載始まる(「朝日新聞」)。

一九三五　「放浪記」映画化。六月、丹波・丹後へ旅行する。十月、法師温泉などで療養。

一九三六　四月、関西へ講演旅行。九月、毎日新聞主催の「国立公園早廻り競争」に参加し、大山《だいせん》から瀬戸内の島々を廻る。十月、満州、山海関、北平へ旅行。

一九三七　『林芙美子選集　全七巻』(改造社)刊行。十二月、毎日新聞の特派員として上海、南京行き。

一九三八　「ペン部隊」の一員として上海へ。

一九四〇　一～二月、北満へ旅行。帰国後、湯ケ島へ。五月、京都旅行。六月、十、十一月、湯ケ島行き。十一月、朝鮮へ講演旅行。

一九四一　五～六月、四国を一周する。九月、満州国境慰問へ参加する。『放浪記』『泣虫小僧』などが文壇統制により発売禁止となる。

一九四二　八月、北海道へ講演旅行。十月、報道班員として南方に派遣される。

一九四三　六月、湯ケ島行き。七月、京都旅行。

一九四四　信州上林《かんばやし》温泉へ疎開、一時帰宅の後、角間《かくま》温泉へ疎開。

一九四五　疎開先を引き揚げ、下落合の自宅へ帰る。

一九四七　「放浪記」第三部の連載が始まる(『日本小説』)。六月、関西を旅行する。八月、箱根行き。十二月、金沢へ講演旅行。
一九四八　熱海にたびたび滞在するようになる。
一九四九　「浮雲」の連載始まる(『風雪』『文芸界』)。
一九五〇　四〜五月、『主婦之友』の特派員として屋久島行き、長崎、天草にも立ち寄る。
一九五一　一月、「めし」の取材に房州白浜へ。二月、五月、大阪行き。六月二十七日、『主婦之友』連載記事の取材を終えて帰宅後、気分が悪くなり、翌日死去(心臓麻痺)。七月一日、告別式(葬儀委員長、川端康成)。

〈編集付記〉

一、本書中、「大阪紀行」は『婦人公論 昭和二十六年七月号』、「私の東京地図」は『林芙美子全集十二巻 うず潮』(昭和二十七年、新潮社)、その他は『林芙美子選集』(昭和十二年、改造社)を底本とした。

一、本文中に、今日からみれば不適切と思われる表現があるが、原文の歴史性を考慮してそのままとした。

一、諸本を参照して振り仮名の整理をし、左記の要項にしたがって表記がえをおこなった。

岩波文庫(緑帯)の表記について

近代日本文学の鑑賞が若い読者にとって少しでも容易となるよう、旧字・旧仮名で書かれた作品の表記の現代化をはかった。そのさい、原文の趣をできるだけ損なうことがないように配慮しながら、次の方針にのっとって表記がえをおこなった。

(一) 旧仮名づかいを現代仮名づかいに改める。ただし、原文が文語文であるときは旧仮名づかいのままとする。

(二) 「常用漢字表」に掲げられている漢字は新字体に改める。

(三) 漢字語のうち代名詞・副詞・接続詞など、使用頻度の高いものを一定の枠内で平仮名に改める。

(四) 平仮名を漢字に、あるいは漢字を別の漢字にかえることは、原則としておこなわない。

(五) 振り仮名を次のように使用する。

(イ) 読みにくい語、読み誤りやすい語には現代仮名づかいで振り仮名を付す。

(ロ) 送り仮名は原文どおりとし、その過不足は振り仮名によって処理する。

例、明に→明《あきらか》に

(岩波文庫編集部)

林芙美子紀行集 下駄《げた》で歩《ある》いた巴里《ぱり》

2003 年 6 月 13 日 第 1 刷発行
2004 年 4 月 5 日 第 2 刷発行

編 者 立松和平《たてまつわへい》

発行者 山口昭男

発行所 株式会社 岩波書店
〒 101-8002 東京都千代田区一ツ橋 2-5-5

電 話 案内 03-5210-4000 販売部 03-5210-4111
文庫編集部 03-5210-4051
http://www.iwanami.co.jp/

印刷・精興社 製本・桂川製本

ISBN4-00-311692-5 Printed in Japan

読書子に寄す

――岩波文庫発刊に際して――

岩波茂雄

真理は万人によって求められることを自ら欲し、芸術は万人によって愛されることを自ら望む。かつては民を愚昧ならしめるために学芸が最も狭き堂宇に閉鎖されたことがあった。今や知識と美とを特権階級の独占より奪い返すことはつねに進取的なる民衆の切実なる要求である。岩波文庫はこの要求に応じそれに励まされて生まれた。それは生命ある不朽の書を少数者の書斎と研究室とより解放して街頭にくまなく立たしめ民衆に伍せしめるであろう。近時大量生産予約出版の流行を見る。その広告宣伝の狂態はしばらくおくも、後代にのこすと誇称する全集がその編集に万全の用意をなしたるか。千古の典籍の翻訳企図に敬虔の態度を欠かざりしか。さらに分売を許さず読者を繫縛して数十冊を強うるがごとき、はたしてその揚言する学芸解放のゆえんなりや。吾人は天下の名士の声に和してこれを推挙するに躊躇するものである。このときにあたって、岩波書店は自己の責務のいよいよ重大なるを思い、従来の方針の徹底を期するため、すでに十数年以前より志して来た計画を慎重審議この際断然実行することにした。吾人は範をかのレクラム文庫にとり、古今東西にわたって文芸・哲学・社会科学・自然科学等種類のいかんを問わず、いやしくも万人の必読すべき真に古典的価値ある書をきわめて簡易なる形式において逐次刊行し、あらゆる人間に須要なる生活向上の資料、生活批判の原理を提供せんと欲する。この文庫は予約出版の方法を排したるがゆえに、読者は自己の欲する時に自己の欲する書物を各個に自由に選択することができる。携帯に便にして価格の低きを最主とするがゆえに、外観を顧みざるも内容に至っては厳選最も力を尽くし、従来の岩波出版物の特色をますます発揮せしめようとする。この計画たるや世間の一時の投機的なるものと異なり、永遠の事業として吾人は微力を傾倒し、あらゆる犠牲を忍んで今後永久に継続発展せしめ、もって文庫の使命を遺憾なく果たさしめることを期する。芸術を愛し知識を求むる士の自ら進んでこの挙に参加し、希望と忠言とを寄せられることは吾人の熱望するところである。その性質上経済的には最も困難多きこの事業にあえて当たらんとする吾人の志を諒として、その達成のため世の読書子とのうるわしき共同を期待する。

昭和二年七月

岩波文庫の最新刊

千葉俊二・坪内祐三編
日本近代文学評論選 昭和篇
戦前、戦中、そして戦後——実作者あり、評論家あり、ますます多彩な論者による多彩な論考が、生き生きと時代を映し出す。（解説＝坪内祐三）（全二冊完結）
〔緑一七一-二〕 本体八〇〇円

モーパッサン／高山鉄男訳
脂肪のかたまり
師のフローベールからも絶賛され、モーパッサン（一八五〇-一八九三）が三十歳のときに彗星のように文壇に踊り出た、記念すべき中篇小説。新訳。
〔赤五五〇-一〕 本体四〇〇円

サッカリー／中島賢二訳
虚栄の市（四）
賭博場をさすらうベッキーはアミーリアと再会。亡夫を慕う旧友に十五年前の手紙を見せ覚醒させる。悪女最後の疑惑を残して物語は大団円へ。新訳。（全四冊完結）
〔赤二二七-四〕 本体八〇〇円

エミリー・ブロンテ／河島弘美訳
嵐が丘（下）
ヒースクリフと再会した夜、キャサリンは女児を出産、いれかわるように死ぬ。ヒースクリフは次々と両家を手中に収めてゆくが……。新訳。（全二冊完結）
〔赤二三三-二〕 本体六六〇円

……今月の重版再開……

ゴーリキイ／中村白葉訳
どん底
〔赤六二七-二〕 本体五〇〇円

ホグベン／寿岳・林・平田・南訳
洞窟絵画から連載漫画へ
〔青四三〇-一〕 本体七六〇円

モンテスキュー／野田・稲本・上原・田中・三辺・横田地訳
法の精神（全三冊）
〔白五一-一・二・三〕 本体八六〇・八六〇・九〇〇円